AS AFINIDADES ELETIVAS

JOHANN WOLFGANG VON GOETHE nasceu em Frankfurt em 1749. Estudou em Leipzig, onde iria demonstrar interesse pelo oculto, e em Estrasburgo, onde Herder, cuja amizade intelectual o marcaria para sempre, o introduziria à obra de Shakespeare e à poesia popular. Compondo poemas e ensaios, aos 24 anos escreve a peça *Götz von Berlichingen*, drama que o tornaria famoso, estabelecendo-o como um dos nomes do movimento Sturm und Drang, marco do romantismo de língua alemã. Outro grande êxito seria o romance *Os sofrimentos do jovem Werther*, que arrebataria a consciência jovem europeia, tornando-se um verdadeiro fenômeno cultural e literário. Também escreveria *Fausto* (finalizado pouco antes de sua morte, em 1832), os relatos de *Viagem à Itália*, e dramas como *Torquato Tasso* e *Efigênia em Tauris*.

TERCIO REDONDO é doutor em Letras pela Universidade de São Paulo, onde é professor de literatura alemã. Traduziu, entre outros, *O homem é um grande faisão no mundo* (Companhia das Letras), de Herta Müller, e *Nos penhascos de mármore* (Cosac Naify), de Ernst Jünger. É autor de diversos ensaios sobre autores alemães como Georg Büchner, Robert Walser, Bertold Brecht e outros.

R. J. HOLLINGDALE traduziu onze livros de Nietzsche, além de ter escrito dois livros sobre esse autor. Também traduziu obras de, entre outros, Schopenhauer, Goethe, Lichtenberg e Theodor Fontane. Foi presidente honorário da British Nietzsche Society. Morreu em setembro de 2001, e sobre ele o jornal britânico *Guardian* destacou seu "talento inspirado para a tradução da língua alemã".

JOHANN WOLFGANG VON GOETHE

As afinidades eletivas

Tradução de
TERCIO REDONDO

Introdução de
R. J. HOLLINGDALE

5ª reimpressão

COMPANHIA DAS LETRAS

Copyright da introdução © 1971 by R. J. Hollingdale

*Grafia atualizada segundo o Acordo Ortográfico da Língua
Portuguesa de 1990, que entrou em vigor no Brasil em 2009.*

Penguin and the associated logo and trade dress are registered
and/or unregistered trademarks of Penguin Books Limited and/or
Penguin Group (USA) Inc. Used with permission.

Published by Companhia das Letras in association with
Penguin Group (USA) Inc.

TÍTULO ORIGINAL
Die Wahlverwandtschaften

PREPARAÇÃO
Mariana Delfini

REVISÃO
Ana Maria Barbosa
Huendel Viana

Dados Internacionais de Catalogação na Publicação (CIP)
(Câmara Brasileira do Livro, SP, Brasil)

Goethe, Johann Wolfgang von, 1749-1832.
    As afinidades eletivas / Johann Wolfgang von Goethe;
introdução de R. J. Hollingdale; tradução de Tercio Redondo. — 1ª ed. — São Paulo : Penguin Classics Companhia das
Letras, 2014.

    Título original: Die Wahlverwandtschaften.
    ISBN 978-85-63560-92-6

    1. Ficção alemã 1. Hollingdale, R. J. 11. Título.

14-01222   CDD-833

Índice para catálogo sistemático:
1. Ficção : Literatura alemã 833

Todos os direitos desta edição reservados à
EDITORA SCHWARCZ S.A.
Rua Bandeira Paulista, 702, cj. 32
04532-002 — São Paulo — SP
Telefone: (11) 3707-3500
www.penguincompanhia.com.br
www.companhiadasletras.com.br
www.blogdacompanhia.com.br

Sumário

Introdução — R. J. Hollingdale   7

AS AFINIDADES ELETIVAS

Primeira Parte   19
Segunda Parte   157

Cronologia   311
Leituras complementares   320

Introdução

I

Goethe viveu com Christiane Vulpius por mais de dezoito anos e teve cinco filhos com ela (somente um chegou à idade adulta) antes de se casarem, em 19 de outubro de 1806, na sacristia da Hofkirche, em Weimar. Ele tinha 57 anos, ela estava com 41. Para a sociedade de Weimar, o casamento era um contrato, e não um "sacramento", e o divórcio era um evento normal da vida civilizada; mas, como qualquer sociedade que ainda tem vontade de sobreviver, a de Weimar preservava e valorizava as formas sociais, e o lar irregular de Goethe era um embaraço. Mas ele pôs fim à irregularidade somente sob pressão externa. Em 14 de outubro, travou-se a batalha de Iena, perdida pelos alemães, e em seguida o exército francês entrou em Weimar. Ocorreram pilhagens e outros inconvenientes, a casa de Goethe foi invadida, e parece que o autor de *Fausto* foi salvo de maus-tratos pela interposição corajosa de sua Gretchen, que expulsou os soldados. No dia seguinte, Napoleão chegou à cidade e teve início uma ocupação militar organizada. Nessas circunstâncias e também, sem dúvida, inspirado a renovar a afeição pelo comportamento corajoso de Christiane, Goethe decidiu finalmente que lhe devia dar a segurança do matrimônio e tomou providências imediatas. Não há nenhuma razão para pensar — ao contrário, há todos os motivos para duvidar — que teria dado esse passo se

8   AS AFINIDADES ELETIVAS

não fosse forçado a dá-lo quase literalmente pela ponta
de uma baioneta.

Depois que se tornou um homem casado, descobriu que
sempre nutrira princípios morais muito severos em relação ao laço matrimonial e se tornou um crítico enfático
da frouxidão exibida pela sociedade em que vivia. Franz
Volkmar Reinhard, que o conheceu durante a "cura" de
verão em Karlsbad, em 1807, registra que ficou surpreso
com a veemência das declarações de Goethe sobre a san-
tidade e a indissolubilidade do matrimônio — e Reinhard
era capelão da corte de Dresden. Não há evidentemente
nenhuma inconsistência lógica em ter o casamento em alta
conta e, ao mesmo tempo, "viver em pecado", mas as duas
coisas não se combinam com muita tranquilidade e os sentimentos se rebelam diante dessa justaposição. Até a viagem à Itália de 1786-8, Goethe evitou não só o casamento,
como qualquer relação que o vinculasse às mulheres; isso
não se devia a princípios rigorosos, mas decorria do fato de
haver, até então, uma boa dose de Georgie Porgie* naquele grande homem. Porém, antes de completar um mês de
seu retorno a Weimar, ele levou Christiane para sua casa
e passou a viver abertamente com ela, à imitação, pode-se
pensar, não só dos artistas e boêmios com quem convivera
na Itália, mas também dos poetas romanos cujo estilo passou a adotar: entende-se melhor seu "classicismo" quando
se percebe que ele significa não somente escrever como o
"triunvirato do Amor" — Propércio, Catulo e Tíbulo —,
mas também viver como eles; que "classicismo" significa-

---

* Georgie Porgie: personagem de uma cantiga de ninar inglesa
que pode ser lida como referência ao assédio sexual: "Georgie
Porgie pudding and pie,/ Kissed the girls and made them cry./
When the boys came out to play,/ Georgie Porgie ran away".
Em tradução literal: "Georgie Porgie, pudim e torta,/ beija-
va as meninas e as fazia chorar;/ quando os meninos vinham
brincar,/ Georgie Porgie fugia". (N. T.)

INTRODUÇÃO   9

va para Goethe não frieza, rigidez e repressão da emoção,
mas exatamente o contrário. Emocionalmente, ele estava
muito mais descontraído e feliz do que antes, e estava muito contente de viver *como* se estivesse casado sem de fato
estar, o que sugere que não tinha nenhum posicionamento
muito forte em relação ao casamento, que era "pagão" nesse assunto. Quando foi finalmente impelido ao matrimônio, fica claro que a aquisição desse novo estado civil teve
uma influência muito mais forte sobre ele do que achava
ser possível; e o primeiro efeito parece ter sido o de torná
-lo crítico da facilidade de casar-se, divorciar-se e casar de
novo, hábito sancionado pelos costumes da pequena aristocracia e burguesia com que convivia.

No inverno de 1807-8, no entanto, uma complicação
apareceu na pessoa de uma jovem dama com o adorável nome de Minna Herzlieb. Era a filha adotiva do impressor e editor Karl Friedrich Frommann, em cuja casa,
em Iena, Goethe a conhecera em 1803, quando ainda
era uma menina. Mas agora ela havia atingido a idade
madura de dezoito anos e Goethe começou a sentir uma
emoção em relação a ela, que, embora não implicasse
nenhuma inconsistência lógica com um grande respeito pelo casamento, não combinava muito bem com ele.
Apaixonou-se por Minna Herzlieb: o primeiro dos casos
do outono de sua vida com mulheres muito mais jovens
do que ele, os quais, em virtude da diferença de idade,
podiam não dar em nada no mundo prosaico e eram, por
essa razão, sublimados em poesia. Seu primeiro produto
foi o ciclo de dezessete sonetos escritos como um duelo
com outro admirador de Minna, o poeta romântico Zacharias Werner, que era dezenove anos mais moço do que
Goethe e, tendo acabado de dissolver seu terceiro casamento, estava novamente solteiro. As armas foram da escolha de Werner: ele era especialista em sonetos italianos,
uma forma estranha a Goethe. Mas desafiar Goethe para
uma disputa poética era uma aventura temerária e conde-

nada de antemão, pois ele era e continua a ser o campeão dos pesos pesados do mundo nesse esporte. Schiller, que tinha de se esforçar muito para escrever poesia, deixou registrado seu espanto com a facilidade com que Goethe era capaz de desfiar poemas em todo e qualquer formato, sem nenhum tipo de esforço ou preparação: se quisesse, podia falar poesia como outros homens falam blocos de prosa; era uma capacidade obviamente inata, no sentido de que compor música era inato em Mozart. Seus sonetos para Fräulein Herzlieb são, como se poderia esperar, imitações perfeitas do modelo italiano: ritmo de fluência fácil, rimas sem esforço, cada poema sendo o veículo de uma ideia levemente engenhosa. Mas não são um trabalho sério, e eram bastante inadequados como veículo para sua paixão por Minna.

De muito maior peso é o drama *Pandora*, que, embora inacabado, deve ser incluído entre suas realizações mais notáveis. O fato de que seja relativamente desconhecido deve-se à existência da segunda parte de *Fausto*, terminado um quarto de século mais tarde, em que as inovações poéticas de *Pandora* são utilizadas com virtuosismo ainda maior e de forma muito mais ampla. Goethe não fazia segredo do fato de que essa imitação brilhante de tragédia grega devia sua substância à paixão por uma moça quarenta anos mais jovem do que ele e que uma paixão desse tipo só poderia encontrar expressão sublimada em forma de arte. Mas esse veículo também era insuficiente para transmitir tudo o que na época lhe pesava na mente e no coração; em particular, silenciava completamente sobre o conflito, do qual acabara de adquirir consciência aguda, entre sua ideia de casamento e sua experiência da inconstância da paixão; assim, ao mesmo tempo que escrevia *Pandora*, começou uma história cujo tema imediato é precisamente esse conflito e para a qual ele deu o estranho e, quando corretamente entendido, provocativo título de *Die Wahlverwandtschaften — As afinidades eletivas*.

INTRODUÇÃO 11

A primeira menção a essa história encontra-se na anotação em seu diário de 11 de abril de 1808, em que o título ocorre com planos de histórias a serem inseridas no romance frouxamente construído *Viagens de Wilhelm Meister*, para ilustrar seu subtítulo *Os renunciantes* (*Die Entsagenden*). A anotação registra que naquele dia ele estava envolvido em inventar as histórias para o romance, especialmente *As afinidades eletivas* e *O homem de cinquenta anos*. Esta última tem certas semelhanças com *Afinidades eletivas*: o homem de cinquenta está apaixonado pela sobrinha, mas desiste dela quando descobre que ela está apaixonada por seu filho. O conto "As afinidades eletivas" foi iniciado em 29 de maio de 1808 e concluído no final de julho. Mas em abril de 1809, Goethe decidiu expandi-lo, utilizando o texto existente como um esboço para algo maior. Ele dedicou a primavera e o verão a sua composição e, em 28 de julho, enviou os capítulos iniciais ao impressor para que se sentisse obrigado a prosseguir com o resto em ritmo acelerado. A obra foi concluída em 4 de outubro e publicada por Cotta em dois volumes, no mesmo outono.

2

Chamei a forma original de *As afinidades eletivas* de conto: em alemão, a obra é classificada como *Novelle* [novela], termo para o qual não existe equivalente exato em inglês. Trata-se de uma narrativa ficcional mais longa do que um conto (*Erzählung*, em alemão), mas menor do que um romance (*Roman*), porém em geral muito curta para ser chamada de romance curto. Mas a novela clássica alemã possui outras características distintivas, além de seu comprimento, que fazem dela uma espécie diferente de narrativa. Essas características são: economia rigorosa, evitando deliberadamente a amplitude e o ritmo descontraído do romance; ênfase na trama, de tal modo que os personagens da história são subordinados a ela e suas características são funções dela; em consequência, eles recebem apenas prenomes, títulos ou o nome de suas profissões, ou um sobrenome irônico, mas não nomes realistas; o meio ambiente não é realista, o cenário possui outra função além de ser cenário da ação; a própria ação não é realista, ela avança de uma forma mais ordenada do que a vida cotidiana ou a vida cotidiana em um romance, há uma simetria de ação estranha à realidade e, com frequência, a conclusão é prefigurada, de modo que há um sentido de inevitabilidade nela; por fim, há sempre um narrador explícito ou implícito, supõe-se que a história seja algo que ele viveu ou ouviu falar, e não uma coisa que inventou, sua função é reproduzir um evento real como uma obra de arte consciente, de tal modo que exiba um grau mais elevado de talento artístico e artificialidade do que se encontra normalmente em um romance. Essas "regras" não foram obviamente criadas com antecedência, mas extraídas da prática dos escritores alemães. No final do século XVIII, no entanto, a literatura alemã já tinha muita consciência de si mesma e as novelas eram deliberadamente estruturadas para concordar com as "regras", o objetivo sendo, como acontece com todo "formalismo", impor forma e ordem ao fluxo da experiência. O resultado era um tipo de narrativa ficcional tão imediatamente identificável quanto uma fuga rigorosa ou uma ária de ópera italiana: embora o leitor ou ouvinte (pois a *Novelle* tinha claramente origem numa história falada) não saiba de antemão os detalhes do que está por acontecer, ele sabe que tipo de experiência artística pode esperar. A novela alemã mais conhecida talvez seja aquela que Goethe chamou simplesmente de *Novelle*, destinada, como seu título (ou melhor, sua falta de título) indica, a ser um modelo da forma. *As afinidades eletivas* contém uma novela inserida, "Os jo-

INTRODUÇÃO 13

vens vizinhos singulares", que exibe as características da forma em pequena escala, e o leitor notará a atmosfera típica de uma *Novelle*: ausência de nomes, economia rigorosa de meios, ação não realista e assim por diante, e também o fato de que a história narrada diz respeito a um evento de que o narrador ouviu falar e não inventou, e que tem implicações que ele desconhece.

Ora, o objetivo de expor tudo isso é mostrar que *As afinidades eletivas* não só começou a vida como uma novela, como continuou a sê-lo, e que difere da *Novelle* clássica apenas em relação ao tamanho. E o motivo de enfatizar esse fato é alertar o leitor com antecedência para o tipo de narrativa que encontrará, de modo que, quando descobrir que ela não se desenvolve como um romance costuma fazer, não sinta algum desconforto ou suponha que a obra seja uma tentativa frustrada de uma forma literária que, na verdade, ela nunca pretendeu ser.

O estilo narrativo caracteriza-se por uma economia rigorosa: os personagens são funções da trama, e suas características são aquelas exigidas pelo avanço do enredo; sabemos apenas seus prenomes (Eduard, Ottilie, Charlotte), ou títulos (o capitão, o conde, a baronesa), ou profissão (o professor, o arquiteto, o jardineiro), ou, em um caso, um sobrenome irônico (Mittler — [Mediador]); o cenário não é realista, e os lugares em que a ação ocorre (a mansão, a aldeia, a cabana coberta de musgo, o pavilhão, o parque etc.) também possuem uma função simbólica; a própria ação não é realista, contém elementos não suscetíveis de explicação racional, e avança de uma forma mais ordenada e simétrica do que seria de esperar em um romance. E o mais importante é que não é narrada diretamente pelo autor, mas por um narrador que também é um personagem inventado, embora nunca apareça. É bem possível que Goethe tenha escolhido contar sua história na forma de uma novela expandida precisamente para que o leitor suponha a existência de um narrador que está repetindo algo que soube, mas que não entendeu plenamente — uma técnica que torna possível o mistério e a ambiguidade subjacentes à ação e possibilita o emprego de um tom irônico, sem comprometer o próprio autor numa visão irônica dessa ação.

3

Wahlverwandtschaft era um termo técnico de química do século XVIII, a tradução alemã de uma criação do químico sueco Torbern Olof Bergmann (1735-84), no título de seu livro *De attractionibus electivis* (1775), traduzido para o alemão por Heinrich Tabor em 1785. A expressão em inglês [e em português] "afinidade eletiva" está muito mais próxima do original em latim do que a tradução alemã e, embora não seja autoexplicativa, provavelmente não pode ser melhorada. Seu significado é descrito no quarto capítulo da primeira parte de *As afinidades eletivas* e não precisa ser repetido. O que devemos ressaltar aqui é o seu caráter extraordinário como título de uma obra de ficção. É como se um romancista contemporâneo chamasse seu livro de *O princípio da verificabilidade ou E igual a* MC *ao quadrado*. As conotações emocionais e românticas que o termo adquiriu depois derivaram do romance ao qual dava título: na época da publicação da obra, *Wahlverwandtschaft* era um termo usado unicamente em química.

Goethe estava consciente do risco envolvido em assim intitular o livro, e num anúncio publicado no *Morgenblatt* de Cotta, em 4 de setembro de 1809, procurou explicar que "este título estranho", que "parece que foi sugerido ao autor por seu trabalho contínuo no campo da física", era uma "metáfora química", cuja "origem espiritual" a novela iria demonstrar. Mas essa afirmação era totalmente inadequada e foi depois esquecida ou desacreditada: a visão quase universal é que o livro se destinava a demonstrar a

INTRODUÇÃO 15

origem química do amor. Uma tese desse tipo seria, é claro, imoral, e *As afinidades eletivas* foi acusado de ser um livro imoral. Goethe não era estranho a essas acusações, mas ficava especialmente irritado que fossem dirigidas a essa obra em particular, pela qual tinha um carinho excepcional, e rejeitou irado todas as sugestões de que havia nela alguma coisa que poderia ser considerada repreensível. Por fim, perdeu toda a paciência com uma onda de críticas que para nós parecem incrivelmente insensíveis e mesquinhas, e quando seu velho amigo Knebel começou a fazer objeções morais à novela, ele explodiu: "Mas eu não escrevi para você, escrevi para menininhas!" — explosão que tomo como uma afirmação de que o livro é totalmente saudável e romântico e que apenas um velho moralista poderia encontrar nele qualquer coisa de objetável.

4

A origem da história está claramente, como já sugerimos, no conflito entre a ideia de casamento de Goethe, a ideia de casamento aceita na época e as paixões com que nenhuma das duas ideias parecia capaz de lidar. Mas quando expandiu a obra para seu tamanho atual, Goethe também aproveitou a oportunidade para incorporar nela uma crítica mais da sociedade de então do que de seus costumes matrimoniais, de tal forma que *As afinidades eletivas* é muitas vezes considerado o mais antigo romance social alemão. O tom irônico já conferido ao narrador foi bastante útil nesse sentido, pois permitiu ao autor pintar um retrato muito pouco lisonjeiro de seus contemporâneos, sem ter de recorrer à denúncia explícita.

A sociedade que encontramos na novela é a do interior da Alemanha no início do século XIX. Três quartos dos alemães viviam do campo e no campo, e as cidades ainda eram pequenas e distantes umas das outras. Nesse ambiente, havia três classes sociais: a nobreza, que era dona da terra e ocupava as posições de liderança no Exército e no governo; o "povo", que ainda era, em sua maioria, composto por camponeses; e entre esses dois extremos, a "classe média", ou seja, os que exerciam profissões. As duas últimas classes estavam empenhadas principalmente em trabalhar para a primeira. Quase não havia descontentamento social: todos sabiam o seu lugar e se mantinham nele.

Quando os membros da nobreza fundiária não estavam engajados em atividades militares ou governamentais, viviam no ócio, e é nesse estado de ociosidade que se encontram habitualmente os aristocratas de *As afinidades eletivas*. Como eles preenchem o tempo é o tema de grande parte da narrativa. Suas atividades variam muitíssimo, mas todas se caracterizam pelo gasto de uma grande quantidade de energia para obter o que, na melhor das hipóteses, são resultados inadequados. O narrador não nos deixa dúvida sobre o que pensa de Luciane e sua turma, e seu sarcasmo é particularmente mordaz quando descreve a única tentativa deles de criação artística: o fato de que ela deveria ser a reprodução de pinturas famosas como *tableaux vivants* deixa clara a natureza fútil de seus interesses culturais. Mas fica no ar a questão de saber se ele é muito mais simpático em relação às ocupações sem dúvida mais úteis dos personagens principais. O que transparece, creio, é que mesmo quando envolvidos no ajardinamento de uma paisagem, no projeto e na construção de um novo edifício ou na melhoria da aldeia, eles estão, na maioria das vezes, brincando de forma amadora com essas coisas, sem qualquer objetivo verdadeiro, exceto o consumo de tempo e a necessidade de evitar o tédio. A influência sobre essas ocupações da celebração periódica de aniversários, e o esforço e as despesas adicionais consideráveis dedicados a essas celebrações, entregariam o jogo, se ele já não tivesse sido entregue.

INTRODUÇÃO 17

Porém, o pior efeito dessa ociosidade confortável em que eles existem é aquele que ocorre em suas vidas emocionais: o tumulto emocional em que Eduard e Charlotte são jogados pela introdução em sua casa de duas caras novas é, segundo o testemunho contemporâneo, de nenhum modo uma invenção da imaginação do autor, mas, ao contrário, quase a coisa mais normal. Não são apenas suas mãos e mentes que estão ociosas, seus nervos e espíritos vitais também o estão, e qualquer ocasião para pô-los em atividade deve ser aproveitada. É nesse ponto, onde a ociosidade enfraquece o casamento, que a crítica social de Goethe e sua trama romântica unem forças.

R. J. Hollingdale

PRIMEIRA PARTE

I

Eduard — assim chamaremos um rico barão no auge de seus dias — havia passado a hora mais bela de uma tarde de abril em seu viveiro de plantas com o fito de enxertar ramos ainda frescos em caules novos. A tarefa estava encerrada, ele guardara as ferramentas na caixa e observava seu trabalho com satisfação; foi então que o jardineiro entrou e se encantou com o engajamento do senhor.

"Você viu minha mulher?", perguntou Eduard enquanto se preparava para sair.

"Está lá adiante, nos novos jardins", respondeu o jardineiro. "A cabana recoberta de musgo, que ela erigiu ao lado do penhasco e defronte ao castelo, ficará pronta ainda hoje. Tudo está muito bonito e agradará vossa senhoria. A vista é esplêndida: embaixo está a vila, à direita vê-se a igreja, podendo-se enxergar a paisagem por cima de seu pináculo; do outro lado estão o castelo e os jardins."

"Exatamente", disse Eduard, "a alguns passos daqui eu pude observar a gente trabalhando."

"E então", prosseguiu o jardineiro, "o vale se abre à direita e, para além dos ricos bosques, pode-se admirar o horizonte aprazível. O caminho rochedo acima é gracioso. A digna senhora entende do assunto; é um prazer trabalhar sob suas ordens."

"Vá até ela", disse Eduard, "e peça que me espere.

Diga-lhe que quero contemplar a novidade e desfrutar de seus encantos."

O jardineiro afastou-se rapidamente e Eduard seguiu--o logo depois.

Desceu os terraços e, ao caminhar, examinava as estufas e os alfobres, até que chegou a um riacho e então, atravessando uma ponte, deu com o lugar onde a trilha que levava aos novos jardins se dividia em duas vertentes. Preteriu o caminho que passava pelo cemitério e seguia em linha reta na direção das escarpas do rochedo, tomando a senda, algo mais longa, que seguia pelo lado esquerdo e ascendia suavemente em meio a graciosos arbustos. No ponto onde ambos os caminhos se reencontravam, Eduard se sentou por um instante, num banco bem aprumado; em seguida, iniciou a subida do rochedo propriamente dito e, depois de passar por todo tipo de escadas e degraus no estreito caminho que se apresentava ora mais, ora menos inclinado, viu-se por fim conduzido à cabana.

Charlotte recebeu o marido à porta e o fez sentar-se num lugar de onde, num único relance, ele pôde contemplar as diferentes imagens que compunham a paisagem emoldurada pela porta e pela janela. Encantou-se com a visão, confiando na promessa de que a primavera deixaria tudo ainda mais vivo. "Faço apenas um reparo", acrescentou; "a cabana parece-me um pouco pequena."

"É espaçosa o suficiente para nós dois", ponderou Charlotte.

"É verdade", disse Eduard, "e tem espaço para mais uma pessoa."

"Por que não?", acrescentou Charlotte, "e caberia ainda uma quarta. Para um grupo maior arranjaremos outros lugares."

"Estamos aqui sozinhos, não somos importunados por ninguém e levamos a vida com o espírito calmo e sereno", disse Eduard. "Sendo assim, preciso dizer que há algum tempo inquieta-me um assunto sobre o qual preciso e devo falar com você, sem saber exatamente como fazê-lo."

"Eu havia notado que algo o perturbava", disse Charlotte.

"E devo confessar", prosseguiu Eduard, "que, não fosse a lembrança do mensageiro de amanhã de manhã, não tivéssemos de tomar uma decisão ainda hoje, provavelmente eu me teria calado por mais tempo."

"O que é?", perguntou Charlotte dirigindo-se a ele com carinho.

"Trata-se de nosso amigo, o capitão", respondeu Eduard. "Você está a par da triste situação em que ele se encontra — assim como ocorre com outras pessoas —, embora ele não seja culpado de nada. Quão doloroso deve ser para um homem com seus conhecimentos, talentos e aptidões ver-se desocupado, e eu não quero fazer segredo daquilo que almejo para ele: gostaria que o acolhêssemos por algum tempo."

"É algo para se pensar e observar de diferentes ângulos", disse Charlotte.

"Estou pronto para lhe dar minha opinião a respeito", replicou Eduard. "Em sua última carta prevalece a calada expressão do mais profundo descontentamento; não que precise de alguma coisa, pois sabe viver com pouco e tomei providências para que não lhe faltasse o necessário. Também não se sente constrangido por receber algo de mim, pois desde sempre e inúmeras vezes socorremos um ao outro, de modo que já não é possível calcular a quantas anda o balanço entre o crédito e o débito dessa conta. Sua infelicidade reside simplesmente no fato de estar ocioso. Pôr diariamente e a todo instante a multiplicidade de conhecimentos adquiridos a serviço dos outros — aí reside seu prazer, sua paixão. E agora ficar de braços cruzados ou voltar a estudar, adquirir novas habilidades por não poder utilizar aquelas que ele domina perfeitamente... basta, já disse o suficiente, cara menina; essa é uma situação lamentável, da qual, em sua solidão, ele se ressente de modo dobrado e triplicado."

"Eu havia pensado", disse Charlotte, "que ele receberia convites de toda parte. Em seu favor, escrevi a amigos e amigas diligentes e, que eu saiba, não foi vão o meu empenho."

"É verdade", replicou Eduard. "Mas mesmo essas oportunidades, essas ofertas, trazem-lhe novos tormentos, novas inquietações. Nenhum dos convites garante uma condição que lhe seja adequada. Em nenhum dos casos ele haveria de se mostrar ativo e participante; ele teria de sacrificar seu tempo, seus pontos de vista, sua maneira de ser, e isso é impossível para ele. Quanto mais reflito sobre o assunto, mais sinto o peso da situação, e então mais vivo se torna o desejo de tê-lo conosco."

"É muito bom e gentil de sua parte", disse Charlotte, "pensar na situação do amigo com tanto interesse; mas permita-me pedir-lhe que pense também em si mesmo e em nós dois."

"Ponderei a situação", respondeu Eduard. "Sua proximidade trará apenas vantagens e amenidades. Não vou falar das despesas, que de todo modo serão ínfimas caso ele se mude para cá, sobretudo por lembrar que sua presença não causará nenhum incômodo. Ele pode habitar a ala direita do castelo e o restante se acomodará. Imagine o favor que lhe prestaremos e a alegria e as vantagens que sua presença nos proporcionará! Há tempos desejo uma mensuração da propriedade e da região; ele cuidará disso. Você pensa em gerir a propriedade assim que se encerre o contrato com os arrendatários. Quão delicado é um empreendimento dessa natureza! Com quanto conhecimento prévio ele não poderá nos auxiliar! Sinto deveras a falta de um homem com tais qualidades. Os camponeses têm os conhecimentos necessários, mas são confusos ao compartilhá-los e não são honestos. Aqueles que estudaram na cidade e nas academias são claros e organizados, mas falta-lhes o conhecimento concreto e imediato da matéria. Do amigo posso esperar ambas as coisas, e há centenas de outras circunstâncias a considerar com agrado, que dizem respeito também a você e auguram algo de muito bom. Agradeço-lhe a atenção gentilmente dispensada; fale agora com inteira liberdade e detalhadamente; diga tudo o que tem a dizer, não vou interrompê-la."

"Perfeitamente", respondeu Charlotte. "Começo por uma observação de ordem geral: os homens pensam mais no particular, no dia de hoje, e estão certos em pensar assim porque são chamados a agir e produzir; as mulheres, ao contrário, ligam-se mais àquilo que está relacionado à continuação da vida, e estão igualmente certas porque seu destino, o destino de suas famílias, está ligado a essa continuação, e justamente esse caráter é o que se exige delas. Olhemos para nossa vida atual, para nossa vida pregressa, e você haverá de concordar que a vocação do capitão não coincide inteiramente com nossos intentos, nossos planos e arranjos.

"Muito me agrada lembrar o início de nossa relação! Jovens que éramos, amávamo-nos ardentemente. Fomos separados; você de mim, porque seu pai, com sua insaciável ganância patrimonial, casou o filho com uma mulher bem mais velha e rica; eu de você, porque, sem perspectiva melhor, tive de dar a mão a um homem de posses, que eu não amava, mas era digno de respeito. Ficamos livres novamente; você mais cedo, herdando da mãezinha uma grande fortuna; eu mais tarde, ao tempo em que você retornava de suas viagens. Assim, encontramo-nos de novo. Éramos felizes com as lembranças todas, amávamos essas lembranças; podíamos viver juntos sem ser molestados. Você queria o casamento; não o consenti de imediato, pois, tendo ambos praticamente a mesma idade, tornei-me de fato mais velha por ser mulher, e você, como homem, conservou a juventude. Por fim, não quis negar-lhe aquilo que parecia constituir sua única felicidade. A meu lado você queria se recobrar de todas as agitações experimentadas na corte, na vida militar e nas viagens; queria voltar a si e gozar a vida, ficando, porém, sozinho comigo. Coloquei minha única filha num pensionato, onde, naturalmente, ela se forma de modo mais rico do que lhe teria sido possível no campo. E não apenas ela; para lá foi também Ottilie, minha querida sobrinha, que talvez tivesse se tornado uma auxiliar doméstica melhor sob minha supervisão. Tudo isso se deu com sua concordância, para que vivêssemos um para o outro, para que fruíssemos tardiamente e em paz a felicidade com que, desde cedo, ardorosamente sonhamos. Assim, iniciamos nossa vida campestre. Assumi as responsabilidades domésticas, você, as da administração das terras e de tudo o mais. De minha parte, organizei as coisas desse modo, correspondendo a seus anseios e vivendo inteiramente para você. Procuremos saber, ao menos por algum tempo, aonde podemos chegar seguindo esse caminho."

"Se a continuação da vida, como você diz, é o verdadeiro elemento feminino, não devemos ouvir vocês falarem por tanto tempo; caso contrário, somos obrigados a lhes dar razão", redarguiu Eduard, "e é possível que você, até agora, esteja certa. O modo como vivemos tem se revelado até aqui um arranjo feliz. Não deveríamos, porém, fazer nada de novo? Não haveria nada a se desenvolver a partir do que já realizamos? Aquilo que eu empreendo no jardim e você no parque: tudo isso deve se limitar ao prazer de ermitões?"

"Muito bem!", respondeu Charlotte. "Está certo! Desde que não tragamos para cá um obstáculo, um elemento estranho! Lembre-se de que nossos desígnios, até naquilo que se refere à diversão, dizem respeito exclusivamente a nossa vida comum. De início você queria partilhar comigo os diários de sua viagem, numa sequência ordenada. Esse foi o ensejo para organizar o conteúdo desses papéis e então, com minha participação, com minha ajuda, dispor os inestimáveis mas confusos cadernos num conjunto aprazível, para o desfrute de nós dois e também de outros. Prometi auxiliá-lo no trabalho de cópia; pensávamos que por meio da recordação viajaríamos de maneira confortável, sossegada, íntima e acolhedora por um mundo que não pudemos contemplar juntos. Demos início a essa viagem. Depois disso, você resolveu retomar a flauta e dedicar-lhe as noites, sendo acompanhado por mim ao piano; além disso, não nos faltam visitas dos vizinhos e podemos sempre visitá-los. De minha parte, eu havia estabelecido dessa maneira a base para o primeiro verão realmente feliz que pensei gozar na vida."

"Creio que tudo que você relembra de modo tão gentil e sensato", disse Eduard, esfregando a testa, "não será perturbado pela presença do capitão; pelo contrário, acho que tudo ganhará um novo impulso e uma nova vida. Ele me acompanhou em parte de minhas andanças; registrou algo dessa experiência e o fez num sentido distinto: aproveitemos a oportunidade e um belo conjunto se formará."

"Permita-me dizer-lhe, com toda franqueza", respondeu Charlotte algo impaciente, "que tal plano contraria meus sentimentos, que tenho um pressentimento ruim."

"Desse modo vocês mulheres se tornam realmente imbatíveis", disse Eduard. "São tão sensatas, que não podemos contradizê-las; tão amáveis, que nos rendemos a sua vontade; tão sensíveis, que não temos o direito de magoá-las; tão cheias de pressentimentos, que nos enchemos de medo."

"Não sou supersticiosa", disse Charlotte, "e não dou um níquel por essas ideias obscuras, desde que não passem realmente disso; mas, na maior parte dos casos, trata-se de lembranças inconscientes dos efeitos tanto positivos quanto funestos das ações praticadas por nós mesmos ou por outros. Em toda e qualquer relação nada pode ser mais significativo do que a intervenção de uma terceira pessoa. Vi amigos, irmãos, amantes e cônjuges cujas relações se modificaram inteiramente, cuja situação sofreu profunda transformação pela adição casual ou planejada de uma nova pessoa."

"Isso pode acontecer com pessoas que levam a vida às escuras", observou Eduard, "não com aquelas que, advertidas pela experiência, tornaram-se mais conscientes."

"A consciência, meu caro, não é uma arma adequada", disse Charlotte, "podendo até mesmo se tornar perigosa para seu portador; e há tantas coisas a considerar, que é melhor não nos apressarmos. Dê-me alguns dias; não decida já!"

"Do modo como as coisas estão, mesmo depois de vários dias ainda estaremos nos precipitando. Já expusemos os argumentos favoráveis e contrários à vinda do capitão. Importa apenas decidir, e o melhor seria lançarmos a sorte."

"Sei que você", redarguiu Charlotte, "quando não pode se decidir, gosta de apostar ou jogar os dados; mas diante de uma questão tão delicada eu tomaria o gesto por um sacrilégio."

"O que vou dizer ao capitão?", perguntou Eduard. "Tenho de lhe escrever imediatamente."

"Escreva uma carta serena, sensata e tranquilizadora", disse Charlotte.

"Isso é o mesmo que escrever nenhuma", respondeu Eduard.

"Mas, em certos casos", disse Charlotte, "é necessário e mesmo gentil preferir nada escrever a não escrever."

II

Eduard estava sozinho em seu quarto, e a rememoração que Charlotte fez de seu destino pregresso, a presentificação da vida de ambos, de seus propósitos comuns, apaziguou seu espírito impulsivo. Sentia-se tão venturoso perto da mulher, em sua companhia, que passou a conjecturar uma carta amável e compassiva, porém serena e de conteúdo vago. Mas, ao se sentar à escrivaninha e pegar a carta do amigo para reler, veio-lhe à mente mais uma vez a triste situação daquele excelente homem. Todas as sensações que o atormentavam nos últimos dias retornaram de um golpe, e pareceu-lhe impossível abandonar o amigo em situação tão aflitiva.

Eduard não estava acostumado a se privar de algo. Fora o filho único e mimado de pais abastados que o persuadiram a aceitar um casamento incomum, mas extremamente vantajoso, com uma mulher bem mais velha; foi paparicado de todos os modos por ela, que, com gestos de grande liberalidade, procurou compensá-lo pela dignidade que ele demonstrou na vida conjugal; tornou-se senhor de si mesmo após a morte da esposa, ocorrida pouco depois, e independente para viajar, estando sempre em condições de variar e alterar os planos, não tendo desejos exagerados, mas sendo desejoso de muitas coisas, mostrando-se franco, caridoso, honrado e valente quando preciso. Que força então poderia se opor a seus desígnios?

Até agora tudo se passara de acordo com sua vontade; ele fora também capaz da conquista de Charlotte, lograda finalmente à custa de uma fidelidade obstinada, a bem dizer, novelesca. Agora, pela primeira vez na vida, via-se contrariado; pela primeira vez, via-se impedido no intento de trazer para casa o amigo de juventude, justamente no momento em que, por assim dizer, procurava dar um arremate a sua vida inteira. Estava aborrecido e impaciente; repetidas vezes tomou a pena para abandoná-la em seguida, pois não conseguia atinar com aquilo que devia escrever. Não queria contrariar os desejos da mulher, mas não podia atender a suas exigências; intranquilo como estava, tinha de escrever uma carta tranquila, e isso era impossível. A saída óbvia foi adiar a resolução. Desculpou-se com poucas palavras pelo fato de não ter escrito antes e de tê-lo feito nesse dia de maneira tão sucinta, prometendo para logo uma carta mais circunstanciada e tranquilizadora.

No dia seguinte, Charlotte aproveitou um passeio pelo mesmo lugar para retomar a conversa da véspera, convencida talvez de que o melhor caminho para desfazer um propósito seria discuti-lo à exaustão.

Essa reiteração veio em socorro de Eduard. Ele se exprimiu com a afabilidade e a gentileza de sempre, pois, suscetível como era, quando se inflamava, quando seu desejo se revelava demasiado ardente, quando a obstinação o tornava impaciente, sua fala, poupando inteiramente o interlocutor, tornava-se a tal ponto suave que todos o achavam encantador, mesmo que estivesse sendo inconveniente.

Agindo assim, nessa manhã, angariou toda a simpatia de Charlotte e, com uma fala espirituosa, acabou por seduzi-la por completo. Por fim, ela exclamou: "Você mesmo quer que eu consinta ao amante aquilo que neguei ao marido.

"Pelo menos, meu caro", prosseguiu, "saiba que seus desejos e a adorável vivacidade com que você os exprime não deixam de me tocar, não me deixam indiferente. Você me força a uma confissão. Também eu venho escondendo algo de você. Encontro-me numa situação semelhante à sua e venho me submetendo a uma violência à qual, peço-lhe agora, você também deve se submeter."

"Estou pronto para ouvi-la", disse Eduard. "Percebo que na vida conjugal temos de querelar às vezes para que cada um de nós descubra algo mais a respeito do outro."

"Saiba", disse Charlotte, "que sinto por Ottilie o mesmo que você pelo capitão. Penso com desgosto na situação da cara menina, internada num lugar que a oprime. Luciane, minha filha, nasceu para o mundo; no pensionato ela estuda para conquistá-lo, aprende línguas, adquire conhecimentos de história e tudo o mais, sendo capaz de executar de improviso as notas e as variações de uma partitura. É vivaz e possui excelente memória, podendo relembrar-se num átimo daquilo que aparentemente já havia esquecido. O desembaraço social, a graça na dança e a conversação desenvolta fazem com que sobressaia, e um inato espírito senhorial faz dela a rainha de seu pequeno círculo. A diretora da instituição toma-a por uma pequena divindade que se desenvolve sob seus cuidados, uma aluna que a dignifica, fazendo crescer a confiança das pessoas na educadora e atraindo novas mocinhas ao pensionato. As primeiras páginas de suas cartas e os relatórios mensais trazem apenas louvores à excelência de tal criança, hinos que trato de verter à minha prosa. Porém, ao mencionar Ottilie, o teor do relato muda completamente: são escusas e mais escusas em torno de uma criança que, embora venha adquirindo uma bela compleição, não se desenvolve plenamente e não busca adquirir nenhuma habilidade e destreza. O pouco que resta dessa lacônica exposição não me surpreende, pois reconheço na querida menina o caráter da mãe, minha querida amiga, que cresceu junto comigo e cuja filha eu — se pudesse ser sua instrutora ou tutora — gostaria de educar para que se tornasse uma criatura maravilhosa.

"Mas, como isso não está em nossos planos, como não devemos modificar em demasia nossas condições de vida, nem lhe acrescentar permanentemente algo de novo, prefiro então me resignar; procuro superar o desconforto que experimento quando minha filha, ciente de que a pobre Ottilie depende inteiramente de nós, se jacta de sua posição superior, eliminando em parte o benefício que lhe concedemos.

"Mas quem afinal é tão educado que já não tenha, de modo cruel, imposto sua superioridade sobre os outros? E quem é tão altivo que já não tenha padecido frente a tamanha opressão? Por meio dessas provações cresce o valor de Ottilie; mas desde que percebi com clareza sua situação lamentável, resolvi procurar outro lugar para ela. A qualquer momento deve chegar uma resposta e então não quero hesitar. É isso o que se passa comigo, meu caro. Como vê, trazemos ambos a mesma sorte de preocupações, depositadas num coração fiel e amistoso. Tratemos de suportá-las juntos, uma vez que são convergentes!"

"Somos pessoas singulares", disse Eduard, sorrindo. "Ao afastarmos de nós aquilo que nos preocupa, logo achamos que a questão está resolvida. Em geral, somos capazes de grandes sacrifícios, mas a atenção ao detalhe é uma tarefa para a qual não estamos preparados. Minha mãe era assim. Durante minha infância e juventude ela não tinha um instante de sossego, estava sempre preocupada comigo. Se eu saía a cavalo e demorava a voltar, alguma desgraça havia de ter me acontecido; se uma forte chuva me encharcava, a febre era certa. No entanto, ao viajar, ao me afastar realmente dela, tudo se passava como se eu não mais lhe pertencesse.

"Examinemos a questão mais de perto", prosseguiu. "Se abandonarmos duas criaturas tão nobres e tão queridas a tal estado de aflição e opressão apenas para nos pouparmos de algum perigo, estaremos agindo de modo tolo e irresponsável. Se isso não é egoísmo, então não sei o que possa ser. Traga Ottilie, deixe-me trazer o capitão, e, por Deus, façamos a experiência!"

"Seria o caso de corrermos o risco", disse Charlotte, "se apenas nós dois nos expuséssemos ao perigo. Você acha razoável abrigar Ottilie e o capitão sob o mesmo teto, sendo ele um homem que tem aproximadamente a mesma idade que você? Trata-se — que esta palavrinha de adulação fique entre nós — da idade em que o homem se torna realmente capaz de amar e digno de ser amado. É razoável que o deixemos na companhia de uma pessoa tão atraente como Ottilie?"

"O que você vê de tão especial em Ottilie?", perguntou Eduard. "Ela definitivamente herdou o carinho que você dedicava à mãe. É bonita, não há dúvida, e me lembro de o capitão ter feito um comentário a respeito quando, há cerca de um ano, estávamos de regresso e encontramos vocês duas em casa de sua tia. É bonita e seus olhos são particularmente belos; mas eu não diria que ela tivesse me atraído."

"Seu comportamento é digno de louvor", disse Charlotte, "pois eu estava ali presente; e, embora ela seja bem mais jovem do que eu, naquela ocasião a presença da velha amiga era demasiado encantadora para que você notasse a nascente e promissora beleza da menina. Essa é sua maneira de ser e por isso tenho tanto prazer em dividir a vida com você."

Charlotte parecia falar com franqueza, mas escondia algo. Naquela ocasião, ela havia intencionalmente apresentado Ottilie a Eduard, que regressava de suas viagens. Seu desejo era o de garantir à querida filha adotiva um bom partido, pois já não considerava mais a hipótese de ela mesma se ligar a ele. O capitão também fora incitado a chamar a atenção de Eduard para os encantos da jovem, mas este, que conservara tenazmente o antigo amor por Charlotte, não olhava para a direita nem para a esquerda e só se via satisfeito pela sensação de finalmente aceder ao bem tão vivamente desejado e que, por uma série de acontecimentos, parecera para sempre perdido.

O casal estava prestes a deixar os novos jardins e voltar ao castelo quando viu subir um lacaio cujo riso se fazia notar desde lá de baixo: "Apressem-se, vossas senhorias! O sr. Mittler acaba de chegar ao pátio do castelo. Pediu a todos nós que procurássemos pelos senhores e perguntássemos se precisam dele. 'Perguntem-lhes se precisam de mim', gritou, 'estão ouvindo? Corram, corram!'".

"O pândego!", exclamou Eduard. "Não é que ele chega na hora azada, Charlotte?" Ao lacaio, ordenou: "Volte rápido! Diga-lhe que precisamos dele, que precisamos muito dele! Faça-o apear da montaria. Cuide do cavalo, leve o visitante ao salão, ofereça-lhe o desjejum. Chegaremos logo.

"Sigamos pelo caminho mais curto!", disse à mulher, e tomou a trilha que passava ao largo do cemitério, a qual ele costumava evitar. Viu maravilhado que também aquele lugar Charlotte tratara de tornar aprazível. Procurando preservar os antigos monumentos, ela soubera ordenar e harmonizar todas as coisas, criando assim um espaço agradável, onde o olhar e a imaginação se viam bem acolhidos.

Até mesmo a lápide mais antiga recebera um tratamento digno. Todas essas pedras haviam sido enfileiradas junto ao muro, inseridas ou de algum modo nele introduzidas, de acordo com o ano que assinalavam; e também a base da igreja fora ricamente trabalhada e adornada. Eduard sentiu-se especialmente surpreso ao passar pela pequena porta: apertou a mão de Charlotte e uma lágrima brotou de seus olhos.

Mas o excêntrico convidado logo a dissipou, pois não se acomodou no castelo; disparou com o cavalo através do vilarejo para logo chegar ao cemitério, onde parou e gritou para os amigos: "Vocês não estão brincando comigo, estão? Se precisam de mim, fico até o meio-dia. Não me retardem! Tenho muito que fazer ainda hoje".

"Já que você se deu ao trabalho de vir até aqui", respondeu-lhe Eduard, "entre de uma vez com a montaria. Encontramo-nos num lugar solene; veja como Charlotte revestiu de beleza este luto!"

"Aí não entro", bradou o cavaleiro, "nem a cavalo, nem de coche, nem a pé. Os que aí estão repousam em paz; com eles não tenho nada a fazer. Entrarei de bom grado quando, esticado num caixão, me arrastarem para cá. E então, trata-se de assunto grave?"

"Sim", exclamou Charlotte, "muito grave! É a primeira vez que nós, recém-casados, nos vemos em apuros e em meio a uma confusão da qual não sabemos sair."

"Vocês não parecem estar perturbados", ele respondeu, "mas acredito no que dizem. Se estão a me enganar, contudo, na próxima vez deixo-os sozinhos em seu apuro. Venham depressa! A pausa fará bem a meu cavalo."

Logo encontravam-se os três no salão; serviu-se a mesa, e Mittler falou sobre seus feitos naquele dia e sobre aquilo que ainda restava por fazer. Esse homem singular fora sacerdote e se destacara pela incansável aplicação a seu ofício, sendo capaz de promover a concórdia e dirimir todas as querelas, tanto as domésticas quanto as de vizinhos, tanto aquelas que diziam respeito aos moradores tomados individualmente quanto aquelas que envolviam toda a comunidade e diversos proprietários. Desde que assumira o cargo, nenhum casal se separara, e os tribunais regionais não haviam sido importunados com pendências ou processos. Cedo percebeu o quanto precisava conhecer as leis; dedicou-se diligentemente a seu estudo, e logo ombreava com os advogados mais dotados. Seu círculo de atuação ampliou-se extraordinariamente. Pensou-se até mesmo em chamá-lo à corte para que se completasse a partir de cima aquilo que ele começara de baixo. Foi então que ganhou um grande prêmio de loteria e adquiriu uma propriedade mediana, que arrendou, fazendo dela o centro de sua atuação, firmemente determinado, ou, melhor dizendo, agindo de acordo com seu velho costume e inclinação e decidido a não se demorar em nenhuma casa que não se apresentasse carente de ajuda ou conciliação. Aqueles que são supersticiosos em relação ao significado dos nomes afirmam que o patronímico Mittler levou-o a abraçar esta que é a mais curiosa das vocações.*

A sobremesa era servida no momento em que o visitante pediu com toda a seriedade que seus anfitriões revelassem finalmente o que tinham a dizer, pois precisava partir logo depois do café. Os cônjuges fizeram-lhe uma confidência detalhada; ele, porém, percebendo o sentido da questão, ergueu-se aborrecido, correu à janela e ordenou que selassem o cavalo.

"Ou vocês não me conhecem", exclamou, "ou não me compreendem, ou ainda são muito maldosos. Existe algum atrito aqui? Vocês precisam de ajuda? Pensam que fui posto no mundo para dar conselhos? Esse é o ofício mais estúpido que alguém pode exercer. Aconselhe-se cada qual consigo mesmo e faça o que tem de ser feito. Tendo bom êxito, que se alegre com sua sabedoria e felicidade; advindo-lhe, porém, o mal, estarei às ordens. Aquele que quer se livrar de um mal, sempre sabe o que quer; aquele que deseja ter mais do que tem, está totalmente cego — é isso mesmo! Riam à vontade — este último brinca de cabra-cega, chega a apanhar alguma coisa, mas o que apanha? Façam o que bem entenderem: debalde! Acolham os amigos, deixem-nos de lado: é tudo a mesma coisa! Já vi fracassar o mais racional dos projetos e prosperar o mais canhestro deles. Não quebrem a cabeça, e se, de uma forma ou de outra, o mal prevalecer, do mesmo modo, não a quebrem. Mandem chamar-me, que virei em socorro. Até logo! Seu criado!"

E, assim, montou no cavalo sem esperar pelo café.

"Aqui se vê", disse Charlotte, "quão pouco um ter-

* "Mediador", "intermediário". (N.T.)

ceiro pode oferecer, quando duas pessoas estreitamente ligadas não encontram um ponto de equilíbrio. Agora, se isso ainda é possível, achamo-nos ainda mais confusos e inseguros do que antes."

Teriam hesitado por mais tempo não fosse a chegada de uma carta do capitão em resposta à última missiva de Eduard. Ele decidira aceitar um dos cargos que lhe foram oferecidos, conquanto o posto não lhe fosse absolutamente apropriado. Teria de partilhar o tédio da gente rica e elegante, a qual supunha que ele erradicaria esse mal.

Eduard percebeu claramente a situação e retratou-a com cores muito vivas. "Deixaremos o amigo em tal situação?", exclamou. "Você não poderia ser tão cruel, Charlotte!"

"Esse estranho homem, nosso Mittler, tem mesmo razão", disse Charlotte. "Todas essas decisões constituem um drama audacioso. Ninguém é capaz de prever o que acontecerá em seguida. Essas novas relações podem produzir a felicidade e a infelicidade, sem que possamos, de um modo particular, atribuir a nós mesmos o mérito ou a culpa pelo que vier a acontecer. Não me sinto forte o suficiente para continuar me opondo a você. Façamos a experiência! Peço-lhe uma única coisa: que o recebamos por pouco tempo. Permita-me que eu me empenhe mais por ele do que antes e me utilize diligentemente de minha influência e relações, mobilizando os ânimos para encontrar um posto que convenha a seu temperamento e lhe possa trazer alguma alegria."

Eduard assegurou-lhe isso da maneira mais simpática possível. Com o ânimo livre e sereno, apressou-se a escrever ao amigo, fazendo-lhe propostas. Charlotte teve de acrescentar seu assentimento pessoal, num pós-escrito redigido de próprio punho, juntando assim seu afável convite àquele feito pelo marido. Em linhas bem traçadas, escreveu com graça e gentileza, mas com uma pressa que lhe era estranha e pouquíssimo frequente; e, para seu espanto, acabou por sujar o papel com um borrão de tinta. A mancha irritou-a, e as tentativas de limpá-la só fizeram aumentar-lhe o tamanho.

Eduard fez troça da situação e, vendo que ainda restava espaço no papel, adicionou um segundo pós-escrito: por meio desse sinal o amigo devia notar a ansiedade com que era aguardado e preparar a viagem com a mesma pressa com que a carta havia sido escrita.

O mensageiro partiu, e Eduard não viu outro modo de exprimir sua gratidão senão pelo reiterado pedido para que Charlotte mandasse buscar Ottilie, tirando-a do pensionato.

Ela pediu que esperassem um pouco mais e à noite soube atrair o interesse de Eduard para um divertimento musical. Charlotte tocava piano muito bem; Eduard era menos hábil na flauta, pois, mesmo que por vezes se aplicasse com afinco ao estudo do instrumento, não era dotado da paciência e da perseverança necessárias à formação desse tipo de talento. Por isso, seguia a partitura de maneira bastante irregular, executando bem algumas passagens, com um pouco de pressa, talvez. Tocava outras em ritmo mais lento por não estar familiarizado com elas e, assim, para qualquer um, seria difícil fazer um dueto com ele. Mas Charlotte sabia acompanhá-lo; retardava o andamento para em seguida deixar-se levar pelo ritmo novamente acelerado do parceiro. Desse modo, cumpria uma dupla tarefa: ser um bom maestro e uma inteligente dona de casa, capaz de preservar a harmonia do conjunto, embora certas passagens fugissem ao compasso.

III

O capitão veio. Enviara antes uma carta muito sensível que tranquilizou Charlotte inteiramente. Uma aguda percepção de si mesmo, uma grande clareza quanto à própria situação e a dos amigos, tudo isso abria a perspectiva de alegria e contentamento.

Como sói acontecer entre amigos que não se veem de longa data, a conversação das primeiras horas foi animada, quase exaustiva. Ao entardecer, Charlotte organizou um passeio pelos novos jardins. O capitão gostou muitíssimo do lugar e assinalou cada uma das belezas que somente a partir dos novos caminhos podiam ser vistas e apreciadas. Tinha o olhar treinado e, não obstante, modesto; e, embora soubesse o que seria mais adequado em cada caso, diante de pessoas que lhe apresentavam alguma coisa, não demostrava esperar daquilo que era exibido mais do que as circunstâncias permitiam e, evitando a soberba que amiúde se ergue nessas ocasiões, tampouco ocorria-lhe lembrar de algo semelhante que houvesse visto noutra parte.

Ao chegarem à cabana de musgo, encontraram-na toda enfeitada; na verdade, estava adornada apenas com flores artificiais e ramos de congorsa, além de feixes de trigo natural e frutos das árvores e do campo, que revelavam o gosto refinado de sua decoradora. "Embora meu marido não goste de comemorar o aniversário e o dia de seu santo, não se aborrecerá comigo por empregar estas poucas coroas num triplo festejo."

"Triplo?", perguntou Eduard. "Certamente", respondeu Charlotte; "a chegada de nosso amigo por si só é motivo de festa. E vocês evidentemente esqueceram que hoje é o dia do santo de ambos. Não seria Otto o segundo nome tanto de um quanto do outro?"

Os dois amigos estenderam as mãos por sobre a pequena mesa para se cumprimentar. "Você me faz lembrar de um episódio de nossa juventude", disse Eduard. "Quando pequenos, éramos chamados desse modo; contudo, quando passamos a viver no internato, essa coincidência causava certa confusão, de modo que, em favor do amigo, renunciei ao belo e lacônico nome."

"E agindo assim você não foi exatamente generoso", disse o capitão, "pois bem me recordo de que o nome Eduard agradava-lhe mais do que o outro, da mesma forma que, enunciado por belos lábios, ele soa particularmente bonito."

Os três estavam sentados à mesma pequena mesa onde Charlotte, com tanto empenho, se manifestara contra a vinda do visitante. Em seu contentamento, Eduard não queria fazê-la lembrar daquele momento, mas não se furtou a dizer: "Há espaço também para uma quarta pessoa".

Nesse instante, trompas soaram no castelo, situado logo abaixo, reafirmando e revigorando os belos ideais e desejos dos amigos ali reunidos. Ouviram calados aquele som, recolhendo-se cada um a sua intimidade e sentindo de maneira redobrada a felicidade que gozavam em tão auspiciosa reunião.

Eduard foi o primeiro a interromper a pausa ao se levantar e sair da cabana. "Levemos o amigo ao último patamar da elevação", disse a Charlotte, "assim, verá que a propriedade e o lugar que habitamos não se reduzem a este pequeno vale; a vista lá de cima é mais ampla e o peito se dilata."

"Desta feita", respondeu Charlotte, "teremos de subir pela velha trilha, um caminho algo difícil; da próxima vez, espero que minhas escadas e degraus permitam uma caminhada mais confortável até o cume."

E desse modo, passando por escarpas, brenhas e moitas, chegaram ao topo, que não era plano, mas formado por uma sucessão de férteis lombadas. O vilarejo e o castelo ficaram para trás e não eram mais avistados. Ao fundo divisavam-se extensos lagos; mais adiante, colinas verdejantes que as águas contornavam; e, por fim, escarpas íngremes, que confinavam o último espelho d'água, cuja superfície refletia a imponência desses rochedos. No estreito, onde um copioso regato desembocava nos lagos, via-se um moinho semiencoberto, que, juntamente com o entorno, parecia oferecer um ponto de agradável retiro.

Abismos e elevações, matas e bosques alternavam-se de maneira profusa no semicírculo que a vista abarcava, e os primeiros verdores prometiam para breve um panorama encantador. Aqui e ali agrupamentos de árvores atraiam o olhar. Margeando o lago intermédio, um altivo aglomerado de choupos e plátanos sobressaía aos pés dos amigos que contemplavam a paisagem. O bosque erguia-se na plenitude de sua força, fresco e saudável, estendendo-se vigorosamente pelo terreno.

Eduard chamou a atenção dos amigos para a vegetação. "Essas árvores", exclamou, "plantei eu mesmo em minha juventude. Não passavam de pequeninos caules que conservei quando meu pai os arrancou num verão, abrindo espaço para uma nova área do grande jardim do castelo. Sem sombra de dúvida, também neste ano irão se destacar com gratidão, exibindo seus novos rebentos."

O grupo regressou alegre e satisfeito. O hóspede foi acomodado em aposentos espaçosos e confortáveis na ala direita do castelo, onde logo organizou os livros, papéis e instrumentos que utilizaria no desempenho de seu trabalho habitual. Mas Eduard não lhe deu sossego nos primeiros dias; levou-o a toda parte, a pé e a cavalo, apresentando-lhe a região e a propriedade enquanto exprimia o desejo, havia tempo acalentado, de aprimorar seus conhecimentos e tirar maior proveito da terra.

"A primeira coisa a fazer", disse o capitão, "seria explorar a região com a agulha magnética. Trata-se de uma tarefa fácil e prazerosa e, mesmo sem a garantia de uma completa exatidão, será útil e agradável para o início do trabalho; não implica grandes gastos, e mediante seu emprego estamos seguros de que a tarefa chegará a bom termo. Se você desejar uma mensuração mais precisa, não haverá problema em obtê-la depois."

O capitão tinha larga experiência nesse tipo de levantamento topográfico. Havia trazido o instrumental necessário e começou o trabalho imediatamente. Deu instruções a Eduard e a alguns monteiros e lavradores, que deveriam auxiliá-lo. O tempo mostrava-se propício aos trabalhos; à noitinha e cedo pela manhã o capitão se ocupava dos desenhos e esboços. Logo tudo estava hachurado e colorido, e Eduard viu suas terras surgirem nitidamente no papel, como uma nova criatura. Parecia que somente agora as conhecia; era como se apenas agora elas lhe pertencessem de fato.

Surgiu a oportunidade de tratar da região e dos jardins, que podiam ser trabalhados com muito mais propriedade à luz desse quadro geral do que pela intervenção na natureza a partir de impressões casuais e isoladas.

"Precisamos apresentar os resultados a minha mulher", disse Eduard.

"Não faça isso!", replicou o capitão, que preferia não contrapor às suas as convicções alheias. A experiência havia lhe ensinado que os pontos de vista variavam muito para que as pessoas pudessem chegar a um acordo sobre determinado assunto, mesmo diante da exposição mais racional. "Não faça isso!", exclamou. "Ela se desconcertaria facilmente. Pessoas como ela, que se ocupam dessas

AS AFINIDADES ELETIVAS

coisas de um modo apaixonado, importam-se mais com o fato de elas estarem fazendo algo do que com o fato de que algo esteja sendo feito. Tateiam a natureza, têm carinho por esta ou aquela planta; não se atrevem a eliminar este ou aquele obstáculo, não são ousadas o suficiente para sacrificar alguma coisa; também não são capazes de antecipar aquilo que deverá surgir, experimentam apenas. A tentativa pode prosperar ou dar em nada, tais pessoas apenas fazem modificações; modificam talvez aquilo que deveria permanecer, deixam intacto aquilo que deveria ser mudado e, por fim, realizam uma obra incompleta, que agrada e excita os sentidos, mas não satisfaz."

"Confesse", disse Eduard, "você não está contente com as obras de jardinagem que ela vem realizando."

"Se a execução houvesse concretizado a ideia — que, aliás, é muito boa —, não haveria mais nada para discutir. Charlotte torturava-se quando subia em meio às pedras; agora, como se queira, tortura aquele que ela conduz morro acima. Não se pode percorrer a subida livremente, seja andando lado a lado, seja caminhando em fila. A cadência do passo é constantemente quebrada, e eu poderia mencionar uma série de outros inconvenientes!"

"Teria sido fácil executar a obra de outro modo?", perguntou Eduard.

"Muito fácil", respondeu o capitão. "Ela poderia ter desbastado o canto de um dos rochedos, que, além do mais, é insignificante, pois se constitui de pequenas partes. Teria então obtido uma curva suave em meio ao aclive e, com as pedras, poderia ter murado os trechos que se apresentassem estreitos ou tortuosos. Que isso fique entre nós; ela ficaria confusa e contrariada diante desses reparos. O que já foi feito deve ficar como está. Se vocês estiverem dispostos a investir mais dinheiro e envidar novos esforços, haverá trabalho a fazer e amenidades a criar na encosta que se ergue acima da cabana de musgo e no topo da colina."

Se os dois amigos tinham no presente com que se ocupar, não lhes faltavam também vivas e gratas lembranças do passado, e nesses momentos Charlotte juntava-se à dupla. Além disso, tão logo se encerrassem os primeiros trabalhos, tencionavam entreter-se com os diários de viagem, rememorando, também assim, os tempos idos.

De resto Eduard quase não achava assunto para conversar com Charlotte, em especial depois de ter considerado a censura a seu trabalho no parque, que antes lhe parecera tão propositado. Calou por longo tempo sobre aquilo que o capitão dissera, mas, ao ver que a mulher retomava o trabalho no terreno que subia da cabana até o cume do morro, erigindo novamente trilhazinhas e pequeninos degraus, não se conteve e, com algum rodeio, expôs suas novas ideias.

Charlotte ficou perplexa. Era perspicaz o bastante para logo perceber que os amigos tinham razão, mas a obra acabada contradizia as objeções levantadas; fora realizada desse e não de outro modo, achava-a correta e desejável, apreciava em seus pormenores até mesmo aquilo que fora alvo das objeções, relutava em se convencer do contrário e defendia sua pequena criação. Censurava aqueles dois homens que se propunham grandes empreitadas e, a partir de um gracejo, de uma simples conversa, logo se dispunham a realizá-las, sem ponderar os custos que a ampliação de um projeto inevitavelmente acarreta. Estava agitada, ferida, aborrecida; não podia abandonar os velhos planos, tampouco recusar os novos, mas, decidida como era, interrompeu os trabalhos imediatamente e deu-se algum tempo para refletir e amadurecer suas ideias.

Ressentiu-se então da falta de atividade, vendo-se cada dia mais solitária, pois os homens da casa tornavam-se mais próximos um do outro no trato dos negócios; cuidavam zelosamente dos jardins e dos viveiros de plantas, ao mesmo tempo que mantinham sua habitual rotina de cavalheiros, indo à caça, comprando, trocando, domes-

AS AFINIDADES ELETIVAS

ticando e adestrando cavalos. Charlotte passou a se dedicar com mais empenho à correspondência, incluindo aquela que dizia respeito ao capitão; mesmo assim havia momentos de solidão. Desse modo, as notícias que recebia do pensionato atraíam cada vez mais seu interesse.

Uma longa carta da diretora, que, como de costume, alardeava satisfeita os progressos da filha, viera acrescida de um breve pós-escrito, acompanhado de um suplemento redigido por um auxiliar do instituto. Reproduzimos em seguida os dois anexos.

Pós-escrito da diretora

Quanto a Ottilie, prezada senhora, eu teria apenas de repetir aquilo que disse em relatos anteriores. Não a reprovo; mas seu desempenho, contudo, não me satisfaz. Ela se mostra modesta e cordial em relação os outros, porém não aprecio essa reserva, essa subserviência. Vossa senhoria enviou-lhe recentemente dinheiro e diversos tecidos. Não apanhou as moedas, e as fazendas permaneceram da maneira como chegaram — intocadas. Naturalmente, trata de suas coisas com muito asseio e cuidado e, aparentemente, muda de roupa apenas por uma questão de higiene. Não posso também aprovar a grande parcimônia que demonstra ao comer e beber. Nossas refeições não são opulentas, mas nada me agrada mais do que ver as meninas fartarem-se de um prato saboroso e saudável. Ao ser trazida e disposta à mesa, a comida preparada com zelo e ponderação deve ser consumida. Ottilie jamais corresponde a essa minha expectativa. Chega a pretextar a necessidade de corrigir uma falha qualquer no serviço da criadagem apenas para evitar uma refeição ou sobremesa. Além disso, preocupa-me o fato de ela apresentar às vezes uma dor do lado esquerdo da cabeça, algo que notei apenas depois de algum tempo. Esses episódios são passageiros, porém dolorosos e significativos. Isso é tudo o que tenho a dizer sobre esta que, de resto, é uma bela e adorável menina.

Suplemento do auxiliar

Nossa excelentíssima diretora permite-me habitualmente ler as cartas em que ela comunica aos pais e responsáveis as observações que faz sobre as pupilas. Leio com redobrada atenção e prazer as que são endereçadas a vossa senhoria, pois, ao nos congratularmos consigo pela filha, possuidora de todas as qualidades com as quais se pode conquistar o mundo, é preciso igualmente cumprimentá-la pela filha adotiva, que afortunadamente nasceu para constituir a felicidade alheia, bem como a sua própria. Ottilie é praticamente a única aluna sobre a qual nossa venerável diretora e eu não estamos de pleno acordo. Não discordo da diligente senhora quando pede que os frutos de seus cuidados sejam exibidos ao mundo de maneira nítida. Contudo, existem frutos fechados em si mesmos, que são de fato os verdadeiros, aqueles que são essenciais e que, cedo ou tarde, produzirão uma bela existência. Sua filha adotiva é um tipo assim. Ao lhe ministrar as lições, vejo que ela caminha num ritmo constante, seguindo adiante lentamente, sempre adiante, sem nunca retroceder. Se com uma criança é preciso começar pelo começo, também esse é seu caso. Ela não compreende senão aquilo que se apresenta como a consequência de algo já aprendido. Revela-se incapaz, mostra-se realmente inflexível diante de algo facilmente compreensível caso não possa estabelecer as devidas relações com o já visto. Porém, quando se acham os meios de lhe mostrar claramente os elos intermediários, compreende as coisas mais difíceis.

Nessa progressão morosa, permanece atrás das colegas, que, dotadas de habilidades mui distintas, correm

adiante, aprendem, conservam e empregam os conhecimentos adquiridos com grande facilidade, mesmo quando se trata de coisas sem coerência. Assim, não aprende
as lições ministradas de modo apressado, como ocorre
em determinadas aulas, que são dadas por professores
excelentes, porém céleres e impacientes. Já foi criticada
por causa da caligrafia e pela incapacidade de dominar
as regras gramaticais. Examinei essas queixas mais de
perto: é verdade que sua escrita é lenta e algo rígida, se
se pode dizer assim, mas não é titubeante nem disforme.
Ela compreende perfeitamente o que, aos poucos, lhe ensino do francês, que de resto não é minha especialidade.
Isto me surpreende: ela sabe muitas coisas e o sabe bem;
porém, quando interrogada, parece nada saber.

Se me permite encerrar este comentário com uma
observação geral, eu diria o seguinte: ela não aprende
como alguém que deve ser educada, mas como alguém
que quer ensinar; não como aluna, mas como futura
professora. É possível que vossa senhoria estranhe o
fato de eu, na condição de educador e mestre, só saber
elogiar aqueles que partilham comigo a mesma inclinação, mas, sendo mais experiente e conhecendo as pessoas e o mundo de modo mais aprofundado, a senhora
saberá apreciar devidamente estas minhas limitadas,
mas bem-intencionadas palavras. A senhora mesma se
convencerá de que essa criança lhe reserva ainda muitas alegrias. Despeço-me aqui respeitosamente, pedindo
permissão para voltar a escrever tão logo tenha algo importante e agradável a dizer.

Charlotte alegrou-se com a página. Seu conteúdo coincidia com a opinião que ela mesma tinha sobre Ottilie; não
pôde conter o sorriso diante das palavras do professor,
que lhe pareciam mais ternas do que aquelas normalmente suscitadas pela observação das virtudes de uma aluna.
Com seu modo de pensar sereno e livre de preconceitos,

Charlotte aceitou tranquilamente a atitude do mestre, como era seu costume nesses casos. Prezou o interesse do sensato educador por Ottilie, pois era experiente o bastante para perceber quão valiosa era a verdadeira afeição num mundo em que prevalecem a indiferença e a repulsa.

IV

A carta topográfica logo foi finalizada. Traçada a bico de pena e colorida, representava a propriedade e suas adjacências em escala bastante ampliada, de modo bem caracterizado e de fácil compreensão. Valendo-se de cálculos trigonométricos, o capitão tornou-a bastante precisa. Poucas pessoas dormiam tão pouco quanto esse laborioso homem; sua jornada era pautada pelos objetivos do momento e, por isso, também à noite e a qualquer hora era visto a executar alguma tarefa.

"Ocupemo-nos do restante", disse ao amigo, "façamos o laudo descritivo da propriedade, para o qual certamente já há suficientes trabalhos preliminares, que depois orientarão os contratos de arrendamento e outras coisas mais. É preciso, porém, que algo fique bem claro: separe a vida privada de tudo aquilo que diz respeito aos negócios! Os negócios exigem seriedade e rigor, a vida demanda capricho; os negócios cobram resultados, a vida cobra amiúde certa inconsequência, que a torna até mesmo generosa e prazenteira. Assegurando-se de uma coisa, você estará mais livre para desfrutar da outra; contudo, misturando-as, o mais seguro será varrido e eliminado pelo livre."

Eduard notou uma ligeira recriminação na advertência. Embora não fosse naturalmente desorganizado, jamais lograra arquivar seus papéis nos devidos lugares. Não diferenciava as coisas que dependiam unicamente dele daquelas que havia de realizar com outras pessoas, da mesma maneira que não distinguia propriamente os negócios e o trabalho do divertimento e da distração. Agora isso se tornava mais fácil, pois o amigo assumia o encargo; um segundo ego promovia a separação que o seu próprio nem sempre fora capaz de realizar.

Na ala do castelo habitada pelo capitão, eles alojaram um repositório para a documentação recente e um arquivo para as coisas do passado, levando até ali todos os documentos, papéis e relatórios mantidos em diferentes recipientes, câmaras, armários e caixas; e assim o caos se transformou rapidamente em satisfatória organização; classificado, acomodou-se em pastas devidamente assinaladas. O que quer que se procurasse era encontrado mais facilmente do que se teria podido imaginar. Na ocasião revelou-se de grande valia a presença de um velho escrivão cujo trabalho jamais satisfizera Eduard. Ele se sentava à escrivaninha por todo o dia, permanecendo ali até mesmo durante parte da noite.

"Não o reconheço mais", disse Eduard ao amigo; "como é ativo e útil!" "É verdade", respondeu o capitão. "Não o encarregamos de algo novo antes de ele ter encerrado com tranquilidade uma tarefa já iniciada; desse modo, como você vê, ele se desincumbe de muitas coisas. Se o perturbarmos, não será capaz de mais nada."

Depois de passar o dia trabalhando juntos, à noite os amigos não deixavam de fazer companhia a Charlotte. Não havendo um serão nas vilas e propriedades vizinhas — evento que se repetia regularmente —, o colóquio e a leitura giravam em torno de coisas que redobram o bem-estar, os benefícios e o prazer da vida civil.

Acostumada a gozar a ocasião tal como se apresentava e vendo o marido satisfeito, Charlotte sentia-se igualmente feliz. Diversas facilidades domésticas, que havia muito desejava, sem saber como organizá-las corretamente, foram providas pela diligência do capitão. A farmácia da

AS AFINIDADES ELETIVAS

casa, parca em medicamentos, foi ampliada, e Charlotte, consultando livros de conteúdo acessível, bem como a opinião de terceiros, viu-se em condições de exercitar sua natureza ativa e prestativa de maneira mais frequente e eficaz do que até então.

Levando-se em conta as emergências que surpreendem, mas que de fato compõem a rotina doméstica, providenciou-se todo o equipamento necessário nos casos de afogamento, sobretudo porque nas vizinhanças havia lagos, riachos e uma central hidráulica onde esse tipo de acidente não era raro. O capitão organizou o material com todo o cuidado, e Eduard deixou escapar a observação de que certa vez um evento dessa ordem havia marcado a vida do amigo. Como este se calara, aparentando o desejo de afastar uma triste recordação, Eduard se conteve, e Charlotte, que estava a par do ocorrido, tratou de mudar o assunto da conversa.

"As precauções que já tomamos são dignas de nota", disse o capitão certa noite. "Falta-nos, contudo, o mais importante: um indivíduo eficiente no manejo de todo esse aparato. Posso recomendar um conhecido meu; trata-se de um cirurgião do Exército, que poderia vir mediante um contrato razoável, um homem admirável em seu ofício. Houve mais de uma ocasião em que, estando eu gravemente enfermo, seu auxílio foi mais eficaz do que as prescrições de um médico afamado, e o socorro imediato é uma das coisas de que mais carecemos no campo."

O indicado foi prontamente contratado, e o casal se viu feliz por poder empregar em questão de maior relevância uma sobra de dinheiro destinada, em princípio, a gastos supérfluos.

Charlotte utilizava os conhecimentos e habilidades do capitão em favor de seus intentos e começou a apreciar sua presença, tranquilizando-se em relação a todas as possíveis consequências dessa estadia. Habitualmente, preparava-se para fazer algumas perguntas e, desejosa de viver de modo saudável, procurava afastar da casa tudo aquilo que fosse prejudicial e deletério. O esmalte de chumbo das panelas e o azinhavre dos recipientes de cobre já lhe haviam dado que pensar. Ouviu as instruções do amigo sobre o assunto e naturalmente teve necessidade de retomar certos conhecimentos de química e física.

Eduard cultivava com prazer o hábito da leitura em voz alta; surgiam assim oportunidades ocasionais e muito bem-vindas de se ouvir algo a respeito. Ele era dono de uma voz grave e bastante agradável, e no passado tornara-se famoso e benquisto em virtude da leitura cheia de verve e sentimento que fazia de obras poéticas e retóricas. Agora eram outros os temas que o interessavam, outros os escritos que declamava, e havia algum tempo trazia a seus ouvintes tratados de física e química e obras de caráter técnico.

Uma de suas idiossincrasias, partilhada certamente com outras pessoas, era a aversão que sentia quando alguém punha os olhos na página que estava a ler. No passado, durante a leitura pública de poemas, dramas e narrativas, esse zelo fora a consequência natural da intenção do leitor — assim como do poeta, do ator e do narrador — de surpreender, estabelecer pausas e criar o suspense; daí o mal-estar gerado por um olhar bisbilhoteiro, que prejudicava o efeito buscado na declamação. Por isso, nessas ocasiões, Eduard sempre procurara ocupar um lugar em que não houvesse ninguém a suas costas. Agora, num grupo de apenas três pessoas, a precaução era ociosa, pois não se buscava exaltar os sentimentos nem estimular a fantasia; assim, ele não se cercava de cuidados em relação à curiosidade alheia.

Certa noite, tranquilamente acomodado em seu lugar, percebeu que Charlotte olhava para a página que ele abrira. Acometeu-lhe a velha impaciência e ele censurou a mulher com certa aspereza: "De uma vez por todas, é preciso acabar com esses maus modos e com as maneiras que perturbam a convivência! Quando leio para alguém, faço uma comunicação oral, não é isso? A matéria escri-

AS AFINIDADES ELETIVAS

ta, impressa, ocupa o lugar de meu pensamento, de meu próprio coração. Iria eu então me dar ao trabalho de falar, caso fosse instalada uma janelinha em minha fronte e em meu peito, de modo que aquele a quem eu quisesse expressar, um a um, meus pensamentos e sentimentos saberia sempre de antemão aquilo que eu teria a dizer? Quando alguém põe os olhos na página que leio, sinto-me como que partido em dois pedaços".

Charlotte era capaz de agir com desembaraço, tanto nos grandes quanto nos pequenos círculos; sabia relevar as manifestações desagradáveis, violentas ou simplesmente impulsivas, interromper um colóquio tedioso e animar a conversa claudicante. Dessa feita, mais uma vez, não lhe faltou a velha civilidade: "Você há de perdoar meu erro ao se inteirar do que se passou comigo. Ouvi durante a leitura a menção a afinidades e, nesse instante, lembrei-me de meus parentes, de alguns primos que ora ocupam meu pensamento. Em seguida minha atenção retorna à leitura; percebo que se fala de coisas absolutamente inanimadas e olho para o livro a fim de me reorientar".

"Temos aqui uma linguagem metafórica, que a seduziu e confundiu", disse Eduard. "Obviamente, trata-se apenas de terra e minerais, mas o homem é um completo Narciso; vê sua imagem refletida por toda parte e pretende ser a medida de todas as coisas."

"Exatamente!", prosseguiu o capitão. "Esse é o modo como o ser humano trata tudo aquilo que se encontra fora de si mesmo; sua sabedoria e sua insensatez, sua vontade e seus caprichos, ele os atribui aos animais, às plantas, aos elementos e aos deuses."

"Eu não gostaria de desviá-los excessivamente do assunto de que se ocupam, mas peço-lhes que me expliquem o significado das afinidades nesse contexto."

"Faço isso com prazer", disse o capitão, a quem Charlotte dirigira a palavra, "e dentro de minhas limitações, da maneira que aprendi a matéria há dez anos, do modo que a encontrei nos livros. Se ainda se pensa assim no mundo da ciência, se essas ideias estão afinadas com as novas teorias, isso eu não saberia dizer."

"É muito ruim que não possamos mais aprender as coisas para a vida toda", disse Eduard. "Nossos antepassados atinham-se às lições aprendidas na juventude; nós, porém, temos de reaprender tudo a cada cinco anos se não quisermos ficar obsoletos."

"Nós mulheres não tomamos isso assim ao pé da letra", disse Charlotte. "Para ser sincera, desejo apenas compreender o significado da palavra, pois nada é tão ridículo diante dos outros do que empregar de modo incorreto um termo estranho, pertencente a um jargão específico. Assim, eu gostaria de saber o sentido da expressão quando ela é empregada no contexto desses tópicos. As relações científicas que ela enseja devem ser deixadas a cargo dos eruditos, que, devo assinalar, raramente chegam a um acordo em torno dessas questões."

"Por onde começamos então a fim de chegarmos logo ao ponto?", perguntou Eduard ao capitão, depois de uma pausa. Este, algo pensativo, respondeu em seguida:

"Se me permitem, vou proceder a uma digressão aparentemente muito extensa, mas logo chegaremos ao cerne da questão."

"Sou toda ouvidos", disse Charlotte, enquanto punha de lado o trabalho manual.

O capitão começou a exposição do seguinte modo: "Em todas as criaturas com quem deparamos, percebemos em primeiro lugar que elas guardam uma relação consigo mesmas. Soa estranho, naturalmente, exprimir algo que é autoevidente; porém, só podemos progredir com as outras pessoas na busca do desconhecido depois de termos compreendido de maneira cabal aquilo que sozinhos já conhecemos".

"Acredito", disse Eduard, intrometendo-se na explanação, "que podemos facilitar a compreensão de Charlot-

AS AFINIDADES ELETIVAS

te e a nossa própria por meio de alguns exemplos. Pense, minha cara, na água, no óleo e no mercúrio. Você observa imediatamente uma unidade, uma coesão das partes que compõem cada uma dessas substâncias. Elas não abandonam essa união a não ser pelo uso da força ou de outra determinação qualquer. Afastando-se essa intervenção, voltam a se reunir."

"Sem dúvida", disse Charlotte, concordando. "Os pingos da chuva agrupam-se para formar as torrentes. Quando éramos crianças, surpreendíamo-nos ao brincar com o mercúrio, notando como ele se repartia em diminutas esferas que em seguida voltavam a se fundir."

"Eu gostaria de me referir aqui a uma questão importante", acrescentou o capitão. "Essa relação totalmente pura, ensejada pelo estado líquido, apresenta-se decisiva e invariavelmente sob a forma esférica. O pingo da chuva que cai é redondo, e você já mencionou os glóbulos de mercúrio; quando uma porção de chumbo derretido cai — caso haja tempo suficiente para se enrijecer —, chega ao fim de sua trajetória na forma de uma esfera."

"Permita-me antecipar sua conclusão", disse Charlotte. "Assim como cada coisa mantém uma relação consigo mesma, também guardará uma relação com as demais."

"E isso ocorrerá de maneira diferente, à medida da própria diferenciação dos seres observados", acrescentou Eduard pressuroso. "Logo eles se encontrarão como amigos e velhos conhecidos que rápido se reúnem e se associam sem que se modifiquem uns aos outros, do mesmo modo como a água e o vinho se misturam. De maneira contrária, outros permanecerão estranhos entre si e não se ligarão, ainda que sejam mecanicamente friccionados e misturados, à maneira do óleo e da água, que, juntados num recipiente que se agita, em seguida retornam ao estado de separação."

"Não é preciso ir muito longe", disse Charlotte, "para contemplarmos nessas formas as pessoas que conhecemos; recordemos particularmente os grupos sociais a que pertencemos. Contudo, aquilo que mais se assemelha a esses seres inanimados são as massas que se confrontam neste mundo: os estamentos, as profissões, a nobreza e o terceiro estado, o soldado e o civil."

"E, no entanto", redarguiu Eduard, "do mesmo modo que elas podem se unificar por meio dos costumes e das leis, também no mundo químico há mediadores capazes de ligar os elementos que se repelem."

"Assim", disse o capitão, "ligamos o óleo e a água por meio de um álcali."

"Vá mais devagar com a explanação!", replicou Charlotte. "E diga então se eu o acompanho corretamente — não chegamos aqui às afinidades?"

"Sem dúvida!", respondeu o capitão. "Vamos agora conhecê-las na plenitude de sua força e determinação. Denominamos afins aquelas naturezas que, ao se reunirem, rapidamente se prendem e se identificam umas com as outras. Os álcalis e os ácidos antagonizam-se, mas apesar disso, ou talvez por isso mesmo, procuram-se avidamente e se apegam, modificam-se e formam um novo corpo, revelando sua afinidade de maneira suficientemente clara. Pensemos na cal, que exprime grande inclinação por todos os ácidos, uma verdadeira compulsão à união! Assim que chegar nosso laboratório químico, você terá a oportunidade de ver experimentos muito interessantes, que serão mais úteis à compreensão do fenômeno do que as palavras, os nomes e o jargão científico."

"Devo confessar", disse Charlotte, "que quando você chama esses curiosos seres de afins, essa afinidade me parece menos consanguínea do que espiritual ou anímica. Do mesmo modo, podem nascer amizades realmente significativas entre os homens, pois qualidades opostas propiciam uma união mais estreita. Aguardarei sua demonstração desses misteriosos efeitos. Não pretendo voltar a perturbá-lo na leitura", disse Charlotte, dirigindo-se

AS AFINIDADES ELETIVAS   57

a Eduard, "e, estando mais informada sobre o assunto, passo a ouvi-lo com toda a atenção."

"Você pediu nossa opinião", disse Eduard, "terá então de ouvi-la por inteiro, pois agora vêm os casos intrincados, que são os mais interessantes. São eles que nos ensinam os graus de afinidade experimentados pelas relações, sejam elas mais próximas e fortes ou mais distantes e fracas; as afinidades se tornam realmente interessantes quando produzem separações e divórcios."

"Quer dizer", exclamou Charlotte, "que essa triste palavra, infelizmente a cada dia mais pronunciada, é empregada também no domínio das ciências naturais?"

"Decerto!", respondeu Eduard; "no passado os químicos recebiam o título honorífico de *artífice das separações.*"*

"O termo caiu em desuso, felizmente", replicou Charlotte. "A união configura uma arte mais elevada, um serviço mais relevante. No mundo todo e em qualquer especialidade, um artífice da união é figura bem-vinda. E então, já que iniciaram a exposição do assunto, apresentem-me alguns desses casos!"

"Voltemos às coisas que acabamos de nomear e abordar", disse o capitão. "Por exemplo, aquilo que designamos por calcário é de fato uma terra cálcica mais ou menos pura, intimamente ligada a um ácido fraco que conhecemos sob a forma gasosa. Se colocarmos um pedaço desse mineral em contato com uma solução de ácido sulfúrico diluído, ele se prenderá à cal e, associado a ela, aparecerá na forma do gesso, ao passo que o ácido, fraco e gasoso, escapará. Aqui se veem uma separação e um novo composto; acreditamos então que o emprego do

---

* No original, *Scheidekünstler*. Nos tempos de Goethe, o termo ainda era empregado, como se pode observar numa das principais enciclopédias alemãs da época, a de Krünitz, editada até 1858. (N. T.)

termo *afinidade eletiva* está justificado, pois temos a impressão de que uma relação foi realmente favorecida, de que houve uma escolha em detrimento de outra."

"Desculpe-me", disse Charlotte, "do mesmo modo que desculpo os investigadores da natureza. Neste ponto eu jamais identificaria uma escolha; percebo no máximo uma necessidade natural, pois no fim das contas trata-se de uma questão de oportunidades. A ocasião determina a relação, do mesmo modo que ela faz o ladrão. No caso dos corpos naturais que você menciona, parece-me que a escolha está nas mãos do químico responsável pela reunião desses seres. Postos em contato, Deus sabe seu destino. No caso em questão, tenho pena do pobre ácido, que terá de circular novamente pelo espaço infinito."

"Depende apenas dele mesmo", replicou o capitão, "a ação de se ligar à água e, jorrando de uma fonte natural, propiciar refrigério aos sãos e aos enfermos."

"O gesso tem boas perspectivas diante de si", disse Charlotte, "está pronto e acabado, constitui um corpo e nada lhe falta. Mas o ser que foi expulso enfrentará adversidades até o dia em que retorne lá de cima."

"Se não me equivoco inteiramente", disse Eduard, "suas palavras embutem certa maldade. Confesse a malícia! A seus olhos, sou, no fim das contas, a cal, aquele mineral que se prendeu ao ácido sulfúrico, representado pelo capitão, tendo então abandonado a amável convivência e se transformado no gesso refratário."

"Se a consciência o leva a tais considerações", observou Charlotte, "eu, de minha parte, estou tranquila. Conversas metafóricas são gentis e divertidas; afinal, quem não gosta de se entreter com analogias? O homem, contudo, está num patamar superior em relação aos elementos. Se, em sua generosidade, ocupa-se deles empregando os termos *escolha* e *afinidades eletivas*, fará bem em voltar-se para si mesmo e ponderar o valor de tais expressões em seu contexto. Infelizmente, conheço casos em que a ligação íntima e aparentemente indissolúvel de dois seres foi quebrada pela intromissão ocasional de um terceiro, sendo que um dos elementos do par, antes tão unido, foi lançado só à vastidão do mundo."

"Nesse ponto, os químicos são muito mais galantes", disse Eduard, "e acrescentam um quarto elemento ao conjunto a fim de que nenhum deles saia de mãos vazias."

"Exatamente!", exclamou o capitão. "Esses casos são os mais significativos e curiosos; por meio deles podemos expor os estados de atração, afinidade, abandono e união entrecruzados no ponto em que um par de seres unidos entra em contato com outro par; os seres de ambos os pares abandonam então a prévia unidade e iniciam uma nova ligação. No ato de se deixar levar e no de apanhar, no de fugir e no de estar à procura, acreditamos vislumbrar uma determinação mais elevada; imputamos a esses seres uma espécie de vontade e escolha e tomamos por justificado o uso do termo científico *afinidades eletivas*."

"Descreva um desses casos", disse Charlotte.

"Não se deveria descrevê-los com palavras", ponderou o capitão. "Como disse há pouco, assim que eu puder realizar o experimento, tudo se tornará mais claro e compreensível. Neste momento eu teria de expor o assunto valendo-me de um vocabulário técnico que nada prova. É preciso que esses seres aparentemente mortos, mas de fato sempre prontos à ação, apresentem-se diretamente a nossa vista; devemos observar atentamente o modo como eles procuram, atraem, prendem, aniquilam, devoram e consomem uns aos outros para ver que, do estado anterior de unidade visceral, surge uma nova e renovada configuração: é nesse ponto que lhes atribuímos vida eterna, até mesmo sentido e inteligência, pois percebemos que nossos sentidos não bastam para observá-los corretamente e que a razão mal consegue apreendê-los."

"Não nego", disse Eduard, "que essa curiosa terminologia científica é maçante e até mesmo ridícula para quem não está em condições de compreendê-la à luz da observação direta e de certos conceitos. Podemos, contudo, exprimir a relação que abordamos pelo emprego de algumas letras."

"Se você não achar pedante", disse o capitão, "posso me utilizar brevemente da linguagem dos signos. Imagine um A que se liga intimamente a um B e que dele não se desliga, mesmo sob a ação de diversos meios ou pelo uso da força. Imagine um C que igualmente se liga a um D. Ponha então ambos os pares em contato; A se lançará sobre D, C sobre B, sem que possamos dizer quem foi o primeiro a abandonar o parceiro, quem tomou a iniciativa de se ligar a outro."

"Pois bem!", acrescentou Eduard. "Antes de ver tudo isso com os próprios olhos, consideremos essa fórmula à maneira de um enunciado metafórico do qual extraímos uma teoria para fins imediatos. Você, Charlotte, representa o A e eu o seu B, pois, na realidade, dependo apenas de você, como B depende de A. C, evidentemente, é o capitão, que, agora, de certa maneira, me afasta de você. Uma vez que você não pode ser reduzida a um objeto indistinto, ser-lhe-á provido um D, e este, sem dúvida, será a nossa querida daminha Ottilie, de cuja aproximação você não pode mais se defender."

"Ótimo!", respondeu Charlotte. "Mesmo que o exemplo, segundo me parece, não caiba inteiramente, penso ser auspicioso o fato de estarmos aqui reunidos e de essas afinidades naturais e eletivas precipitarem uma comunicação confidencial. Quero apenas informá-los de que, hoje à tarde, tomei a decisão de trazer Ottilie para cá, pois minha fiel ama de chaves e governanta está de saída para se casar. Isso, de minha parte e em relação a mim; no que toca a Ottilie, você lerá para nós as novidades. Não olharei para a página, embora, obviamente, eu já lhe conheça o conteúdo. Agora, leia, leia apenas!" Dizendo essas palavras, Charlotte apanhou uma carta e entregou-a a Eduard.

V

Carta da diretora

Vossa senhoria há de me escusar a carta sucinta, pois, encerrados os exames gerais e públicos a que submetemos nossas alunas, tenho de enviar a todos os pais e responsáveis um relatório circunstanciado dos resultados obtidos. A brevidade se justifica também pelo fato de que com poucas palavras posso dizer muita coisa. Sob todos os aspectos, a filha da senhora distinguiu-se ficando em primeiro lugar. Os certificados anexos e a carta em que ela mesma descreve os prêmios e a satisfação experimentada ao recebê-los, ambas as coisas certamente lhe proporcionarão um momento de paz e alegria. Minha própria satisfação, porém, vê-se de certa maneira reduzida diante da perspectiva de que em breve não mais privaremos do convívio de uma moça que fez tantos progressos. Recomendando--me a vossa senhoria, em breve tomarei a liberdade de lhe escrever novamente para dizer o que penso de seu futuro. Sobre Ottilie escreve meu estimado auxiliar.

Carta do auxiliar

Nossa venerável diretora pediu-me que lhe escrevesse sobre Ottilie. Por um lado, isso se deve ao modo de pensar da educadora, pois pesa-lhe informar aquilo que tem de ser informado, e, por outro, à obrigação de se desculpar com a senhora, preferindo encarregar-me de fazê-lo.

Ciente das dificuldades da boa Ottilie em dizer o que se passa consigo e em exprimir aquilo de que é capaz, fiquei deveras preocupado às vésperas do exame, sobretudo porque não é possível uma preparação especial e, ainda que o fosse, ela aparentemente não estava pronta para isso. Os resultados confirmaram meus temores; ela não se distinguiu em nenhuma disciplina e se encontra entre as alunas que não receberam o certificado. Que tenho a dizer sobre isso? Na escrita, ninguém apresentou uma caligrafia tão bonita quanto a dela; no entanto, as outras examinandas se mostraram muito mais fluentes; em aritmética, todas as outras foram mais rápidas, e questões mais complicadas, que ela resolve com facilidade, não foram objeto da prova; em francês, algumas das colegas, bem mais loquazes e desinibidas, deixaram-na para trás; em história, esqueceu-se de nomes e datas; em geografia, notamos que não dominava perfeitamente as divisões políticas. Na prova de música, não dispôs de tempo nem da devida calma para apresentar suas poucas e modestas melodias. É certo que teria sido contemplada com um prêmio na prova de desenho, pois os esboços que apresentou eram claros e a execução, bem cuidada e engenhosa. Infelizmente, escolheu um tema muito ambicioso, que não pôde desenvolver até o fim.

Quando as alunas se retiraram, os examinadores se reuniram para deliberar, permitindo que nós, os professores, nos manifestássemos de modo breve. Notei então que eles praticamente ignoravam Ottilie e, quando se ocupavam dela, ainda que não a desaprovassem por completo, faziam-no com indiferença. Imaginei que eu poderia obter seu favor falando abertamente sobre o caráter da menina. Aventurei-me a defendê-la e o fiz com redobrado empenho, pois falei com convicção e, além disso, em meus tempos de escola, eu mesmo passara por essa triste situação. Ouviram-me com atenção e, ao encerrar minha exposição, o primeiro examinador me disse, de modo gentil, porém lacônico: "As supostas aptidões devem se transformar em realizações. Esse é o escopo de todo o ensino; essa é a intenção clara e evidente dos pais e responsáveis, a intenção calada e semiconsciente das próprias crianças. Esse é o objeto da prova pela qual professores e alunos são igualmente avaliados. A partir daquilo que ouvimos do senhor, temos motivos para crer no futuro desempenho da menina, e é louvável seu cuidado em observar as aptidões das alunas com tamanha atenção. Transforme-as em realizações no ano que segue e não faltarão aplausos para o senhor e sua dileta aluna".

Eu já havia me resignado às consequências desse desfecho, mas não podia imaginar que algo pior ainda estivesse por acontecer. Nossa digna diretora, feito o bom pastor de rebanhos, não podia aceitar a perda de uma ovelha ou, como era o caso agora, contemplar uma que não ostentasse seu adorno. Quando os senhores examinadores se afastaram, não pôde ocultar seu desagrado e se dirigiu a Ottilie, que se postara bastante calma à janela, enquanto as outras meninas comemoravam seus prêmios. Disse-lhe a senhora: "Explique-me, pelo amor de Deus, como alguém pode parecer tão tolo se de fato não o é". Ottilie respondeu-lhe placidamente: "Perdoe-me, cara mãezinha; justamente hoje tive uma forte dor de cabeça". "Isso não há como saber!", redarguiu a mulher — em geral bastante compassiva — e virou-se contrariada.

É verdade: ninguém pode saber, pois quando sobrevém a dor, Ottilie não muda o semblante e eu mesmo não notei que ela tivesse levado a mão à têmpora.

Isso não foi tudo. A senhorita sua filha, digníssima senhora, quase sempre uma menina franca e calorosa, inebriou-se com o triunfo e passou a se portar de modo galhofeiro e petulante. Correu pelos quartos exibindo seus prêmios e certificados e os esfregou na cara de Ottilie. "Você foi muito mal hoje!", exclamou. Ottilie respondeu muito calma: "Este não é o último dia dos exames". "Mas você ficará sempre em último lugar!", replicou a prima, saltitante.

Todos tinham a impressão de que Ottilie estava tranquila, menos eu. Um movimento interno, desagradável e impulsivo, ao qual ela procura resistir, revela-se nesses momentos por uma coloração irregular da face. A bochecha esquerda se avermelha por um instante, enquanto o outro lado do rosto permanece pálido. Vi o sinal e não pude refrear meus sentimentos de simpatia pela pequena. Chamei a diretora de lado e lhe falei com gravidade. A excelente senhora reconheceu o erro. Deliberamos longamente e, sem me ater aqui a todos os pormenores da discussão, comunico-lhe nossa decisão, fazendo também um pedido: receba Ottilie por algum tempo. Ninguém melhor do que a senhora para compreender os motivos para isso. Se vier a concordar com essa proposta, então falarei mais sobre o modo de lidar com a boa criança. E se acaso a senhorita sua filha nos deixar, como podemos augurar desde já, teremos muito prazer em receber Ottilie de volta.

Antes que me esqueça, menciono mais um detalhe: nunca vi Ottilie exigir alguma coisa nem pedi-la com insistência. Por outro lado, ainda que raramente, há ocasiões em que procura recusar algo que lhe é solicitado. Ela o faz por meio de um gesto que se torna irresistível para aquele que compreende seu sentido: ela ergue as mãos juntas e espalmadas trazendo-as junto ao peito; inclina ligeiramente o corpo adiante e mira o solicitante com tal expressão no olhar que este prefere abdicar de todo e qualquer pedido ou desejo. Caso venha a notar o gesto, digníssima senhora — algo improvável pela maneira como sabe lidar com as pessoas —, lembre-se de mim e seja condescendente com ela.

Eduard leu a carta em voz alta, sorrindo e meneando a cabeça, sem se furtar a tecer comentários sobre as pessoas envolvidas e a situação que se apresentava.

"Basta!", exclamou por fim; "está decidido, ela vem! Você terá aquilo de que precisa, minha cara, e nós poderemos prosseguir com o trabalho. É absolutamente necessário que eu me mude para a ala direita do castelo, alojando-me com o capitão. As manhãs e as noites são o melhor momento do dia para se trabalhar em conjunto. Você e Ottilie, em compensação, ficarão na outra ala com os melhores aposentos."

Charlotte acatou a proposta e Eduard esboçou a futura vida comum. Entre outras coisas, exclamou: "É muito gentil da parte da sobrinha que a cabeça lhe doa um pouco à esquerda; a minha dói por vezes à direita. Quando a crise surgir ao mesmo tempo, poderemos nos sentar um diante do outro; eu apoiado sobre o cotovelo direito, ela sobre o esquerdo; nossas cabeças, amparadas pelas mãos, estarão voltadas para direções distintas, de modo a formar curiosas imagens reversas".

O capitão viu nisso algum perigo. Eduard, entretanto, exclamou: "Guarde-se de D! O que seria de B se C lhe fosse tirado?".

"Pensei", disse Charlotte, "que nesse caso haveria uma única saída."

"Naturalmente", bradou Eduard, "B retorna para seu A, para seu alfa e ômega!" Disse isso erguendo-se de um salto para tomar Charlotte em seus braços e trazê-la ao peito.

VI

Um coche trazendo Ottilie entrou na propriedade. Charlotte foi recebê-la; a adorável menina correu em sua direção, atirou-se a seus pés e abraçou-lhe os joelhos.

"Por que se humilhar?", perguntou Charlotte, que se sentia constrangida e procurava erguer a sobrinha. "Não tive a intenção de me humilhar", respondeu Ottilie conservando a mesma posição. "Queria apenas recordar meus tempos de criança, quando mal chegava à altura de seus joelhos e, no entanto, estava certa de seu amor."

Então se levantou, e Charlotte abraçou-a carinhosamente. Foi apresentada aos cavalheiros e recebeu todas as atenções a que um convidado tem direito; em toda parte a beleza é um hóspede bem-vindo. Ottilie parecia estar atenta sem, contudo, participar diretamente da conversa.

Na manhã seguinte, Eduard disse a Charlotte: "Ela é uma moça agradável e comunicativa".

"Comunicativa?", perguntou Charlotte, sorrindo. "Ela mal abriu a boca."

"Verdade?", respondeu Eduard, enquanto parecia pensar. "Que coisa curiosa!"

Charlotte deu à recém-chegada apenas umas poucas orientações sobre a administração doméstica. Ottilie viu rapidamente o modo como se dava a organização geral ou, melhor dizendo, ela o sentiu. Sem nenhuma dificuldade, percebeu as providências a serem tomadas a fim de que todos e cada um em particular tivessem atendidas as suas necessidades. Tudo ocorria pontualmente. Ela sabia ordenar o trabalho, sem aparentemente expedir uma única ordem, e onde falhava o serviço de algum criado ela mesma se encarregava de executá-lo.

Assim que notou o quanto lhe restava de tempo livre, pediu licença a Charlotte para programar seus horários, que eram então rigorosamente cumpridos. Executava suas tarefas de um modo já conhecido por Charlotte, a partir das informações prestadas pelo auxiliar. Ottilie tinha autonomia para agir. Por vezes a tia procurava estimulá-la; descartava as penas usadas e gastas para que a escrita lhe saísse mais fluente, mas elas logo reapareciam, com a ponta outra vez afiada.

Ambas acordaram falar em francês quando estivessem a sós, e Charlotte aferrou-se ainda mais a essa determinação ao ver que Ottilie se tornava mais loquaz no idioma estrangeiro, pois se obrigava a seu exercício. Acabava então por dizer mais coisas do que aparentemente havia pretendido. Certa vez, Charlotte encantou-se com uma descrição casual, precisa e, no entanto, graciosa de todo o pensionato. A menina ia se revelando uma adorável companhia, e a tia esperava encontrar na sobrinha uma amiga de confiança.

Charlotte retomou os velhos papéis referentes a Ottilie a fim de relembrar aquilo que a diretora e seu assistente haviam dito sobre a boa menina, confrontando esse juízo diretamente com a personalidade da sobrinha. Charlotte pensava não ser possível conhecer de modo rápido o suficiente o caráter de uma pessoa com a qual se convive para saber o que se poderia dela esperar, as aptidões que ela poderia desenvolver e as coisas que se lhe deveriam conceder e perdoar.

O reexame dos documentos não revelou nada de novo, porém coisas já conhecidas tornaram-se mais significativas e vivas. Por exemplo, a parcimônia de Ottilie ao comer e beber deixava a tia realmente preocupada.

O vestuário foi a primeira questão de que se ocuparam. Charlotte cobrou da sobrinha que se apresentasse com roupas mais seletas e refinadas. De imediato a menina, gentil e diligente, cortou os tecidos com que fora regalada e, com alguma ajuda alheia, logo passou a se vestir com extrema elegância. Os trajes novos e em dia com a moda realçaram-lhe a figura, pois, assim como a graça de uma pessoa se transmite àquilo que a recobre, assim também, no momento em que ela exibe suas qualidades a um novo ambiente, passamos a crer que a vemos de fato pela primeira vez e que ela se apresenta ainda mais encantadora.

Para empregarmos o termo adequado, podemos dizer que ela se tornou um verdadeiro bálsamo para os olhos masculinos. Foi assim desde que chegou, e essa atração cresceu ainda mais com o passar do tempo. Pois se, por meio de sua maravilhosa cor, a esmeralda faz bem à vista e chega mesmo a possuir algum poder de cura sobre esse nobre sentido, a beleza humana exerce uma influência ainda maior sobre os sentidos internos e externos. Aquele que a contempla não é atingido por nenhum sopro malfazejo; sente-se conciliado consigo mesmo e com o mundo.

De algum modo o círculo doméstico havia lucrado com a chegada de Ottilie. Eduard e o capitão passaram a observar rigorosamente o horário ou, melhor dizendo, o minuto exato combinado para as reuniões do grupo. Não se faziam esperar para as refeições, para o chá e nem para os passeios. Especialmente à noite, já não se levantavam tão cedo da mesa. Charlotte notou a mudança e passou a estudá-los. Procurava saber se o entusiasmo era maior da parte de um deles, mas não constatava nenhuma diferença. Ambos se mostravam absolutamente interessados. Enquanto falavam, pareciam ponderar o que seria mais adequado para garantir o envolvimento de Ottilie na conversa e aquilo que melhor conviria às opiniões e conhecimentos da jovem. Se ela, por algum motivo, precisasse sair da sala, suspendiam a leitura ou a narração até que voltasse. Tornaram-se mais afáveis e, de um modo geral, mais comunicativos.

Ottilie correspondia ao obséquio revelando-se cada dia mais ciosa de seus afazeres. Quanto mais conhecia a casa, as pessoas e as relações, mais ativa se tornava, passando a compreender cada olhar ou movimento, cada meia palavra ou ruído que fosse. Seu sereno desvelo permanecia sempre o mesmo, bem como o olhar atento. E, assim, o gesto de se sentar, levantar, ir, vir, buscar, trazer e voltar a se sentar era destituído de qualquer traço de agitação, era uma perene alternância, um movimento eterno e gracioso. Ninguém ouvia seus passos, tão suave era o modo como chegava.

Para Charlotte, essa permanente solicitude de Ottilie foi motivo de incontáveis alegrias. Apenas uma coisa não a satisfazia completamente, e ela não deixou de falar sobre isso com a sobrinha. "Entre os gestos mais dignos da cortesia", disse Charlotte certa vez, "encontra-se aquele de logo nos abaixarmos para apanhar algo que, inadvertidamente, caiu das mãos de alguém. Desse modo, demonstramos a consideração que temos pelo próximo; mas no trato social mundano é preciso saber a quem devemos obsequiar dessa maneira. Quanto às mulheres, não há uma regra estrita; você é jovem. Em relação aos mais velhos e a quem está numa posição social superior, trata-se de obrigação. Diante de seus iguais, a atitude denota gentileza; diante de gente mais nova ou inferior, configura humanidade e bondade. Diante dos homens, contudo, não fica bem para uma mulher agir com semelhante favor e consideração."

"Tentarei corrigir o hábito", respondeu Ottilie. "Não obstante, você há de me perdoar essa falta de traquejo ao se inteirar do modo como fui levada a me comportar assim. Contaram-nos uma história no pensionato; não lhe prestei muita atenção, pois não sabia que ela me seria útil. Impressionaram-me apenas uns poucos fatos, como os que seguem:

"Certa vez, Carlos I da Inglaterra estava diante de seus assim chamados juízes, e o castão de ouro de seu bastão caiu-lhe aos pés. Acostumado a ser socorrido por todos numa situação como essa, parecia olhar a sua volta aguardando que algum dos presentes, mais uma vez, lhe prestasse o pequeno favor. Ninguém se mexeu, e ele mesmo se curvou para apanhar o castão. O episódio pareceu-me tão penoso que, desde então, mesmo sem saber se procedo corretamente, não resisto a me curvar assim que vejo algo cair das mãos de alguém. Entretanto, como o gesto nem sempre é apropriado, e como eu", continuou dizendo, "nem sempre posso contar essa história, doravante serei mais contida."

Entrementes, os empreendimentos a que os dois amigos se dedicavam seguiam de vento em popa. Ambos deparavam a cada dia uma nova ocasião para idealizar e empreender um projeto.

Um dia, ao atravessarem o vilarejo, notaram desapontados o quanto este se achava atrasado, em termos de organização e limpeza, em relação àquelas comunidades onde os moradores, pela escassez de espaço, são forçados a promovê-las.

"Você deve se lembrar", disse o capitão, "de que em nossa viagem pela Suíça exprimimos certa vez o desejo de embelezar um desses parques ditos campestres organizando um vilarejo como este, não pelo emprego da arquitetura suíça, mas por meio de sua organização e limpeza, que tornam o espaço tão mais aproveitável."

"Aqui, por exemplo, isso se aplicaria muito bem", respondeu Eduard. "A colina do castelo se estende de alto a baixo em ângulo fechado. O vilarejo forma um semicírculo regular em torno dela. Entre ambos os sítios passa o rio. Um determinado morador protege sua propriedade contra o ímpeto das águas metendo-lhe pedras nas margens, outro se utiliza de estacas, um terceiro emprega umas vigas e por fim um quarto faz o mesmo serviço com

AS AFINIDADES ELETIVAS

tábuas. Nenhum deles beneficia o vizinho; pelo contrário, ocasiona prejuízo e desvantagens para si e os demais. Assim também a rua apresenta um curso desfavorável, seguindo ora em aclive ora em declive, passando ora pelo rio ora pelas pedras. Se as pessoas pusessem mãos à obra, a construção de um muro curvilíneo não demandaria muito esforço; por trás dele o caminho seria elevado até a altura das casas, abrindo-se então uma belíssima área que garantiria o espaço necessário à manutenção da limpeza. E assim, por meio de uma obra grande e única, erradicaríamos de vez todos os pequenos e insuficientes reparos."

"Vamos tentar!", respondeu o capitão enquanto corria os olhos pelo terreno e refletia rapidamente sobre o assunto.

"Não me agrada contar com os moradores e lavradores se não me vejo em condições de comandá-los diretamente", disse Eduard.

"Você não está errado", observou o capitão; "essas coisas já me aborreceram terrivelmente ao longo da vida. Como é difícil para o homem ponderar com equilíbrio o sacrifício que se exige para a conquista de algo; como é difícil desejar os fins sem poder recusar os meios! Muitos confundem o meio e o fim, alegram-se com o primeiro esquecendo-se do segundo. Desejam reparar um mal imediatamente, no mesmo lugar onde apareceu, mas não se ocupam do ponto exato em que se originou, a partir do qual produz seus efeitos. Por isso é tão difícil deliberar, especialmente com a massa das pessoas, que são muito razoáveis em relação ao cotidiano, mas raramente enxergam além do dia de amanhã. E quando, à vista de um empreendimento comum, um ganha e outro perde, não se chega jamais a um acordo. Todo bem comum tem então de ser promovido pelo direito irrestrito do soberano."

Enquanto conversavam, mendigava por ali um homem que parecia mais atrevido que necessitado. Eduard, sentindo-se incomodado e perturbado pela interrupção do esmoleiro, repreendeu-o com rigor depois de tentar, sem sucesso, repeli-lo pacificamente. Ao se afastar devagar, resmungando e reclamando, o pedinte reiterava seus direitos de mendigo, a quem se pode negar uma esmola, mas não ofender, pois, tanto quanto as demais pessoas, também ele vivia sob a proteção de Deus e das autoridades. Eduard desconcertou-se completamente.

Para acalmá-lo, o capitão disse: "Aproveitemos o incidente para pedir que nossa polícia rural estenda sua atuação também a casos como este! Devemos dar esmolas, mas agimos melhor se não as distribuímos pessoalmente, sobretudo no próprio lugar onde vivemos. Em tudo, devemos ser ponderados e constantes, na benevolência inclusive. Um óbolo demasiadamente generoso atrai mendigos em vez de despachá-los. Numa viagem, pelo contrário, quando estamos de passagem, surgimos diante de um pobre na forma eventual de um acaso feliz e podemos favorecê-lo com um donativo surpreendente. A localização do vilarejo e do castelo facilita muito uma iniciativa como essa; eu já havia pensado no assunto.

"Num dos extremos da vila temos a taberna, no outro fica a casa de um bom e velho casal. Em ambos os lugares você terá de aplicar uma pequena soma em dinheiro. Receberá alguma coisa aquele que está de saída e não aquele que entra no vilarejo, e como ambas as casas estão nos caminhos que levam ao castelo, todos aqueles que desejarem se dirigir para lá serão inevitavelmente encaminhados a esses dois sítios."

"Venha", disse Eduard, "vamos tratar disso agora mesmo; os pormenores ficam para depois."

Foram ter com o taberneiro e com o casal de velhos, e um acordo foi selado.

"Bem sei", disse Eduard, enquanto subiam o caminho de volta ao castelo, "que tudo nesta vida decorre de uma ideia feliz e de uma firme resolução. Você avaliou corretamente as obras que minha mulher vem fazendo no parque

AS AFINIDADES ELETIVAS

e me deu boas indicações de como aprimorá-las. Não vou negar, tratei de logo informá-la sobre isso."

"Eu bem podia imaginar", respondeu o capitão, "mas não aprovar a indiscrição. Você a deixou confusa; ela abortou o trabalho e, nesse único pormenor, resiste a nossos planos, pois evita abordar o assunto e não voltou a nos convidar para a cabana, embora, nas horas vagas, suba até lá na companhia de Ottilie."

"Não vamos nos acanhar por isso", redarguiu Eduard. "Quando me convenço da justeza de algo que poderia e deveria acontecer, não sossego até ver tudo concretizado. Afinal, somos sábios o suficiente para introduzirmos uma ideia. Em nossas tertúlias, vamos nos entreter com as gravuras dos parques ingleses e em seguida com sua carta topográfica. Tratemos disso como assunto ainda não resolvido e em tom de pilhéria; a seriedade em torno dos planos surgirá no momento devido."

Estabelecido o compromisso, eles abriram os livros, que traziam tanto os esboços da região quanto o aspecto paisagístico que ela apresentava em seu inicial e rude estado de natureza, e que, noutras páginas, exibiam as modificações promovidas pelo engenho humano para utilizar e incrementar o bem já existente. A partir daí, foi bastante fácil voltar às próprias terras, à região cercana e àquilo que se poderia empreender ali.

Fazer da carta que o capitão esboçara a base para o trabalho tornou-se tarefa prazerosa; mesmo assim, era difícil livrar-se daquela primeira concepção que orientara as obras executadas por Charlotte. Projetou-se, contudo, um caminho suave para o alto da colina. Lá em cima, à beira da encosta, desejava-se erigir uma casa de recreio defronte a um gracioso bosquezinho; ela guardaria relação com o castelo, cujas janelas a contemplariam, e dali tanto o castelo quanto os jardins seriam igualmente avistados.

O capitão ponderou bem a empreitada, fez toda a mensuração necessária e durante uma conversa trouxe à baila o caminho do vilarejo, bem como o muro ao longo do rio e o aterro. "Erigindo um caminho agradável para o alto da colina", disse, "restarão dessa obra todas as pedras necessárias à construção do muro e, empreendendo simultaneamente os dois trabalhos, ambos se concretizarão de modo mais rápido e econômico."

"Neste ponto", disse Charlotte, "algo me preocupa. Uma quantia em dinheiro terá de ser empregada; e, sabendo de antemão os esforços a serem envidados, já não contaremos em semanas, mas em meses o tempo a ser consumido na execução de uma obra dessa magnitude. O caixa está sob meus cuidados; pagarei as contas e farei eu mesma a contabilidade."

"Parece que você não confia muito em nós", disse Eduard.

"Não muito em se tratando de caprichos", respondeu Charlotte. "Somos mais capazes de controlá-los do que vocês."

Abriu-se o canteiro de obras e os trabalhos logo começaram, contando com a permanente presença do capitão, que tinha em Charlotte uma testemunha quase diária de seu caráter sério e determinado. Ele passou a conhecê-la de perto, e para ambos não foi difícil trabalhar em conjunto e obter resultados.

No trabalho sói acontecer o mesmo que na dança: parceiros que logram manter o mesmo passo tornam-se imprescindíveis; nasce então um sentimento de bem-estar que é partilhado por ambos os dançarinos. Desde que se aproximara do capitão, Charlotte passara a apreciá-lo, e um sinal indubitável dessa afeição era o fato de admitir a destruição de um retiro que ela, no início das obras, planejara e construíra com todo cuidado, e que, no entanto, contrariava os planos do amigo. Ela aquiescia a seu desejo, sem provar o menor desconforto.

VII

Como Charlotte tinha uma tarefa a ser executada juntamente com o capitão, Eduard passou a ficar mais com Ottilie. De qualquer modo, havia algum tempo seu coração mantinha uma serena e afetuosa inclinação por ela. Ottilie mostrava-se solícita e prestativa com todos; que ela o fosse ainda mais com ele era algo que afagava sua autoestima. Não restava nenhuma dúvida: ela sabia os alimentos de que ele gostava e a maneira de prepará-los que eram de seu agrado; não deixara de notar a quantidade de açúcar que ele costumava pôr no chá e suas outras preferências culinárias. Evitava com todo zelo que ele fosse exposto a correntes de ar, diante das quais ele era extremamente sensível, predisposição que provocava eventuais conflitos com Charlotte, para quem a aragem nunca era suficiente. Da mesma maneira, informava-se sobre o bosque e o jardim. Procurava encaminhar as coisas que ele desejava e precaver-se daquilo que pudesse impacientá-lo, de maneira que se lhe tornou um imprescindível anjo da guarda cuja ausência ele já não tolerava. Além disso, ela se apresentava mais loquaz e aberta quando estavam a sós.

Mesmo com o passar dos anos, Eduard conservara algo de infantil em suas atitudes, comportamento que condizia à juventude de Ottilie. Ambos recordavam com prazer os momentos em que haviam se encontrado no passado. Essa memória recuava até a primeira fase do interesse de Eduard por Charlotte. Ottilie lembrava-se deles como o casal mais belo da corte, e quando Eduard duvidava de sua capacidade em recordar acontecimentos tão antigos, ela a reafirmava categoricamente e dizia ter ainda bem presente a lembrança de um fato em particular: certa vez, à sua chegada, ela se refugiara no colo de Charlotte, não por medo, mas pela infantil reação de surpresa. Poderia ter acrescentado: porque ele a impressionara tão vivamente, porque a encantara.

Nessas circunstâncias, alguns dos trabalhos que os amigos haviam iniciado foram de certa maneira paralisados, e por isso ambos acharam por bem revisar os planos, fazer esboços, escrever cartas. Assim, reuniram-se no gabinete de trabalho onde o escrivão se achava ocioso. Inteiraram-se dos assuntos pendentes e deram-lhe o que fazer, sem notar que lhe atribuíam tarefas que eles próprios costumavam executar. O capitão não foi capaz de esboçar o primeiro rascunho e Eduard não escreveu sequer a primeira carta. Por algum tempo molestaram-se com projetos e cópias até que Eduard, o menos interessado naquilo tudo, indagou pela hora.

Viu-se então que o capitão, pela primeira vez em muitos anos, esquecera-se de dar corda a seu cronômetro de segundos; parecia que os dois amigos, se não o percebiam diretamente, ao menos pressentiam que o tempo começava a se tornar indiferente para eles.

Enquanto os dois homens reduziam sua carga de trabalho, aumentava a atividade das mulheres. Em geral, a rotina familiar, ditada pelos membros da casa e pelas circunstâncias, contém, feito uma vasilha, um extraordinário pendor, uma verdadeira paixão; e pode durar um tempo relativamente longo até que esse novo ingrediente promova uma fermentação, que será notada pelo transbordamento da substância levedada.

A nascente e recíproca afeição que se observava entre nossos amigos gerou uma atmosfera agradabilíssima. Os coração se abriam e do bem-estar de cada um brotou o bem-estar geral. Cada um deles se sentia feliz e de bom grado admitia a felicidade do outro.

Um estado como esse eleva o espírito e alarga os limites do coração, e assim tudo aquilo que é feito ou planejado toma a direção do incomensurável. Os amigos já não se mantinham confinados em seus aposentos; os passeios prolongavam-se; e quando, acompanhado por Ottilie, Eduard se adiantava para escolher uma trilha e tomar um caminho, o capitão e Charlotte calmamente seguiam o rastro de seus céleres precursores; seguiam-nos enquanto se compenetravam num assunto sério, ambos interessados em pequenos recantos recém-descobertos ou num panorama imprevisto.

Certo dia, os quatro iniciaram o passeio pelo portão da ala direita, tomando o caminho que descia em direção à hospedaria; atravessaram a ponte, buscando alcançar o lago por meio da trilha que margeava o regato. Caminharam até o ponto onde a passagem era vedada por uma elevação recoberta de uma vegetação espessa e, mais adiante, por pedras.

Mas Eduard, que por causa de suas caçadas estava familiarizado com a área, prosseguiu com Ottilie por uma senda coberta de mato, sabendo que o velho moinho escondido pelas rochas não poderia estar longe dali. Entretanto, a trilha, pouco percorrida, logo se desfez, e eles se viram perdidos em meio à mata fechada, cercada por pedras forradas de musgo. O momento de desorientação durou pouco, pois o ruído das pás do moinho anunciava a proximidade do lugar que buscavam.

Subindo a uma penha, a seus pés avistaram a velha, enegrecida e esplêndida edificação de madeira, sombreada por altas árvores e rochedos escarpados. Logo decidiram descer o caminho repleto de musgo e pedraria, com Eduard seguindo à frente; quando ele olhava para cima e via Ottilie avançando com desembaraço, sem demonstrar medo ou hesitação, saltando de uma pedra a outra e exibindo o mais perfeito equilíbrio, acreditava contemplar um ente celestial que pairava sobre ele. E quando, em trechos mais difíceis, ela tomava a mão que ele lhe estendia e se apoiava sobre seu ombro, ele não podia negar que jamais fora tocado por uma figura feminina tão delicada. Chegou a desejar que ela tropeçasse e escorregasse, de modo que pudesse tomá-la nos braços e aninhá-la em seu peito. Mas não faria isso em hipótese alguma, e por mais de uma razão: temia molestá-la, temia provocar-lhe um ferimento.

Em seguida saberemos a razão desse receio. Chegando ao pé do rochedo, acomodaram-se a uma mesa rústica sob a copa de altas árvores. Sentado diante de Ottilie, Eduard pediu à gentil moleira que trouxesse leite e ao obsequioso moleiro que fosse ao encontro de Charlotte e do capitão; em seguida, com alguma hesitação, começou a falar:

"Tenho um pedido a fazer, cara Ottilie; perdoe-me a indiscrição, mesmo que me negue o que lhe peço! Você não faz segredo — e seria ocioso fazê-lo — de que, sob a blusa e junto ao peito, traz consigo um retrato em miniatura. É o retrato de seu pai, do homem honrado que você mal conheceu e que sob todos os aspectos merece um lugar em seu coração. Permita-me, porém, o reparo: o retrato é inconvenientemente grande; preocupam-me o metal e o vidro nos momentos em que você ergue uma criança ou carrega algo nos braços, no instante em que o coche sacoleja ou quando andamos em meio à mata, ou ainda, como se deu agora mesmo, ao descermos uma encosta. Atormenta-me a possibilidade de que um choque imprevisto, uma queda, um contato qualquer possa machucá-la e causar-lhe um dano irreparável. Faça-me o favor: afaste o retrato, não da memória nem de seu quarto; coloque-o no lugar mais belo e mais sagrado de seus aposentos; mas afaste do peito algo cuja proximidade, talvez por um temor exagerado, eu tomo por deveras perigoso."

AS AFINIDADES ELETIVAS 79

Ottilie permaneceu calada e, enquanto ele falava, olhava para a frente; e então, sem se precipitar nem hesitar, com os olhos postos mais no céu do que em Eduard, desatou a corrente, tirou-lhe o retrato, apertou-o contra a fronte e o entregou a ele dizendo: "Guarde-o até voltarmos para casa. Eu não saberia demonstrar de modo mais preciso o quanto aprecio sua amável preocupação".

O amigo não ousou beijar o retrato, mas tomou a mão de Ottilie, trazendo-a a seus olhos. Esse era provavelmente o mais belo par de mãos que se houveram juntado. Ele sentia que uma pedra se lhe desprendia do coração; ruía um muro que os separava.

Conduzidos pelo moleiro, Charlotte e o capitão desceram por uma trilha suave. Os amigos se cumprimentaram, regozijaram-se e descansaram. Ao voltar, não queriam percorrer a mesma rota que os trouxera até ali, e Eduard sugeriu que seguissem por um caminho em meio aos rochedos, do outro lado do riacho; com algum esforço poderiam subi-lo e avistar o lago. Atravessaram diferentes bosques, contemplaram vilas, plantações e edificações rurais com seu entorno verde e frutífero. A primeira coisa que viram foi uma quinta acolhedora, postada no alto de um morro e cercada de árvores. O elemento de maior encanto, porém, era a grande prosperidade da região, vista à frente e atrás da suave colina. Chegaram então a um bosquezinho e ao sair dali encontraram-se na penha que ficava diante do castelo.

Como se alegraram com essa chegada inesperada! Haviam contornado um pequeno mundo, estavam no lugar onde se ergueria a última etapa da nova edificação e miravam mais uma vez as janelas de seus aposentos.

Desceram até a cabana de musgo e, pela primeira vez, os quatro amigos se sentaram juntos sob aquele teto. Nada mais natural, portanto, que todos se manifestassem a favor dos reparos e correções a serem feitos no caminho que, não sem dificuldade, haviam acabado de percorrer. Desse modo, poderiam utilizá-lo de maneira tranquila, fraterna e confortável. Todos fizeram sugestões para a obra; imaginaram então que, bem aplainada a nova via, as diversas horas que haviam despendido no regresso ao castelo seriam reduzidas a uma única. Sob o moinho, no ponto onde o rio desembocava no lago, concebiam já uma ponte que abreviaria o percurso e adornaria a paisagem. Nesse momento, Charlotte pediu mais comedimento à imaginação, fazendo lembrar os custos exigidos pela empreitada.

"Não hão de faltar os recursos necessários", redarguiu Eduard. "Podemos vender aquela quinta no bosque, que é tão bonita mas pouco produtiva. O dinheiro resultante do negócio poderá ser empregado na obra. Assim, ao percorrer uma trilha esplêndida, estaremos desfrutando os rendimentos de um capital bem empregado, uma vez que, lamentavelmente, segundo os últimos cálculos no fim do ano, aquela parte da propriedade quase nada rendeu."

A própria Charlotte, como zelosa guardiã do caixa, não tinha objeções a fazer. O assunto já havia sido tratado anteriormente; o capitão desejava dividir a área entre os lavradores. Eduard, contudo, queria agir de maneira mais rápida e desimpedida. O atual arrendatário, que já havia feito propostas a respeito, deveria ficar com o terreno e pagar por ele em parcelas regulares. Assim, à medida que se efetuassem os pagamentos, seriam realizadas uma a uma as etapas previstas no projeto.

Um plano tão razoável e ponderado havia de ser necessariamente aplaudido, e o grupo de amigos já via colearem a sua frente o caminho e suas adjacências, lugares que auguravam magníficas paisagens e agradável repouso.

À noite, em casa, apanharam os novos mapas a fim de avaliar o terreno em seus pormenores. Contemplaram a rota que haviam percorrido durante o dia e viram o modo como aquela via poderia ser aprimorada em determinados pontos. Rediscutiram todos os projetos anteriores acrescentando-lhes as novas ideias; aprovou-se mais uma vez a localização da nova casa, defronte ao castelo, e se estabeleceu o curso dos caminhos que conduziriam a ela.

Ottilie permanecera calada; ao final da discussão, Eduard pegou o mapa que estava à frente de Charlotte e o trouxe até a jovem, pedindo-lhe que exprimisse sua opinião. Ao perceber que ela hesitava, encorajou-a ternamente a falar e dizer o que pensava; afinal tudo eram apenas conjecturas, tudo estava ainda por se realizar.

"Eu construiria a casa neste ponto", disse Ottilie, enquanto punha o dedo sobre o plano mais elevado da colina. "É certo que não se pode avistar o castelo a partir daqui, pois o arvoredo encobre a visão, mas nós nos encontraríamos num mundo novo e distinto, tendo o vilarejo e todas as casas longe dos olhos. A vista do lago, do moinho, dos cumes das montanhas e dos campos é magnífica; notei-a durante o passeio."

"Ela tem razão!", exclamou Eduard. "Como é possível que não tenhamos pensado nisso? Não é mesmo, não foi isso que lhe ocorreu, Ottilie?" Apanhou um lápis e desenhou um grande e grosseiro quadrado sobre o morro.

O gesto consternou o capitão, que via aborrecido desfigurar-se o mapa desenhado com tanto apuro e precisão. Controlou-se, porém, e, depois de manifestar sutilmente sua reprovação, voltou-se para o tema: "Ottilie tem razão", disse. "Não somos, afinal, capazes de fazer um longo passeio apenas para tomar um café, para comer um prato de peixe que em casa não tem o sabor que desejamos? Aspiramos por mudanças e por objetos que estão distantes. Os antigos sabiamente construíram o castelo aqui, pois está protegido dos ventos e perto de todas as facilidades requeridas pelo cotidiano. Mas uma edificação que se destina mais ao encontro social do que à moradia encontra ali uma ótima localização, e na época mais aprazível do ano ela propiciará momentos de grande alegria."

Quanto mais se discutia o plano, mais auspicioso ele parecia se tornar, e Eduard não escondia a satisfação triunfante de que fora Ottilie a sua idealizadora. Estava tão orgulhoso que parecia ser ele mesmo o autor do projeto.

VIII

No dia seguinte bem cedo, o capitão já estudava o lugar, fazendo inicialmente um rápido esboço do projeto, e então, depois de os amigos se decidirem mais uma vez pelo curso do caminho e seus pontos de parada, elaborou um plano mais detalhado, com os cálculos e as provisões necessárias. Nada faltou quanto a esses trabalhos preliminares. Iniciaram-se igualmente as negociações para a venda da quinta. Os homens haviam encontrado um novo motivo para se pôr em ação.

O capitão fez ver a Eduard que o aniversário de Charlotte deveria ser comemorado com o lançamento da pedra fundamental. Mais que uma cortesia, tratava-se de uma obrigação. Não foi difícil superar a velha antipatia de Eduard por esses festejos, pois logo lhe veio a ideia de celebrar da mesma maneira o aniversário de Ottilie, que ocorreria mais adiante.

Charlotte encarava com seriedade e certa apreensão os novos trabalhos e as providências que haveriam de ser tomadas; ocupou-se então pessoalmente da contabilidade, dos pagamentos e do cronograma. Os amigos passaram a se ver menos durante o dia e por isso prezavam ainda mais os encontros noturnos.

Enquanto isso, Ottilie se tornava a senhora absoluta do lar; seu comportamento sereno e seguro não poderia ensejar outra coisa. Toda a sua disposição estava posta a

84   GOETHE

serviço da casa e dos assuntos domésticos, em detrimento do mundo exterior e da vida ao ar livre. Eduard logo notou que ela os acompanhava nas incursões às redondezas apenas por cortesia, que consentia em estender um passeio noite adentro apenas pela obrigação social e que, às vezes, pretextava um assunto doméstico para regressar a casa. Ele logo tratou de organizar os passeios em grupo de maneira que se encerrassem antes do crepúsculo, e passou a ler poemas em voz alta, algo que havia muito deixara de fazer. Lia em especial aqueles que exprimiam um amor puro, mas igualmente apaixonado.

Os amigos reuniam-se usualmente em torno de uma pequena mesa, utilizando assentos trazidos de outra parte: Charlotte acomodava-se num sofá e Ottilie, à sua frente, ocupava uma poltrona; os cavalheiros ficavam nos dois lados restantes. Ottilie sentava-se à direita de Eduard, no lado em que ele conservava a luz enquanto lia. Ela se inclinava em sua direção para ver o texto, pois também ela confiava mais nos próprios olhos do que nos lábios alheios. Eduard, da mesma maneira, inclinava-se para lhe facilitar a leitura; amiúde ele estendia as pausas mais do que o necessário a fim de não virar a página antes que ela a tivesse lido por inteiro.

Charlotte e o capitão notavam a deferência e por vezes se entreolhavam com um leve sorriso nos lábios; mas se surpreenderam ao registrar outro sinal em que, casualmente, se revelava a calada inclinação de Ottilie.

Certa noite, depois de uma visita inoportuna ter roubado quase todo o tempo dessa reunião doméstica, Eduard propôs que permanecessem juntos um pouco mais. Desejava tocar flauta, prática que havia muito fora excluída da rotina doméstica. Charlotte foi buscar as sonatas que costumavam executar juntos e, não as tendo achado, Ottilie, depois de certa hesitação, confessou que as havia levado a seu quarto.

"Você poderia, você gostaria de me acompanhar, tocando o piano de cauda?", perguntou Eduard, cujos olhos brilhavam de contentamento. "Creio que sim", disse Ottilie. Ela trouxe as partituras e se sentou ao piano. Os ouvintes estavam atentos e se admiraram da perfeição com que a jovem havia decorado a peça e se surpreenderam ainda mais ao notar o modo como se ajustava ao estilo de Eduard. *Ajustar-se* não é a expressão correta; hábil e conscientemente, Charlotte sabia acompanhar o marido, que ora vacilava, ora se apressava. Era capaz de, aqui e ali, retardar ou adiantar o passo. Mas Ottilie, que os ouvira algumas vezes tocar as sonatas, parecia ter aprendido apenas a maneira como Eduard acompanhava a mulher. Ela incorporou seus defeitos de tal modo que da carência se fez uma viva totalidade, que não mantinha um andamento regular, mas soava muito simpática e agradável. O próprio compositor ficaria feliz em ver sua obra desfigurada de modo tão gracioso.

O capitão e Charlotte observaram em silêncio esse feito inesperado, mantendo aquele sentimento que temos ao contemplar certas ações infantis que, em virtude das consequências que podem acarretar, não aprovamos mas também não censuramos, chegando até mesmo a invejá-las. Pois o sentimento de afeição compartilhado pelos dois crescia tanto quanto a ligação que se estabelecia entre Ottilie e Eduard, e era possível que, em seu caso, isso fosse ainda mais perigoso, uma vez que ambos eram mais sérios, estando mais seguros de si e mais aptos para se conter.

O capitão percebia que a proximidade de Charlotte ia se tornando um hábito irresistível. Resolveu então se esquivar nos momentos em que ela costumava visitar os jardins; ele se levantava muito cedo, tomava todas as providências necessárias para o andamento dos trabalhos e regressava a seus aposentos na ala do castelo, onde continuava a trabalhar. Nos primeiros dias, Charlotte tomou sua ausência por um acaso e o procurava por toda parte; depois, imaginou compreender seus motivos e passou a admirá-lo ainda mais.

Evitando ficar a sós com ela, o capitão se esforçava por incrementar e apressar o trabalho de ajardinamento, com vistas a uma radiosa celebração do aniversário que se aproximava. Enquanto organizava a construção do confortável caminho que galgava o morro desde o vilarejo, promovia igualmente um trabalho a partir do alto, supostamente destinado ao corte das pedras. Planejou tudo de modo a que ambos os trechos viessem a se encontrar apenas na última noite. Mais acima, o fosso destinado ao porão da nova casa fora mais quebrado que propriamente escavado, e se talhara uma bonita pedra fundamental, provida de compartimentos e tampas.

A atividade externa e as intenções amáveis, discretas e ocultas presentes nos sentimentos íntimos, as quais eram mais ou menos reprimidas, impediam que os encontros do grupo se animassem. Por isso Eduard, sentindo falta de algo, pediu certa noite ao capitão que trouxesse o violino e acompanhasse Charlotte ao piano. O capitão não pôde resistir ao pedido, que aliás partia de todos os lados, e assim ambos executaram uma peça dificílima, revelando sentimento, alegria e liberdade, fato que propiciou imenso prazer a eles mesmos e aos ouvintes. Os amigos prometeram-se audições mais frequentes e muitas execuções em duo.

"Tocam melhor do que nós, Ottilie!", disse Eduard. "São dignos de admiração; de resto, alegremo-nos também nós dois."

IX

O dia do aniversário chegou e a obra estava completa: ficara pronto todo o muro que margeava a rua do vilarejo, de modo a elevá-la e separá-la do rio, bem como o caminho que passava pela igreja. Aqui ele absorvia a trilha que fora aberta por Charlotte e subia o morro contornando o rochedo, ficando a cabana acima dele, à esquerda. Mais adiante, fazendo uma curva completa para a esquerda, elevava-se acima da pequena construção e findava no topo da colina.

Foi grande o número de pessoas que acorreram ao evento. Muitas foram à igreja e encontraram-na festivamente decorada. Depois do serviço religioso, deixaram o templo, com os meninos, os jovens e os homens adultos caminhando à frente, conforme havia sido ordenado; em seguida vinham os senhores do castelo, com seus convidados e sua comitiva; as meninas, as moças e as mulheres fechavam o cortejo.

No alto da penha, em uma curva, o capitão fizera erigir um terraço, que na ocasião ele ofereceu a Charlotte e aos convidados como ponto de descanso. Dali eles contemplaram todo o caminho, divisaram os homens que chegavam à frente e as mulheres que seguiam atrás e já iam passando por ali. O dia claro descortinava-lhes uma vista magnífica. Charlotte estava surpresa e comovida e apertou carinhosamente a mão do capitão.

Foram então ao encalço da multidão que caminhara lentamente e formara um círculo em torno do sítio onde se ergueria a casa. O mestre de obras, seus auxiliares e os visitantes mais ilustres foram convidados a descer ao fundo da escavação, onde se escorava a pedra fundamental, pronta para ser depositada. Um pedreiro bem vestido, tendo numa das mãos uma desempenadeira e na outra um martelo, fez um belo discurso rimado, que em prosa só podemos reproduzir parcialmente.

"Numa construção", começou dizendo, "há três coisas que devemos observar: que esteja bem localizada, que tenha fundamentos sólidos e que seja bem-acabada. O primeiro quesito é responsabilidade do proprietário, pois se na cidade apenas o soberano e a comunidade podem determinar o lugar onde se deve edificar, no campo é direito do senhor da terra dizer: aqui se erguerá minha casa e em nenhuma outra parte."

Ao ouvirem essas palavras, Eduard e Ottilie não ousaram olhar um para o outro, embora estivessem muito próximos.

"O terceiro, o acabamento, fica a cargo de muitos artífices; são raros aqueles dentre eles que não participam do empreendimento. O segundo, porém — a fundação —, é mister do pedreiro, e me atrevo a dizer que é o elemento mais importante de toda a obra. Trata-se de um trabalho sério, e o convite para aqui estarmos é igualmente sério, pois esta cerimônia é celebrada aqui embaixo. Dentro deste exíguo espaço que foi escavado, os senhores nos dão a honra de comparecer como testemunhas de nossa enigmática atividade. A seguir, depositaremos esta pedra bem talhada e então estes muros de terra, adornados de belas e dignas figuras, não estarão mais à vista, serão soterrados.

"Poderíamos, sem mais rodeios, depositar esta pedra fundamental, que por meio de seu ângulo determina o canto direito do edifício, com seu formato retangular garante sua regularidade e com sua horizontalidade e ver-

AS AFINIDADES ELETIVAS

ticalidade assinala o nível e o prumo dos muros e das paredes. Ela se assentaria pelo próprio peso, mas nem por isso lhe negaremos a cal, a substância que lhe dá liga. Pois, assim como os laços da lei aproximam ainda mais as pessoas que, por uma inclinação natural, já se sentem mutuamente atraídas, também as pedras, cujas faces se harmonizam, unem-se de modo mais estreito pelo emprego dessa força aderente. E uma vez que entre os homens laboriosos não há lugar para a preguiça, os senhores certamente não irão se vexar em compartilhar este trabalho conosco."

Ele estendeu a desempenadeira a Charlotte, que lançou um punhado de cal por baixo da pedra. Vários dos presentes repetiram o gesto e a pedra foi então depositada. Em seguida, Charlotte e os demais receberam o martelo e com três pancadas consagraram o vínculo da pedra com a fundação.

"O trabalho do pedreiro", prosseguiu o orador, "exposto agora à vista de todos, mesmo que não seja realizado em surdina, destina-se a ficar oculto. A fundação, cuidadosamente implantada, é soterrada, e mesmo os muros erguidos à luz do dia não trazem à lembrança o nosso trabalho. O ofício do canteiro e o do escultor chamam mais a atenção, e temos de assentir quando o pintor apaga completamente os traços deixados por nossas mãos. Ele faz jus a nossa obra quando a reveste, alisa e lhe dá cor. Quem, senão o pedreiro, se encontra em melhores condições de se comprazer com o próprio trabalho, depois de tê-lo realizado bem? Quem tem mais razão do que ele para se envaidecer com o resultado obtido? Quando a casa está acabada, estando o piso revestido e a fachada coberta de adornos, seu olhar atravessa todas as camadas da construção e ele ainda enxerga a estrutura regular e minuciosa que assegura a existência e a sustentação de toda a obra.

"Porém, como a pessoa que praticou um delito e, a despeito de todas as precauções tomadas, teme que ele venha à luz, também aquele que praticou o bem às escondidas deve contar com a possibilidade de que, de modo contrário a sua vontade, seu gesto acabe por se revelar. Por isso esta pedra fundamental constitui também uma lápide comemorativa. Em meio a estas diferentes escavações serão depositados distintos objetos como testemunho deixado para uma geração vindoura. Estes estojos de metal soldado contêm informações escritas; nestas placas metálicas estão gravadas uma série de coisas dignas de nota; nestas belas garrafas de vidro encerramos o melhor dos velhos vinhos, com o registro do ano de sua safra; não faltam aqui moedas de vários tipos, cunhadas neste ano: recebemos tudo isso pela generosidade de nosso patrão. E resta ainda espaço, caso algum dos presentes queira legar alguma coisa ao futuro."

Passado um instante, o operário olhou a sua volta, mas, como sói acontecer em ocasiões como essa, ninguém se manifestou; estavam todos surpresos. Foi então que um jovem e alegre oficial se apresentou, dizendo: "Se me permitem contribuir com algo que ainda não se acha nessa câmara de tesouros, tirarei alguns botões do uniforme, objetos dignos de chegar às mãos de uma geração futura". Dito e feito! E então outros tiveram ideia semelhante. As mulheres não se acanharam de deitar ali seus pequenos pentes; frasquinhos de perfume e diversos ornamentos tiveram a mesma sorte. Apenas Ottilie titubeou, mas Eduard, dirigindo-se a ela com gentileza, despertou-lhe a atenção, que se concentrara na observação dos objetos que iam se reunindo. Ela desatou a corrente de ouro que trouxera o retrato do pai e a depositou suavemente sobre as outras relíquias. Em seguida, de modo algo apressado, Eduard tomou providências para que o bem-acabado tampo baixasse à pedra e fosse cimentado.

O jovem operário, que em tudo fora muito expedito, retomou a expressão de orador e continuou o discurso com as seguintes palavras: "Assentamos definitivamente esta pedra a fim de assegurar que o atual e os futuros proprietários possam usufruir da casa por muito tempo. Ao enterrarmos um tesouro aqui, diante do mais complexo dentre todos os procedimentos da construção, pensamos igualmente na efemeridade das coisas humanas; pensamos na possibilidade de que este bem selado tampo poderá um dia ser levantado novamente, algo que ocorreria apenas na eventualidade de uma futura destruição da casa, que, aliás, ainda não erigimos.

"E então, para que seja erguida, regressemos do futuro, pensemos no presente! Depois de encerrada a festa de hoje, arregaçaremos as mangas imediatamente a fim de que nenhum dos trabalhos que se assentam sobre nosso alicerce tenha de ser adiado, que a construção suba célere e se complete, e que, das janelas que ainda não existem, se abra a vista para a alegria do senhor da casa, de sua família e seus hóspedes. Bebamos à sua saúde e à dos demais aqui presentes!"

E assim, de um gole, ele esvaziou uma taça de cristal finamente lavrado e o arremessou para o alto, pois o ato de quebrar o copo em que se bebeu num momento de bonança caracteriza o estado da suprema felicidade. Dessa feita, porém, ocorreu algo distinto do que se esperava: a taça não veio ao chão, e mesmo assim ninguém se surpreendeu.

Para acelerar o andamento da obra, já se havia escavado o terreno no canto oposto; ali se erguia o muro, e a estrutura de um andaime, mais alta do que o necessário, fora montada com vistas a sua finalização.

Em virtude do festejo, ela fora provida de tábuas que poderiam acolher algumas pessoas e acabaram por acomodar os trabalhadores. A taça subiu até lá e foi apanhada por alguém que interpretou o incidente como sinal de bom augúrio para si mesmo. Essa pessoa exibiu-a com as próprias mãos, e todos puderam contemplar as iniciais E e O, que graciosamente se entrelaçavam no cristal: ela era uma das taças que foram confeccionadas para Eduard em seus tempos de juventude.

Depois disso, o andaime esvaziou-se, e os mais ágeis dentre os convidados subiram até lá para contemplar a paisagem. Não tinham palavras para descrever a bela vista que se abria em todas as direções, pois, afinal, quanta coisa não descobre aquele que, estando num lugar elevado, logra alçar-se um palmo acima dos demais! Além dos limites da região avistavam-se diversas outras localidades; o argênteo traçado do rio destacava-se com toda nitidez; um dos observadores pretendia enxergar até mesmo as torres da capital. No lado oposto, por trás das colinas cobertas de mata, erguiam-se os cumes azuis de uma serra distante, e a região mais próxima era avistada por inteiro. "Agora", bradou alguém, "falta apenas unir as três pequenas lagunas num único lago. Teríamos então tudo aquilo que constitui uma paisagem grandiosa e apetecível."

"Isso seria perfeitamente realizável", disse o capitão, "pois essas lagoas compuseram no passado um grande lago serrano."

"Peço apenas", disse Eduard, "que poupem meus bosques de plátanos e choupos, tão lindamente plantados às margens do lago intermédio. Eu mesmo", disse a Ottilie, conduzindo-a alguns passos adiante e apontando para baixo, "eu mesmo plantei essas árvores."

"Há quanto tempo?", perguntou Ottilie. "Foram plantadas mais ou menos à época em que você veio ao mundo. Sim, cara menina, no tempo em que você estava no berço eu já me punha a plantar."

Os convivas retornaram então ao castelo. Depois de encerrado o festim, foram convidados a um passeio pelo vilarejo para observar também ali as novas instalações. Por iniciativa do capitão, os moradores postaram-se diante de suas casas; eles não se alinhavam em fileiras, mas se reuniam de modo natural, em grupos de familiares; parte deles se ocupava dos afazeres demandados pela celebração daquela tarde, enquanto os demais descansavam em bancos novos. A reencenação dessa ordem, ao menos nos domingos e nos dias de festa, se lhes tornava uma agradável obrigação.

Uma sociabilidade íntima, dotada de afeição, como aquela que se havia constituído em meio a nossos amigos, não aceita de bom grado a interrupção provocada pela presença de um grupo maior. Os quatro se alegraram ao se encontrarem novamente sozinhos no grande salão; mas esse sentimento doméstico foi de certa maneira perturbado por uma carta entregue a Eduard anunciando a chegada de novos visitantes no dia seguinte.

"Como havíamos imaginado", disse Eduard a Charlotte, "o conde não ficará de fora, vem amanhã."

"A baronesa não há de estar longe daqui", respondeu Charlotte.

"É certo que não!", disse Eduard. "Chegará igualmente amanhã. Ambos pedem hospedagem para a noite, pretendendo partir juntos no dia seguinte."

"Ottilie, temos de providenciar as acomodações em tempo!", disse Charlotte.

"Como deseja que eu organize tudo?", perguntou Ottilie.

Charlotte deu-lhe algumas instruções gerais e Ottilie se retirou.

O capitão perguntou sobre a relação mantida por essas duas pessoas, situação que ele só conhecia por alto. Tempos atrás, estando cada um deles casado com outra pessoa, apaixonaram-se. Não sem escândalo dois casamentos foram abalados; cogitou-se o divórcio. Para a baronesa ele seria possível, mas não para o conde. Tiveram de se separar, ao menos aparentemente, mas o relacionamento perdurou; e, se não podiam ficar juntos durante o inverno, passado na capital, compensavam essa falta no verão, viajando e frequentando balneários. Os dois eram um pouco mais velhos que Eduard e Charlotte, e a estreita amizade de ambos os casais datava dos tempos da vida na corte. O relacionamento com o conde e a baronesa fora sempre cordial, embora o casal mais jovem não aprovasse tudo o que faziam. Dessa feita, porém, Charlotte se sentiu de alguma maneira incomodada pela visita; e, se ela se indagasse pelo motivo exato do embaraço, a resposta seria a preocupação com Ottilie. A boa e pura criança não deveria se expor tão cedo a um exemplo como esse.

"Eles bem que podiam adiar a visita por alguns dias, até que se concretizasse a venda da quinta", disse Eduard no momento em que Ottilie voltava. "O texto do contrato está pronto, uma das cópias está aqui; falta a segunda, mas nosso velho escriturário está doente." O capitão ofereceu-se para fazê-la, assim como Charlotte; quanto a esse auxílio, havia algumas objeções a fazer. "Deem-me os papéis!", disse Ottilie com alguma precipitação.

"Você não vai conseguir", disse Charlotte.

"Preciso da cópia depois de amanhã cedo, e é muita coisa", disse Eduard. "Ficará pronta", replicou Ottilie, que já tinha as folhas em mãos.

Na manhã seguinte, puseram-se no andar superior para divisar a chegada dos visitantes; não queriam deixar de ir a seu encontro assim que fossem avistados. Foi então que Eduard perguntou: "Quem é o cavaleiro que sobe tão lentamente a estrada?". O capitão descreveu o vulto que se aproximava. "Então é ele", disse Eduard. "Pois o pormenor que você enxerga melhor do que eu ajusta-se ao conjunto que bem observo. É Mittler. Por que vem tão devagar?"

A figura aproximou-se um pouco mais, e se tratava realmente de Mittler. Receberam-no cordialmente, enquanto ele subia a escada devagar. "Por que não veio ontem?", perguntou-lhe Eduard.

"Não gosto das festas ruidosas", respondeu o outro. "Mas venho hoje, com algum atraso, para me reunir a vocês numa comemoração serena do aniversário de minha amiga."

"Onde arrumou tanto tempo de sobra?", perguntou Eduard gracejando.

AS AFINIDADES ELETIVAS

"Minha visita, se de alguma maneira importa a vocês, deve-se a algo que percebi na véspera. Eu havia passado a metade do dia de ontem de maneira muito agradável numa casa onde eu promovera a conciliação; ali, soube da comemoração que se realizava aqui. 'Alegrar-se apenas com aqueles a quem trago a harmonia é um ato que se pode chamar de egoísta', pensei comigo mesmo. Por que não me alegro também com aqueles que promovem e sustentam a paz? Dito e feito! Cá estou, como me propus."

"Ontem você teria encontrado uma porção de pessoas, hoje contamos com um grupo pequeno", disse Charlotte. "Você verá o conde e a baronesa, que um dia já se valeram de seus préstimos."

Ouvindo isso, o estranho e bem-vindo visitante tomou o chapéu e o chicote e, visivelmente contrariado, foi saindo da presença dos quatro amigos que o rodeavam: "Assim que procuro algum sossego e bem-estar, paira a má estrela sobre minha cabeça! Por que contrario minha inclinação natural? Eu não devia ter vindo; agora vejo-me expulso, pois não quero partilhar o mesmo teto com essas pessoas. Acautelem-se vocês: eles não trazem nada além de desgraça! Seu caráter é como o fermento que contamina toda a massa".

Em vão procuraram acalmá-lo. "Aquele que agride o matrimônio", exclamou, "aquele que, pela palavra ou pela ação, solapa o esteio de toda a sociedade moral terá de se haver comigo; se não posso comandá-lo, não quero nada com ele. O casamento é o fundamento e o ápice de toda a cultura. Ele arrefece os ânimos do bruto, e o homem mais cultivado não encontra melhor maneira de demonstrar sua cordialidade. Ele é necessariamente indissolúvel, pois acarreta tamanha felicidade que, diante dele, o momentâneo infortúnio se torna irrelevante. Para que falar de infortúnio? A impaciência é que, de tempos em tempos, assalta o homem, e aí ele acha que se pode dizer infeliz. Deixemos passar o instante aziago e logo nos felicitaremos ao constatar que ainda persiste aquilo que estava de pé havia tanto tempo. Não existe motivo duradouro para que alguém se separe. A condição humana baseia-se a tal ponto nos sofrimentos e na alegria que não é possível aquilatar a quantas anda a dívida de um cônjuge em relação ao outro. Trata-se de uma dívida infinita que só a eternidade pode resgatar. Por vezes o casamento pode ser desagradável, não o nego, e é certo que seja assim. Não nos casamos também com a consciência, da qual, frequentemente, gostaríamos de nos livrar por ser mais desagradável do que jamais poderiam ser um homem ou uma mulher?"

Ele ia falando assim, com muita vivacidade, e teria falado por longo tempo ainda, não fosse a corneta dos postilhões anunciando a aproximação dos aguardados visitantes, cujas carruagens, como que sincronizadas, chegaram ao castelo à mesma hora. Quando os anfitriões foram a seu encontro, Mittler se ocultou; pediu que lhe trouxessem o cavalo ao pátio e deixou o lugar, aborrecido.

X

Os hóspedes foram cordialmente recebidos e introduzidos no castelo; estavam felizes por se verem novamente na casa e nos aposentos onde já haviam passado bons momentos, e que havia tempo não visitavam. Sua presença alegrava também os anfitriões. O conde e a baronesa contavam entre as pessoas cujo porte e beleza encantam mais na meia-idade do que na própria juventude, pois, se haviam perdido algo do primeiro viço, a simpatia que irradiavam decididamente inspirava confiança. O casal revelava também grande desenvoltura no trato social. A liberdade com que encaravam as circunstâncias da vida e o modo como a conduziam, sua alegria e seu evidente desembaraço, tudo isso era contagiante, e um grande decoro delimitava todo o seu comportamento, sem que se notasse aí qualquer sinal de constrangimento. Por um instante essa aura dominou o ambiente. Os recém-chegados, oriundos de uma vida mundana que se deixava perceber nos trajes, na bagagem e em tudo aquilo que portavam consigo, formavam uma espécie de contraste com a condição campestre e secretamente apaixonada de nossos amigos. Esse antagonismo, contudo, desapareceu assim que velhas recordações se misturaram à empatia do momento, e uma animada conversação rapidamente uniu o grupo.

Não demorou para que ele se dividisse. As mulheres recolheram-se a sua ala no castelo, onde trocaram confidências e examinaram os mais novos moldes e cortes da indumentária matutina, dos chapéus e outros apetrechos. Os homens falaram das novas carruagens e dos cavalos que lhes foram trazidos, e logo se puseram a negociar e fazer trocas.

Apenas à mesa os amigos voltaram a se reunir. Já haviam refeito a *toilette* e também nesse quesito o casal recém-chegado demonstrava superioridade. Tudo aquilo que o conde e a baronesa usavam era novo e, por assim dizer, inusitado. Porém, já acostumados aos novos trajes e adereços, sentiam-se inteiramente à vontade com eles.

O colóquio revelou-se animado e variado, pois, à presença de pessoas desse feitio, tudo parece ser a um só tempo divertido e indiferente. Falou-se em francês a fim de excluir os criados da conversa e divagou-se com maliciosa satisfação sobre relacionamentos mundanos envolvendo tanto a gente da alta classe quanto os remediados. Num único ponto a conversa se deteve por mais tempo que o esperado: Charlotte recebeu informações sobre uma amiga de juventude e, com algum espanto, ouviu que esta se divorciaria em breve.

"É desagradável", disse Charlotte, "julgarmos protegidos os amigos ausentes e bem provida a amiga querida, e então, de surpresa, chegar-nos a notícia de que ela está prestes a reiniciar a vida tomando um caminho novo e talvez arriscado."

"Minha cara", redarguiu o conde, "somos nós os culpados por nos surpreendermos dessa maneira. Imaginamos com agrado que as coisas terrenas e especialmente as relações conjugais são duradouras. Quanto a estas últimas, deixamo-nos seduzir pelas comédias, que não cansamos de ver e que nos levam a imaginar coisas incompatíveis com o passo do mundo. Na comédia vemos o casamento como um desejo adiado por uma série de empecilhos que surgem a cada ato; no momento em que ele se realiza, fecham-se as cortinas e essa momentânea satisfação ecoa em nosso íntimo. Na vida as coisas acontecem de outro modo; a encenação continua e, quando as cortinas se abrem novamente, não queremos ver nem ouvir mais nada."

"As coisas não são tão ruins assim", disse Charlotte, com um sorriso. "Contemplamos as pessoas que saem desse teatro e percebemos que ambicionam, mais uma vez, desempenhar um papel."

"Não digo o contrário", respondeu o conde. "Podemos desejar esse novo papel e, experientes que somos, logo constatamos: em meio a um mundo tão movimentado, essa decidida e eterna duração na vida conjugal é um arranjo que se revela canhestro. Um de meus amigos, cujo bom humor sobressai pela proposição de novas leis, afirmou certa feita que todo casamento deveria encerrar um contrato de apenas cinco anos. Dizia que esse era um belo e sagrado número ímpar, que esse lapso de tempo era suficiente para que as pessoas se conhecessem, tivessem alguns filhos, se desentendessem e — o que é bonito nessa história — se reconciliassem. Ele costumava exclamar: 'Como seria bela a primeira fase! Pelo menos dois, três anos transcorreriam de modo aprazível. Uma das partes desejaria então que a relação se prolongasse; a amabilidade cresceria à medida que se aproximasse o termo do contrato. A parte indiferente ou, quem sabe, insatisfeita, se tranquilizaria e se sentiria atraída por esse comportamento. As duas pessoas envolvidas se esqueceriam do tempo, como sói acontecer quando se está em boa companhia, e se surpreenderiam agradavelmente ao notar que o prazo estipulado de início fora imperceptivelmente estendido'."

Por mais galante e divertido que soasse o comentário, e por mais que se pudesse atribuir ao gracejo um profundo significado moral — como Charlotte bem podia perceber —, opiniões como essa incomodavam, sobretudo por causa de Ottilie. Charlotte sabia que nada era tão perigoso quanto a conversação demasiado livre, que trata de uma situação digna de punição ou, ao menos, de alguma censura, como se fosse algo comum, usual e até mesmo louvável; e certamente isso implicava tudo aquilo que dizia respeito aos laços matrimoniais. Por isso, com a desenvoltura de sempre, procurou desviar o rumo da conversa, e sentiu por não ter logrado o intento; ademais, Ottilie havia organizado tudo de maneira a não ter de se levantar. Um simples olhar da menina, calma e atenta, era suficiente para que o mordomo compreendesse o que lhe era demandado, de modo que tudo transcorria à perfeição, embora alguns criados recém-contratados e pouco expeditos permanecessem imóveis, enfiados em seu libré.

E assim, alheio ao desejo de Charlotte, o conde continuou a discorrer sobre esses assuntos. De costume, sua conversa jamais se tornava enfadonha, mas o tema, que o incomodava, e as dificuldades para se separar da mulher tornavam-no amargo diante de tudo aquilo que se referisse ao casamento, que de resto ele ardorosamente almejava para si e a baronesa.

"Esse amigo", prosseguiu, "propôs ainda outra lei: um casamento só deveria se tornar indissolúvel quando ambas as partes, ou pelo menos uma delas, estivesse se casando pela terceira vez, pois, nesse caso, a pessoa em questão demonstraria de maneira cabal que o casamento lhe era imprescindível. A essa altura dos acontecimentos, já se saberia como ela se comportara em suas relações matrimoniais anteriores e se ela apresentaria qualidades com maior potencial de promover a separação do que as más qualidades em si mesmas. Seria necessário que cada parte se informasse sobre a outra; cumpriria estar atento às pessoas casadas e às não casadas, pois não se saberia de antemão como as coisas iriam se desenrolar."

"Isso aumentaria substancialmente o interesse da sociedade", disse Eduard, "pois, realmente, enquanto estamos casados, ninguém se importa com nossas virtudes nem com nossas fraquezas."

AS AFINIDADES ELETIVAS

"Com relação a isso", acrescentou a baronesa, "nossos caros anfitriões já teriam galgado com êxito dois degraus e poderiam se preparar para o terceiro."

"Com eles tudo correu bem", disse o conde. "Em seu caso, a morte promoveu aquilo que os consistórios só realizam a contragosto."

"Deixemos os mortos em paz", redarguiu Charlotte, com um semblante que tomava ares de seriedade.

"Por quê", perguntou o conde, "se podemos rememorá--los com respeito? Eles foram suficientemente modestos para se contentar com o gozo de alguns anos em troca dos múltiplos bens que legaram."

"Nesses casos, contudo, os melhores anos são sacrificados!", disse a baronesa com um contido suspiro.

"É verdade", respondeu o conde. "Cairíamos em desespero se, neste mundo, algumas poucas coisas não apresentassem o resultado esperado. As crianças não mantêm a palavra empenhada; os jovens mantêm-na muito raramente, e quando o fazem é o mundo que não cumpre sua parte."

Charlotte, satisfeita com o novo rumo da conversa, replicou alegremente: "Pois bem! Devemos nos acostumar tão cedo quanto possível a fruir passo a passo o bem que possuímos".

"Certamente", acudiu o conde, "vocês viveram uma época encantadora. Lembro-me dos anos em que você e Eduard formavam o casal mais belo da corte; já não se fala do brilho daqueles tempos nem de sua gente ilustre. Ao dançar, vocês atraíam a atenção de todos os presentes e tinham os olhos somente um para o outro!"

"Já que as coisas mudaram", disse Charlotte, "podemos ouvir com modéstia a descrição desse belo momento."

"No íntimo", disse o conde, "muitas vezes censurei Eduard por não ter sido mais persistente, pois, no fim das contas, seus curiosos pais teriam cedido, e aqueles dez anos de juventude que se perderam não são uma bagatela."

"Vejo-me na obrigação de tomar seu partido", interveio a baronesa. "Charlotte teve sua parcela de culpa, não deixando de atentar para o olhar de outros pretendentes, e, embora amasse Eduard de coração e intimamente o tivesse elegido como marido, fui testemunha do quanto ela por vezes o torturou, de modo que não foi difícil conduzi-lo à decisão infeliz de viajar, afastar-se e se desapegar da amada."

Eduard acenou com a cabeça num gesto de assentimento e parecia agradecer à baronesa pelo apoio recebido.

"E agora", continuou a baronesa, "devo acrescentar uma palavra de escusa para o comportamento de Charlotte: o homem que a cortejava na época havia muito manifestara seu interesse por ela, e, para aqueles que o conheceram de perto, era uma pessoa mais amável do que vocês são capazes de reconhecer."

"Cara amiga", redarguiu o conde algo animado, "convenhamos que ele não lhe era totalmente indiferente e que Charlotte tinha mais motivos para ter receios de você do que de qualquer outra. Admiro nas mulheres um finíssimo traço de sua personalidade: que elas mantenham por tanto tempo o afeto nutrido por um homem, sentimento que nenhuma espécie de separação é capaz de abalar ou sufocar."

"Talvez os homens possuam uma porção ainda maior dessa bela virtude", replicou a baronesa. "Ao menos em seu caso, estimado conde, noto que ninguém exerce tamanho poder de atração quanto uma mulher por quem você alguma vez se afeiçoou. Já o vi sair em socorro de uma antiga amiga, com uma devoção maior do que teria logrado a amiga do momento."

"Uma tal censura eu acato de bom grado", respondeu o conde, "mas, em relação ao primeiro marido de Charlotte, não pude aceitar que ele viesse dividir o belo casal, um casal verdadeiramente predestinado, que, uma vez unido, não precisaria temer pelos cinco anos nem procurar por um segundo ou mesmo um terceiro matrimônio."

"Tentaremos recuperar aquilo que perdemos", disse Charlotte.

"Vocês terão de se empenhar", disse o conde. "Os casamentos anteriores de vocês", prosseguiu, dizendo com certa veemência, "foram genuinamente casamentos do tipo odioso e, infelizmente, os casamentos têm — perdoem-me a expressão um pouco forte — algo de grosseiro; eles arruínam as relações mais delicadas e, na verdade, baseiam-se na rude segurança que ao menos uma das partes impõe em benefício próprio. Tudo então se torna óbvio, e os cônjuges parecem ter se unido com o intuito de que cada um siga o próprio caminho."

Nesse instante, Charlotte, que desejava definitivamente encerrar o assunto, fez uma manobra ousada e logrou seu intento. O grupo passou a tratar de temas mais gerais, e ambos os maridos e o capitão puderam participar do colóquio; a própria Ottilie teve ocasião de se exprimir, e a sobremesa foi saboreada no melhor dos ânimos. Para isso contribuía também a auspiciosa mesa guarnecida por grande variedade de frutas, servidas em fina cestaria, e arranjos florais das mais variadas cores, dispostos em magníficos vasos.

Falaram também das obras no parque, que visitaram logo após a refeição. Ottilie permaneceu no castelo sob o pretexto dos afazeres domésticos, mas logo se sentou para o trabalho de cópia. O capitão entreteve o conde; Charlotte juntou-se a ele depois. Chegando ao topo da colina, o obsequioso amigo desceu para buscar as plantas do projeto; então o conde disse a Charlotte: "Gostei imensamente desse homem. Possui conhecimentos amplos e bem fundamentados. Seu trabalho parece muito sério e consequente. A atividade que executa aqui seria muitíssimo apreciada num círculo mais alto".

Charlotte ouviu o elogio com íntima satisfação. Dominou-se, porém, e corroborou a afirmação do conde com lucidez e tranquilidade. Muito se surpreendeu, contudo, com o que o hóspede disse em seguida: "Tê-lo conhecido é um acaso bastante oportuno. Sei de um cargo que lhe cabe perfeitamente e, por meio de sua indicação, posso ao mesmo tempo fazê-lo feliz e obsequiar da melhor maneira possível um amigo influente".

Ela se sentiu como que atingida por um raio. O conde nada notou, pois, acostumadas a se controlar o tempo todo, as mulheres aparentam certa compostura mesmo nas situações mais difíceis. Entretanto, a amiga já não ouvia mais o que o conde dizia no momento em que ele acrescentava: "Quando me convenço de algo, faço tudo da maneira mais rápida possível. Já concebi a carta mentalmente e me sinto compelido a escrevê-la. Providencie um mensageiro a cavalo que eu possa despachar nesta mesma noite".

Charlotte estava arrasada. Tomada de surpresa pela proposta e por seus próprios sentimentos, não sabia o que dizer. Felizmente o conde continuou a falar de seus planos para o capitão, que traziam benefícios que ela bem podia aquilatar. O capitão voltou e desenrolou a papelada diante do conde. Com que olhos ela mirou o amigo que havia de perder! Despediu-se com um cumprimento rápido e correu para a cabana. No caminho acudiram-lhe as lágrimas e, ao entrar no exíguo espaço daquele eremitério, entregou-se a uma dor, a uma paixão e a um desespero de cuja existência, havia pouco, não tinha a menor consciência.

Caminhando em sentido oposto, Eduard e a baronesa haviam chegado à beira do lago. A perspicaz mulher, que de tudo se inteirava, notou que seu acompanhante se extremava nos elogios a Ottilie. Com muita naturalidade, ela foi paulatinamente conduzindo a conversa para um terreno no qual Eduard acabou por revelar seus sentimentos, e assim ela se certificou de que ali não se tratava de uma paixão que florescia, mas de uma já consolidada.

Mulheres casadas, mesmo quando não sustentam uma afeição recíproca, mantêm-se silenciosamente unidas, sobretudo diante das moças. Experientes que são, rapidamente percebem as consequências advindas desse tipo de sentimento. Além disso, ainda pela manhã a baronesa havia conversado com Charlotte sobre Ottilie. Reprovara sua permanência no campo, especialmente por causa de seu espírito pacato, e recomendara que fosse entregue aos cuidados de uma amiga na cidade. Esta se empenhava na educação de sua única filha e no momento buscava para ela uma parceira de boa índole, que seria adotada e gozaria de todos os privilégios da casa. Charlotte decidiu considérar a proposta.

A mirada na alma de Eduard levou a baronesa a uma posição de dureza premeditada, e, quanto mais importância dava à questão, mais parecia agradar Eduard na satisfação de seus propósitos, pois ninguém era tão senhora de si quanto essa mulher. De fato, o autocontrole exercido em situações extremas ensina-nos a agir com dissimulação também nos casos rotineiros e, aplicando essa força sobre nós mesmos, tornamo-nos capazes de estender nosso domínio sobre outras pessoas a fim de que, por meio da conquista de algo externo, compensemos nossas carências internas.

Esse modo de pensar geralmente implica uma espécie de prazer íntimo com a desventura de alguém que tateia às escuras e não tem consciência de que caminha para uma armadilha. Gozamos não apenas o sucesso de nossos planos, mas também a surpreendente humilhação que se anuncia. A baronesa foi maldosa o suficiente para propor a Eduard que viesse, com Charlotte, visitá-la em sua propriedade rural, por ocasião da vindima. Ao ser indagada se poderiam levar Ottilie, respondeu-lhe de um modo que ele poderia interpretar como favorável a seu desejo.

Eduard já falava com encanto sobre a magnífica região, o grande rio, as colinas, as escarpas e os vinhedos, os velhos castelos e riachos, o júbilo da colheita, a prensagem da uva e assim por diante, enquanto, em sua inocência, entusiasmava-se com a impressão que esse cenário causaria no jovem espírito de Ottilie. Nesse momento, viu-se que a menina se aproximava, e a baronesa rapidamente disse a Eduard que não comentasse os planos da viagem outonal, acrescentando que aquilo que antecipadamente festejamos acaba amiúde por não acontecer. Eduard prometeu silêncio, mas obrigou sua interlocutora a se apressar no momento em que iam ao encontro de Ottilie. De todo modo, ele se adiantou e chegou alguns passos à frente. Todo o seu ser exprimia uma grande alegria. Beijou a mão da menina e entregou-lhe um ramalhete de flores do campo que ele colhera durante a caminhada. Diante disso a baronesa se sentiu intimamente irritada, pois, além de não poder consentir na ilicitude dessa afeição, não podia absolutamente admitir na insignificante novata aquilo que esta revelava de gracioso e amável.

Quando o grupo se reuniu para o jantar, o humor reinante havia mudado completamente. O conde, que já escrevera a carta e a despachara pelo mensageiro, entretinha-se com o capitão, que ele sondava de modo inteligente e discreto, depois de tê-lo feito sentar a seu lado. A baronesa, que se acomodara à direita do conde, não tinha com quem falar, sobretudo porque Eduard, de início sedento e depois excitado, servia-se copiosamente de vinho e mantinha uma conversa bastante animada com Ottilie, cuja atenção cativara. Do outro lado, Charlotte estava sentada junto ao capitão, e era penoso, quase impossível para ela ocultar sua íntima comoção.

A baronesa dispôs de tempo suficiente para observar algumas coisas. Notou o desconforto de Charlotte e, tendo em mente apenas a relação que Eduard estabelecia com Ottilie, convenceu-se logo de que a amiga estava inquieta e aborrecida pelo comportamento do marido, e agora refletia sobre a melhor maneira de chegar a seus objetivos.

O dissenso entre os convivas fez-se sentir mesmo depois de terminada a ceia. O conde, sequioso por conhecer o capitão a fundo, foi obrigado a fazer uma série de torneios para descobrir o que desejava sobre um homem tranquilo, destituído de vaidades e absolutamente lacônico. Ambos andavam juntos por um lado do salão, enquanto Eduard, excitado pelo vinho e por suas expectativas, postava-se com Ottilie a uma janela e gracejava. Charlotte e a baronesa, porém, circulavam caladas pelo outro lado do recinto, uma ao lado da outra. Seu silêncio e inação acabaram por arrefecer a animação do restante do grupo. As mulheres retiraram-se para sua ala no castelo, os homens dirigiram-se à outra, e assim parecia encerrar-se o dia.

XI

Eduard acompanhou o conde até seu quarto e, cativado pela conversa, permaneceu ali por certo tempo. O conde perdeu-se em lembranças do passado e exaltou a beleza de Charlotte, que ele, como *conoisseur*, descreveu apaixonadamente: "Um belo pé é uma grande dádiva da natureza. Sua graça é inesgotável. Observei-a hoje a caminhar; dá vontade de lhe beijar o calçado e repetir o bárbaro mas genuíno gesto de veneração dos sármatas, que desconheciam coisa melhor que o ato de, no sapato de uma pessoa amada e venerada, beber-lhe à saúde".

O elogio dos dois íntimos amigos não se restringia à ponta dos pés. Falando inicialmente da pessoa, passaram em seguida a tratar de velhas histórias e aventuras, e lembraram os empecilhos que se interpunham aos encontros dos dois enamorados, os esforços e os artifícios que estes engendravam para dizer um ao outro que se amavam.

"Lembra-se", prosseguiu o conde, "da aventura em que, por amizade e altruísmo, o ajudei? Ela se deu no dia em que nossos soberanos fizeram uma visita ao tio dela, reunindo-se no amplo castelo. O dia se passou em clima e trajes de gala; ao menos uma parte da noite deveria transcorrer em meio à conversação gentil e descompromissada."

"Você bem notara o caminho que levava aos aposentos das damas", disse Eduard. "Tivemos a fortuna de chegar a minha amada."

"Que, aliás", acrescentou o conde, "pensara mais no decoro que em minha satisfação, mantendo a seu lado uma feiosa dama de companhia. Desse modo, enquanto vocês, por meio de olhares e palavras, entendiam-se perfeitamente, tive uma sorte muitíssimo desagradável."

"Ainda ontem", disse Eduard, "quando sua vinda foi anunciada, lembrei-me com minha mulher desse episódio, especialmente de nosso retorno. Erramos o caminho e chegamos à antecâmara da guarda. Como o lugar nos era familiar, imaginamos que poderíamos passar sem sobressaltos pela sentinela e pelos outros recintos. Qual não foi nossa surpresa ao abrirmos a porta! O caminho estava coberto por colchões, sobre os quais estendiam-se enfileirados os brutamontes que dormiam. O único dentre eles que permanecia em vigília mirou-nos estupefato; nós, porém, com ânimo juvenil e travesso, passamos por cima de suas botas, sem acordar nenhum daqueles roncadores filhos de Enaque."

"Tive grande vontade de tropeçar", disse o conde, "apenas para suscitar o alvoroço. Que estranha ressurreição não teríamos provocado!"

Nesse instante bateu o sino das doze horas.

"É meia-noite", disse o conde sorrindo, "e o momento azado. Tenho de lhe fazer um pedido, caro barão: guie-me hoje como o guiei então; prometi à baronesa fazer-lhe uma visita ainda esta noite. Não ficamos a sós o dia inteiro; há tempos não nos vemos, e é natural que desejemos um momento de intimidade. Mostre-me o caminho até ela; o de volta acharei eu mesmo; de todo modo, não tropeçarei numa bota."

"É com muito prazer que lhe presto esse favor de hospitalidade", respondeu Eduard. "Há um único senão: as três mulheres estão alojadas na mesma ala do castelo. É possível que elas ainda estejam juntas; corremos o risco de criar uma situação embaraçosa."

"Não se preocupe!", disse o conde, "a baronesa me

aguarda. A esta hora certamente está em seu quarto, e a sós."

"Sendo assim, é fácil ir até lá", observou Eduard, que apanhou um lampião e seguiu à frente para iluminar o caminho. Desceram uma escada oculta que os conduziu a um longo corredor. No fim desse trajeto, Eduard abriu uma pequena porta. Subiram então uma escada em caracol e chegaram a um pequeno aposento, onde Eduard apontou para uma porta camuflada e passou o lampião ao amigo. A porta se abriu logo na primeira tentativa e o conde entrou, deixando Eduard sozinho na escuridão.

Uma segunda porta, à esquerda, dava para o quarto de Charlotte. Eduard ouviu vozes e passou a escutar com atenção. Charlotte falava a sua camareira: "Ottilie já se deitou?". "Não", respondeu a criada, "ainda está sentada e escreve." "Acenda então a lamparina e retire-se; é tarde. Eu mesma apago a vela e me acomodo na cama."

Eduard ouviu encantado que Ottilie ainda escrevia. "Trabalha por mim!", pensou triunfante. Envolto pela escuridão, entregou-se a seus pensamentos e viu Ottilie sentada a escrever; imaginou-se indo até ela, vendo o modo como ela se virava em sua direção; sentiu um irresistível desejo de estar perto dela mais uma vez. De onde estava, contudo, não havia nenhum caminho que levasse ao mezanino ocupado por ela. Estava exatamente defronte à porta do quarto de sua mulher; ocorreu-lhe então uma singular transformação na alma; procurou abrir a porta, que estava trancada; bateu de leve, Charlotte não ouviu.

Agitada, ela se movia de um lado a outro no grande aposento anexo. Rememorava o tempo todo aquilo em que, desde a inesperada proposta do conde, já pensara. O capitão parecia estar diante dela. Sua presença ainda enchia a casa, animava as caminhadas, mas ele tinha de partir, tudo se tornaria vazio! Dizia para si mesma tudo aquilo que se pode dizer; antecipava, como costumamos fazer, o triste consolo de que mesmo esses sofrimentos

AS AFINIDADES ELETIVAS

são aliviados pelo tempo. Amaldiçoou o tempo necessário para que fossem aliviados; amaldiçoou o fatídico tempo em que seriam aliviados.

Por fim, as lágrimas ofereceram-lhe o melhor dos refúgios, sobretudo porque era raro vê-la chorar. Atirou-se ao sofá e se entregou inteiramente a sua dor. Por seu turno, Eduard não conseguia arredar o pé da porta; bateu uma segunda e uma terceira vez, dessa feita com mais força, de modo que Charlotte, em meio ao silêncio reinante, ouviu nitidamente o ruído e estremeceu. A primeira ideia que lhe ocorreu foi a de que podia, devia ser o capitão; a segunda, de que isso seria impossível. Pensou então que se enganara, mas ela havia ouvido, desejava e temia ter ouvido. Foi até o quarto de dormir, aproximou-se silenciosamente da porta trancada. Zangou-se por seus receios. "Seria muito natural que a baronesa pudesse precisar de algo!", disse para si mesma e, serena e composta, bradou: "Há alguém aí?". Uma voz respondeu baixinho: "Sou eu". "Quem?", perguntou Charlotte, que não lhe identificara o timbre. Para ela, o capitão estava à porta. A voz de fora soou então mais nítida: "Eduard!". Ela abriu a porta e o marido estava diante dela. Ele a saudou com um gracejo. Ela foi capaz de acompanhá-lo nesse tom. Ele foi enredando a enigmática visita em enigmáticas explicações. "O motivo para eu ter vindo aqui", disse finalmente, "tenho de confessá-lo. Fiz o juramento de beijar seu sapato esta noite."

"Fazia tempo que a ideia não lhe ocorria", disse Charlotte. "Tanto pior", replicou Eduard, "e tanto melhor!"

Ela se sentou numa poltrona para ocultar dos olhos do marido a leve camisola que vestia. Ele se jogou a seus pés, e ela não pôde evitar que ele lhe beijasse o sapato, nem que ele, segurando-o nas mãos, tomasse-lhe o pé e o apertasse ternamente contra o peito.

Charlotte contava entre as mulheres que, por temperamento e sem premeditação nem esforço, assumem o comportamento das amantes. Jamais procurava excitar o marido e mal correspondia a seus desejos; porém, sem frieza nem rigorosa repulsa, assemelhava-se a uma noiva carinhosa que, mesmo diante daquilo que é lícito, sente-se intimamente acanhada. E foi assim que Eduard a encontrou nessa noite, num duplo sentido. Quão ardorosamente ela desejava que o marido se retirasse, pois o fantasma do amigo parecia reprová-la. Contudo, aquilo que devia afastar Eduard atraia-o ainda mais. Ela demonstrava uma inegável comoção. Havia chorado, e se os tíbios perdem o encanto nessa situação, aqueles que costumamos ver fortes e serenos tornam-se então ainda mais atraentes. Eduard portava-se de forma tão gentil, tão amorosa e insistente; pedia para ficar a seu lado. Não exigia; ora sério ora brincalhão, procurava apenas obter seu consentimento; não conjecturava absolutamente os seus direitos e, por fim, apagou a vela cheio de segundas intenções.

Na penumbra, contudo, o impulso interior e a imaginação passaram a reclamar imediatamente seus diretos sobre a realidade: Eduard tomava apenas Ottilie em seus braços; o capitão pairava ali, aproximando-se ou afastando-se do espírito de Charlotte; e assim, curiosamente, a ausência e a presença se entrelaçaram de maneira excitante e encantadora.

Mas o momento presente não aceita a alienação de seus enormes direitos. Os dois passaram uma parte da noite entretendo-se com toda sorte de conversas e gracejos, que se viam tão mais desimpedidos quanto mais o coração permanecia ausente. Na manhã seguinte, quando Eduard acordou reclinado sobre o peito da mulher, parecia-lhe que o sol contemplava a cena desconfiado; a seus olhos, era como se o astro iluminasse um crime; afastou-se cautelosamente, sem fazer barulho, e, ao despertar, Charlotte viu, não sem surpresa, que estava sozinha.

XII

Quando o grupo de amigos se reuniu novamente para o desjejum, um observador atento poderia verificar pelo registro de seu comportamento o quanto variavam os pensamentos e sentimentos na intimidade de cada um. O conde e a baronesa manifestavam aquele sereno prazer do casal de enamorados que, depois de uma sofrida separação, vê reassegurada a reciprocidade de seu afeto. De modo contrário, Charlotte e Eduard sentiam-se envergonhados e arrependidos ao deparar o capitão e Ottilie. Pois o amor se constitui a partir da ideia de que somente ele tem razão e de que, diante de si, todos os outros direitos desaparecem. Ottilie apresentava-se feliz como uma criança, poder-se-ia dizer que, à sua maneira, era sincera. O capitão estava compenetrado; depois da conversa com o conde, na qual este reavivara em seu espírito tudo aquilo que durante algum tempo permanecera em repouso e hibernação, percebera claramente que não exercitava suas aptidões e, na verdade, vagava à toa num estado de semiocupação. Mal saíram os hóspedes e eis que novos visitantes chegavam. A circunstância convinha a Charlotte, que queria relaxar e se distrair, mas incomodava Eduard, que sentia um redobrado desejo de ficar com Ottilie. Esta não gostou igualmente da situação criada, pois o trabalho de cópia ainda não estava pronto e tinha de ser entregue bem cedo no dia seguinte. E assim, quando os visitantes se retiraram, ela se dirigiu imediatamente a seu quarto.

Anoitecera. Eduard, Charlotte e o capitão, que haviam acompanhado os visitantes num certo trecho do caminho até que subissem ao coche, resolveram fazer um passeio até os lagos. Havia chegado um barco que Eduard encomendara de um lugar distante e que custara uma boa soma em dinheiro. Os amigos desejavam saber se a embarcação se movia com desenvoltura e se era fácil de manobrar.

Estava atracada à margem do lago intermédio, perto de uns velhos carvalhos com os quais se contava para edificações futuras. Ali seria erigido um ancoradouro; sob as árvores seria construído um arquitetônico ponto de descanso, para onde se encaminhariam aqueles que atravessassem o lago.

"Qual seria o melhor lugar para o ancoradouro na outra margem?", perguntou Eduard. "Penso que perto de meus plátanos."

"Eles estão um pouco distantes, à direita", disse o capitão. "Se o construirmos mais adiante, o desembarque se dará num ponto mais próximo do castelo; mas temos de ponderar a questão."

O capitão já estava na popa do barco e apanhara o remo. Charlote embarcou, seguida por Eduard, que pegou o outro remo. Porém, quando ia dar o primeiro impulso, lembrou-se de Ottilie e percebeu que o passeio iria retardá--lo. Como saber a que horas estariam de volta? Tomou a súbita decisão de ficar, saltou a terra firme, estendeu o remo ao capitão e, apresentando vagas escusas, correu para casa.

Ao chegar, soube que Ottilie havia se recolhido; escrevia. Teve a agradável sensação de que ela fazia algo por ele, mas sentiu um profundo desagrado por não poder vê--la de imediato. Sua impaciência crescia a cada instante. Andava de um lado a outro no salão maior, procurava qualquer coisa que pudesse distraí-lo, mas nada era capaz de prender sua atenção. Desejava vê-la, vê-la a sós, antes que Charlotte e o capitão voltassem. Caiu a noite, acenderam-se as velas.

Por fim ela veio; estava absolutamente adorável. O sentimento de ter realizado algo pelo amigo deixara-a felicíssima. Pôs o original e a cópia na mesa, diante de Eduard. "Fazemos o cotejo?", perguntou sorrindo. Eduard não sabia o que dizer. Mirou-a e examinou a cópia. As primeiras folhas, muito esmeradas, haviam sido escritas por uma delicada mão feminina; nas demais notava-se uma alteração no traçado, que se tornava mais fluente e livre; e qual não foi a surpresa de Eduard ao percorrer com os olhos as últimas páginas! "Meu Deus!", exclamou. "Não pode ser! É minha letra!" Olhou para Ottilie e de novo para as folhas; especialmente no final restava a impressão de que o texto fora escrito por ele mesmo. Ottilie calou-se, mas o observava com uma expressão de grande contentamento nos olhos. Eduard ergueu as mãos: "Você me ama!", ele bradou, "você me ama, Ottilie!", e se enlaçaram. Não seria possível dizer qual dos dois se atirou primeiro aos braços do outro.

A partir desse momento o mundo se transformou para Eduard; ele já não era a mesma pessoa e o mundo não era mais o mesmo. Estavam um diante do outro, ele segurava as mãos dela, olhavam-se nos olhos, prontos a se abraçar novamente.

Charlotte entrou com o capitão. Diante das desculpas pela demora no passeio, Eduard sorriu intimamente. "Vocês regressaram cedo demais", disse a si mesmo.

Sentaram-se para o jantar. Passaram em revista os visitantes do dia. Eduard, amorosamente excitado, falava bem de cada um deles, sempre indulgente e concedendo-lhes amiúde sua aprovação. Charlotte, que não compartilhava inteiramente a opinião do marido, notou esse estado de espírito e gracejou, dizendo que ele, que sempre julgara essas pessoas com máximo rigor, dessa feita se portava de modo extremamente brando e condescendente.

Com ardor e íntima convicção, Eduard exclamou: "Basta que amemos de todo o coração uma única pessoa para que todas as demais se tornem adoráveis!". Ottilie baixou os olhos. Charlotte desviou os seus.

O capitão tomou a palavra e disse: "Ocorre algo semelhante com os sentimentos de alta estima e veneração. Neste mundo, percebemos aquilo que é digno de estima apenas quando surge a ocasião de concentrarmos nossa atenção num único objeto".

Charlotte logo se dirigiu a seu quarto para se entreter com a lembrança daquilo que se passara entre ela e o capitão durante o entardecer.

Quando, depois de desembarcar, Eduard empurrou o barco, entregando a mulher e o amigo ao elemento ondulante, Charlotte tinha diante de si o homem por quem ela, em silêncio, tanto sofrera. Caía a tarde e ela o via, com os dois remos à mão, sem rumo certo, conduzir a embarcação. Sentia uma funda e rara tristeza. Os volteios do barco, o murmúrio da água golpeada pelo remo, a brisa que enrugava a superfície do lago, o sussurro dos cálamos, o último planeio dos pássaros, o brilho e o rebrilho das primeiras estrelas: tudo carreava algo de misterioso em meio ao silêncio reinante. Parecia-lhe que o amigo a conduzia a um lugar distante para então desembarcá-la e deixá-la sozinha. Intimamente, sentia uma estranha comoção e não podia chorar.

Enquanto isso, o capitão expusera-lhe as ideias que tinha sobre os novos jardins. Elogiava as qualidades do barco, salientando o fato de uma pessoa munida de dois remos poder movimentá-lo e manobrá-lo facilmente. Ela mesma haveria de aprender a conduzi-lo; a oportunidade de ir à água vez ou outra e tornar-se o próprio barqueiro e timoneiro propiciava, segundo o amigo, uma sensação agradável.

Ao ouvir essas palavras, Charlotte se lembrou da separação iminente. "Diz isso de propósito?", pensou consigo. "Já sabe de algo? Supõe-no? Ou diz isso apenas por acaso, antecipando inconscientemente meu destino?" Sentiu uma profunda melancolia, uma grande impaciência; pediu ao amigo que desembarcassem o quanto antes e voltassem ao castelo.

Era a primeira vez que o capitão navegava por aqueles lagos e, embora já houvesse estudado sua profundidade, não conhecia em detalhe cada um de seus pontos. Começava a escurecer; ele dirigira o barco para um lugar que, segundo imaginava, permitiria um desembarque tranquilo, perto da trilha que conduzia ao castelo. Porém o barco se desviou do trajeto no momento em que Charlotte, denotando certa angústia, novamente exprimira o desejo de logo pôr os pés em terra. Com renovado esforço, o capitão se aproximou da margem, mas, infelizmente, restara ainda um trecho que não conseguia transpor. O barco havia encalhado e foi vão o empenho por tirá-lo dali. Que fazer? Não lhe restou alternativa senão descer à água, que ali era rasa o bastante, e carregar a amiga até a terra firme. Transportou o querido fardo com sucesso, foi forte o bastante para não vacilar e não amedrontá-la; mas ela, assustada, enlaçou-lhe o pescoço com os braços. Ele a segurava com firmeza, apertando-a contra o peito. Baixou-a apenas ao chegar a uma encosta relvada; estava comovido e algo confuso. Ela mantinha os braços em seus ombros; ele a abraçou novamente e selou-lhe os lábios com um beijo ardente; no mesmo instante, porém, ajoelhou-se a seus pés, beijou-lhe a mão e exclamou: "Você me perdoa, Charlotte?".

O beijo que o amigo ousara e que ela quase retribuíra despertou-lhe os sentidos. Apertou a mão do amigo, mas não o ergueu. Exclamou, então, inclinando-se para ele e tocando seu ombro com uma das mãos: "É inevitável que este instante assinale um momento crucial em nossas vidas; depende apenas de nós torná-lo digno de nossa existência. Você tem de ir embora, caro amigo, e irá certamente. O conde faz tratativas para que sua vida melhore; isso me alegra e me magoa. Eu queria calar até estar segura disso; o momento me obriga a revelar o segredo. Só poderei perdoar você e a mim mesma se tivermos ambos a coragem de mudar nossa situação, pois mudar nosso sentimento é algo que está fora de nosso alcance". Então ela o ergueu, tomando-lhe o braço para se apoiar, e assim, calados, regressaram ao castelo.

Agora ela estava em seu quarto, onde tinha de se sentir e se considerar a mulher de Eduard. Em meio a essas contradições, socorreu-a seu caráter firme, tantas vezes provado ao longo da vida. Acostumada a se controlar e manter-se senhora de seus atos, não lhe foi difícil, ao fazer uma séria reflexão, readquirir o desejado equilíbrio; riu de si mesma ao pensar na estranha visita noturna. Mas logo foi tomada de curioso presságio, um estremecimento deliciosamente angustiante que logo se dissipou em piedosos desejos e esperanças. Comovida, ajoelhou-se e repetiu os votos que fizera a Eduard diante do altar. Amizade, afeição e renúncia compunham serenas imagens que lhe passavam diante dos olhos. Sentiu-se interiormente recomposta. Um doce cansaço a envolve e ela adormece tranquila.

XIII

Por seu turno, Eduard se acha num estado de espírito absolutamente diverso. Está tão pouco interessado em dormir que nem lhe ocorre despir-se. Beija mil vezes a cópia do documento, a parte inicial com a letra infantilmente tímida de Ottilie; mal se atreve a beijar a parte final, pois acredita ver sua própria mão ali. "Oxalá fosse outro documento!", dizia para si mesmo; para ele tratava-se da mais bela garantia de que seu maior desejo fora contemplado. Os papéis, afinal, permaneciam em suas mãos! E acaso não haveria de trazê-los novamente ao peito, ainda que desfigurados pela assinatura de um terceiro?

A lua minguante ascende sobre a mata. A noite tépida atrai Eduard para fora; ele perambula pelas imediações do castelo; é o mais intranquilo e o mais feliz dos mortais. Vagueia pelos jardins, que lhe parecem demasiado pequenos; corre para o campo, que lhe parece demasiado amplo. Vê-se trazido de volta ao castelo; acha-se então sob as janelas de Ottilie. Senta-se numa escada do terraço. "Muros e trancas separam-nos agora", pensa, "mas nossos corações não estão separados. Se estivesse diante de mim, cairia em meus braços e eu, nos dela. De que mais preciso se tenho essa certeza?" Ao redor tudo era silêncio, não soprava uma brisa sequer; o silêncio era tão grande que Eduard podia ouvir os ruídos da escavação realizada no subsolo pelos diligentes animais que não distinguem o dia da noite. Imergiu em ditosas quimeras; adormeceu finalmente e acordou apenas quando um sol resplandecente se ergueu e dissipou a névoa da madrugada.

Viu então que era o primeiro a se levantar em sua propriedade. Os trabalhadores pareciam tardar a vir; chegaram por fim. Pareceu-lhe que seu número era insuficiente e que o trabalho previsto para o dia não correspondia a suas expectativas. Pediu por mais braços; prometeu-se-lhe o reforço requerido, que foi trazido ao longo da jornada. Mas também essa mão de obra excedente parecia pouca para que seus planos logo se concretizassem. O trabalho já não lhe dá prazer; tudo está prestes a terminar, e para quem? Os caminhos devem ser aplainados para que Ottilie possa percorrê-los confortavelmente; os bancos, postos em seu devido lugar para que Ottilie possa descansar. Também na nova casa ele faz o que está a seu alcance. Deve estar pronta para o aniversário de Ottilie. O pensamento e as ações de Eduard desconhecem quaisquer limites. A consciência de estar amando e de ser amado arrasta-o até o infinito. Como se lhe afigura distinta a aparência de todos os aposentos, de todo o entorno! Já não se sente em sua própria casa. A presença de Ottilie absorve todas as coisas, vê-se completamente tragado por ela: não lhe ocorre mais nenhum pensamento, a consciência não o adverte. Tudo aquilo que estivera reprimido em sua natureza irrompe agora, todo o seu ser jorra na direção de Ottilie.

O capitão observa esse labor apaixonado e deseja se antecipar a suas funestas consequências. Quisera que todo o trabalho nos jardins, agora demasiadamente acelerado por um impulso unilateral, fosse posto a serviço de uma convivência gentil e tranquila. Mediara a venda da quinta; o primeiro pagamento fora efetuado e Charlotte o lançara no caixa, de acordo com o combinado. Mas logo nas primeiras semanas ela teve de agir com mais moderação, paciência e ordem que de costume, e teve de abrir os

AS AFINIDADES ELETIVAS 121

olhos, pois diante de tamanha pressa logo se esgotariam os recursos disponíveis.

Muita coisa fora começada e havia muito por fazer. O capitão não podia deixar Charlotte sozinha nessa situação. Os dois se aconselharam, concordaram em acelerar eles mesmos o trabalho planejado e tomar um empréstimo; iriam quitá-lo à medida que recebessem as parcelas relativas à venda da quinta. Mediante a cessão do imóvel, obtiveram os recursos, quase sem prejuízo. Estavam agora de mãos livres. Dispondo da mão de obra necessária, os trabalhos foram incrementados, vislumbrando-se um término breve e seguro. Eduard concordava com tudo, pois a iniciativa coincidia com seus planos.

Intimamente, Charlotte se aferrara àquilo que havia ponderado e planejado, e o amigo, partilhando de seus sentimentos, apoiava-a com hombridade. Isso só faz crescer a confiança recíproca. Os dois trocam ideias sobre a paixão de Eduard, aconselham-se. Charlotte traz Ottilie para perto de si; observa-a com atenção e, quanto mais percebe o que se passa em seu próprio coração, mais penetra no coração da sobrinha. Não vê outra possibilidade de salvação que não seja o afastamento da menina.

Agora, parece-lhe uma feliz coincidência o fato de Luciane ter sido distinguida com os mais altos louvores no pensionato, pois a tia-avó, ao ser informada do feito, resolvera tomá-la de uma vez por todas, tê-la de fato consigo e apresentar-lhe o mundo. Ottilie podia voltar à pensão; o capitão partia bem provido, e tudo voltaria a estar como a alguns meses antes, quem sabe ainda melhor. Charlotte esperava restabelecer em breve a própria relação com Eduard, e ordenava essas ideias de um modo tão razoável que acalentava mais e mais a ilusão de ser possível voltar a um estado anterior de confinamento e reconstituir aquilo que fora desfeito pela força.

De sua parte, Eduard se ressentia dos obstáculos que lhe eram postos no caminho. Logo notou que procuravam mantê-los, ele e Ottilie, separados; que procuravam dificultar-lhe a conversa a sós com ela, impedir que se aproximasse dela sem a presença de outras pessoas e, além de se aborrecer com isso, ele exprimia ainda outro descontentamento. Quando conseguia falar furtivamente com Ottilie, não o fazia apenas para reafirmar seu amor por ela, mas também para se queixar da mulher e do capitão. Não percebia que ele mesmo, no afã a que se entregara, esgotava os recursos do caixa; dizia amargurado que Charlotte e o capitão não cumpriam com aquilo que fora inicialmente acordado, esquecendo, porém, que numa segunda conversa havia consentido nessa contenção dos gastos, necessidade que ele mesmo criara.

O ódio é certamente parcial, mas o amor o é ainda mais. Também Ottilie, de alguma maneira, se afastara de Charlotte e do capitão. Certa feita, Eduard queixou-se dele junto à menina, dizendo que como amigo ele não procedia corretamente na questão. Ela respondeu de modo impensado: "Eu já havia percebido com desagrado que ele não é honesto com você. Certa vez eu o ouvi dizer a Charlotte: 'Se Eduard pelo menos nos poupasse de sua flauta simplória! Sua musiquinha não leva a nada e é muito maçante para os ouvintes'. Você pode imaginar o quanto isso me magoou, pois eu o acompanho com todo prazer".

Mal disse essas palavras e o espírito sussurrou-lhe ao ouvido que melhor seria ter se calado; mas falara. O semblante de Eduard mudou. Jamais algo o aborrecera tanto; fora agredido naquilo que lhe era mais caro; para ele a música era um folguedo infantil e absolutamente despretensioso. Os amigos deviam ser benevolentes com aquilo que o entretinha e lhe dava prazer. Não imaginava que a falta de talento pudesse molestar a esse ponto os ouvidos de um terceiro. Via-se ofendido, furioso, incapaz de perdoar. Sentia-se livre para reagir sem qualquer escrúpulo.

A necessidade de estar com Ottilie, de vê-la, de lhe sussurrar alguma coisa e contar segredos crescia a cada dia. Resolveu escrever-lhe, propondo uma correspondência sigilosa. A tira de papel em que ele, laconicamente, registrara esse pedido, ficara sobre a escrivaninha. Um golpe de vento levou-a ao chão no momento em que o camareiro entrava para frisar-lhe o cabelo. Como de costume, para testar o calor do ferro, o lacaio abaixou-se à cata de um pedaço de papel que estivesse no chão; apanhou então o bilhete, que chamuscou no instrumento. Percebendo o erro, Eduard arrancou-lhe o papel da mão. Logo depois, sentou-se para reescrever; dessa feita a pena parecia recusar o trabalho. Viu-se tolhido pela hesitação e por alguns receios, mas, por fim, superou-os. Na primeira oportunidade que teve de se aproximar de Ottilie, passou-lhe o bilhete às mãos.

Ottilie não o deixou sem resposta. Eduard recebeu um papelzinho e o colocou, ainda fechado, no bolso do colete, que, de acordo com a moda de então, era raso e mal segurava seu conteúdo. O bilhete repontou e caiu no chão sem que ele notasse. Charlotte viu-o, apanhou-o e o entregou ao marido, olhando-o de relance. "Eis aqui", disse ela, "algo que você talvez preferisse não perder."

Ele ficou consternado. "Ela dissimula?", pensou. "Chegou a perceber o conteúdo do bilhete, ou se confundiu com a semelhança da letra?" Desejava, acreditava na segunda hipótese. Estava de sobreaviso, fora duplamente advertido; mas esses sinais casuais e singulares, por meio dos quais um ser mais elevado parece falar conosco, eram incompreensíveis a sua paixão. Além disso, enquanto era arrastado por ela, sentia-se cada vez mais incomodado com os limites que lhe eram impostos. A sociabilidade gentil desaparecera. Seu coração se fechara. E quando era preciso reunir-se com a mulher e o amigo já não era capaz de sentir a antiga afeição por eles, não conseguia reavivá-la. Pesava-lhe a calada censura que ele mesmo se fazia, e procurava livrar-se do embaraço usando de certo humor, que, desprovido de estima, carecia da graça habitual.

Charlotte vencia essas provações pela força de seus sentimentos mais íntimos. Tinha consciência da firme determinação em renunciar a tão belo e nobre sentimento de afeto.

Como queria correr em auxílio daqueles dois! Bem notava que a distância não era providência suficiente para sanar esse tipo de mal. Resolve então falar diretamente com a boa menina, mas não consegue. Vê-se impedida pela recordação de seu próprio vacilo. Pensa em tocar no assunto, falando de um modo geral; mas isso também acaba por se relacionar a sua própria situação, que ela não ousa exprimir. Cada sinal que pensa emitir para Ottilie retorna, acusando o próprio coração. Quer advertir e sente que ela mesma carece de advertência.

Calada, mantém os enamorados cada vez mais apartados, mas isso não melhora a situação. Leves insinuações, que às vezes deixa escapar, não surtem efeito sobre Ottilie, pois Eduard convencera a menina dos sentimentos que Charlotte nutria pelo capitão; convencera-a de que a própria Charlotte desejava a separação, que ele pensava providenciar com o devido decoro.

Ottilie, amparada pelo sentimento de sua inocência e trilhando o caminho da almejada felicidade, vive apenas para Eduard. Fortalecida, pelo amor que lhe devota, em sua inclinação para o bem, mais feliz em seus afazeres, mais comunicativa em relação aos demais, sente-se num céu posto na Terra.

Assim, cada um a seu modo, os amigos tocam a vida, com e sem reflexão; tudo parece seguir o rumo natural, da mesma maneira que, como ocorre nas situações excepcionais, quando tudo está em risco, continuamos a viver, como se nada nos ameaçasse.

XIV

Nesse ínterim, o capitão recebeu uma carta do conde, na verdade, duas; uma, para ser mostrada, indicava excelentes perspectivas para um futuro ainda distante; a outra, pelo contrário, continha uma proposta decidida para o presente: um importante posto administrativo na corte, com a patente de major, honorários elevados e outras vantagens. Porém, em virtude de uma série de circunstâncias secundárias, ela deveria, por enquanto, ser mantida em segredo. O capitão falou aos amigos apenas das expectativas futuras, calando sobre aquilo que estava tão próximo.

Continuou a trabalhar com vigor e, em silêncio, foi tomando as providências necessárias para que tudo se encaminhasse sem sobressaltos depois que estivesse ausente. Agora, também ele deseja a fixação de prazos para certas obras e que o aniversário de Ottilie as agilize. Mesmo sem um acordo explícito, os dois amigos encontram prazer no trabalho conjunto. Eduard está satisfeito com o levantamento antecipado dos recursos para o caixa. As obras caminham céleres.

O capitão queria desaconselhar a reunião dos três lagos numa única represa. Seria preciso reforçar o dique de baixo e remover os intermediários; em mais de um sentido a obra se revela grande e arriscada. Entretanto, ambas as operações haviam se iniciado e influíam uma sobre a outra. Muito a propósito chegou um jovem arquiteto, ex-

-aprendiz do capitão. Em parte pelo emprego de mestres habilidosos e em parte — onde isso fora possível — pelo aumento do número de trabalhadores, ele incrementou a obra, augurando-lhe segurança e durabilidade. O capitão alegrou-se intimamente com esse auxílio, percebendo que depois sua ausência não seria sentida. Por princípio, não deixava inconclusa uma obra de que se encarregara, afastando-se apenas quando se via satisfatoriamente substituído. Desprezava aqueles que, para fazer notar sua saída, promoviam confusão em sua esfera de trabalho, desejando, como estúpidos egoístas, destruir aquilo que já não estivesse sob sua responsabilidade.

Os amigos trabalhavam com empenho para uma reluzente comemoração do aniversário de Ottilie, sem que expressassem ou o confessassem isso abertamente. Charlotte, porém, ainda que destituída de inveja, não podia consentir numa festa de grandes proporções. A juventude de Ottilie, as circunstâncias de sua felicidade e a relação com a família não admitiam sua apresentação como a rainha do dia. Eduard não queria tocar no assunto porque tudo deveria acontecer de modo espontâneo, surpreendente e revestido de uma alegria natural.

Acordaram de forma tácita que, nesse dia, independentemente de qualquer outra coisa, seria inaugurada a casa de recreio, e essa circunstância ensejava o anúncio da festa para as pessoas da vila e os amigos.

Mas a paixão de Eduard desconhecia quaisquer limites. Era tamanho o desejo de possuir Ottilie que se excedia no afã de se entregar, presentear e fazer promessas. Em relação a alguns regalos com que pretendia obsequiar Ottilie, Charlotte sugerira coisas demasiado simples. Ele conversou com seu camareiro, que zelava por seu guarda-roupa e estava em contato permanente com comerciantes e vendedores de artigos de moda. O criado, ele mesmo um conhecedor de objetos sofisticados e iniciado na arte de presentear, imediatamente encomendou na cidade um finíssimo baú, revestido de marroquim vermelho, cravado de pregos de aço e recheado com mimos dignos de seu envoltório.

Fez ainda uma segunda proposta a Eduard. O castelo contava com material pirotécnico ainda não utilizado, que poderia ser facilmente incrementado. Eduard abraçou a ideia, e o criado comprometeu-se a cuidar do empreendimento. O assunto deveria permanecer em sigilo.

Enquanto isso, à medida que o dia da festa se aproximava, o capitão tomava as precauções de segurança que julgava necessárias quando se chamava ou atraía uma multidão para algum lugar. Cuidou para que eventuais pedintes e outros inconvenientes não viessem a perturbar o espírito festivo.

Por sua vez, Eduard e seu confidente ocupavam-se sobretudo dos fogos, que seriam acesos à beira do lago intermédio, diante dos altos carvalhos. Na margem oposta, sob a copa dos plátanos, ficariam os convidados, que contemplariam o espetáculo com todo o conforto e a uma distância segura, podendo observar na superfície do lago tanto o reflexo das luzes quanto a queima do material colocado diretamente sobre a água.

Sob um pretexto qualquer Eduard mandou limpar o mato, a relva e o musgo por debaixo dos plátanos; desse modo, sobre o terreno livre, sobressaía a magnificência do arvoredo, que impressionava tanto pela altura quanto pela envergadura das copas. Eduard viu-se sumamente satisfeito. "Foi mais ou menos nesta época do ano que plantei as árvores. Quando foi isso exatamente?", perguntou-se. Assim que voltou para casa, passou a folhear os diários que seu pai escrevera de modo meticuloso e que tratavam sobretudo das questões relacionadas à terra. Essa plantação poderia eventualmente não ter sido registrada, mas outro importante episódio doméstico, ocorrido naquele mesmo dia, e do qual Eduard bem se lembrava, haveria necessariamente de constar ali. Folheou alguns volumes;

o fato fora mencionado. Eduard se surpreendeu e se alegrou sobremaneira ao notar a incrível coincidência! O dia e o ano daquela plantação correspondiam exatamente ao dia e ao ano do nascimento de Ottilie.

XV

Finalmente Eduard contemplou a tão esperada manhã. O número dos participantes crescia aos poucos, pois muita gente havia sido convidada, e alguns deles, que não haviam acorrido ao lançamento da pedra fundamental — ocasião que fora muito comentada — de maneira nenhuma queriam perder esse segundo festejo.

Ao som de música, os carpinteiros se dirigiram ao pátio do castelo e se postaram diante da mesa do banquete. Carregavam uma vistosa coroa, composta de múltiplas camadas sobrepostas de folhagem e flores. Saudaram os presentes e pediram às mulheres fitas e lenços de seda para incrementar a decoração. Iniciado o repasto, o cortejo seguiu adiante, cheio de júbilo, e, depois de permanecer por algum tempo no vilarejo — onde as mulheres e as moças lhe cederam igualmente uma porção de fitas —, regressou, acompanhado e aguardado por numerosa multidão, chegando então ao topo da colina, junto à casa que se erguera.

Charlotte procurou retardar a saída dos comensais. Queria evitar a formação de um séquito solene e cerimonioso; e, assim, as pessoas subiram aos poucos, formando pequenos grupos destituídos de hierarquia e maiores formalidades. Acompanhada da sobrinha, ela também se demorou, e com isso a situação apenas se agravou; pois, sendo Ottilie a última a adentrar o círculo dos celebrantes, parecia que as trombetas e os tímpanos haviam aguardado apenas a sua chegada e que só então o festejo podia começar.

Para disfarçar seu aspecto demasiado cru, o capitão mandara decorar a casa com ramos e flores. Sem consultá--lo, porém, Eduard pediu ao arquiteto que registrasse também com flores a data no frontão. Isso seria admissível; mas, ao tomar conhecimento da inscrição, o capitão foi capaz de evitar que também o nome de Ottilie reluzisse na fachada. Habilmente, pôde erradicar a inscrição já iniciada, removendo-lhe as já prontas letras florais.

Pendurou-se a coroa, que de longe podia ser avistada. As fitas e os lenços tremulavam ao vento, multicores, e boa parte de um breve discurso dissipou-se no ar. Terminava a cerimônia; agora, defronte à casa, devia começar a dança, a ser executada num terreno aplainado e circundado pela ramagem. Um garboso carpinteiro trouxe a Eduard uma jovem camponesa, ágil e graciosa, convidando Ottilie, que se encontrava ali ao lado, para dançar. Os dois pares foram imediatamente seguidos por outros e Eduard logo trocou de parceira, conduzindo então Ottilie na roda que se formara. Os jovens adentravam a ciranda com alegria, observados pelos mais velhos.

Em seguida, antes que os convidados se dispersassem pelas trilhas, combinou-se uma nova reunião, ao pôr do sol, sob a copa dos plátanos. Eduard foi o primeiro a chegar; organizou tudo e falou com o camareiro, que, na margem oposta do lago, juntamente com o pirotécnico, devia cuidar dos fogos.

O capitão notou desgostoso as providências que se tomavam para a exibição; queria falar com Eduard sobre a excessiva concentração de espectadores que se avizinhava. Não houve tempo para isso; Eduard apressou-se a dizer que se encarregaria sozinho dessa parte do festejo.

As pessoas se aglomeraram na área mais elevada e proeminente do dique, cuja relva fora aparada, num ponto onde o terreno se apresentava mais irregular e instá-

AS AFINIDADES ELETIVAS

vel. O sol baixava; enquanto era servida de refrescos, a plateia se via em meio ao lusco-fusco que prenunciava a escuridão. Todos achavam o lugar incomparável e já antecipavam o prazer de gozar a vista do vasto lago, delimitado por margens tão variadas.

Uma noite tranquila e destituída de vento favorecia a festa noturna. Foi então que se ouviu uma horrível gritaria; grandes porções de terra despregavam-se do dique; viam-se muitas pessoas caindo na água. O solo cedera sob o peso da crescente multidão. Todos haviam procurado o melhor ponto para se acomodar e agora não se podia sair dali, não se andava para a frente nem para trás.

Os outros convidados correram na direção do dique, mais para ver do que para ajudar, pois que se havia de fazer se não era possível alcançar o lugar do desmoronamento? O capitão, com alguns homens resolutos, chegou rapidamente e logo fez descer à margem a multidão que se aglomerara no dique, garantindo assim o trânsito dos que se dispunham ao resgate dos que afundavam. À custa das próprias forças ou pelo auxílio de terceiros, logo todos haviam saído da água e se achavam em terra firme, à exceção de um menino que, num esforço desesperado, em vez de se aproximar, acabou por se afastar do dique. Parecia estar perdendo as forças; quase não se lhe viam mais emergir as mãos ou os pés. Infelizmente o barco, que se achava na outra margem, estava abarrotado de explosivos; descarregá-lo demandaria tempo; não se podia contar com ele. O capitão decidiu-se imediatamente; despiu a roupa de cima; todos olhavam para ele. Seu corpo ágil e robusto infundia-lhes plena confiança. No instante em que saltou à água, ouviu-se em meio à multidão um grito de perplexidade; todos olhavam para o excelente nadador, que logo alcançou o menino, tido já por morto, trazendo-o ao dique.

Enquanto isso o barco se acercara; o capitão subiu a bordo e se certificou junto aos presentes de que todos os demais acidentados se encontravam em segurança. O médico chega e se ocupa da criança, que todos julgam morta. Charlotte se aproxima e pede ao capitão que cuide apenas de si mesmo, que volte ao castelo para mudar de roupa. Ele hesita até que algumas pessoas sérias e sensatas, que haviam participado diretamente da ação de resgate, garantem-lhe, jurando pelo que há de mais sagrado, que todos se encontram a salvo.

Charlotte observa-o subir o caminho de casa; lembra-se de que o chá, o vinho e o restante das coisas necessárias estão trancados à chave, de que nesses casos é comum as pessoas fazerem tudo pelo avesso. Passa apressada pela multidão dispersa, que ainda se acha junto aos plátanos. Eduard procura convencer os presentes a ficar; diz que logo dará o sinal para a queima dos fogos. Charlotte vem a seu encontro e lhe pede para adiar a distração, dizendo que agora não era o momento adequado e que, naquelas circunstâncias, o espetáculo não poderia ser apreciado. Recorda-lhe a consideração que se deve ao resgatado e ao responsável pelo resgate. "O médico executará seu trabalho", replicou Eduard. "Ele tem tudo de que precisa, e nossa presença iria apenas estorvá-lo."

Charlotte manteve seu ponto de vista e acenou para Ottilie, que já se retirava. Eduard tomou-lhe a mão e exclamou: "Não vamos terminar este dia num sanatório, um lugar para irmãs caridosas! Mesmo sem nossa presença, aqueles que estão aparentemente mortos ressuscitarão e os vivos irão se secar".

Charlotte calou e saiu. Foi acompanhada por alguns, outros seguiram aqueles dois; por fim, ninguém queria ser o último a sair e logo todos deixaram o lugar. Eduard e Ottilie ficaram a sós sob a copa dos plátanos. Ele insistia em permanecer ali, mesmo diante da angustiada súplica de Ottilie para que voltasse com ela ao castelo. "Não, Ottilie!", ele exclamou. "O feitos extraordinários não se realizam em meio ao caminho desimpedido e costumeiro. O espantoso incidente desta noite acelera nossa

AS AFINIDADES ELETIVAS 133

união. Você é minha! Já lhe disse e jurei isso tantas vezes; não vamos mais enunciá-lo e jurá-lo. Agora é o momento de realizá-lo."

O barco atravessara o lago e se aproximava trazendo o camareiro, que perguntou embaraçado o que devia fazer com os fogos. "Acenda-os!", ordenou Eduard. "Eles foram preparados apenas para você, Ottilie, e agora apenas você irá contemplá-los! Permita-me compartilhar esse momento de prazer a seu lado." Humilde e delicadamente, ele se sentou ao lado dela, sem, contudo, tocá-la.

Foguetes zuniram, canhões troaram, esferas luminosas ascenderam aos céus, busca-pés serpentearam e espocaram; rodas de fogo giraram faiscantes, primeiro isoladas, depois aos pares e, por fim, todas juntas, cada vez mais exuberantes, explodindo alternada ou simultaneamente. Eduard, cujo peito ardia, acompanhava a fulgurosa exibição com olhos embevecidos. Para o temperamento sensível e nervoso de Ottilie, a célere sucessão de luzes que se acendiam e se apagavam causava mais temor que prazer. Ela se recostou timidamente em Eduard, que, diante dessa proximidade e confiança, sentiu que ela era realmente sua.

A noite mal se havia assegurado de seus direitos quando a lua despontou no horizonte, iluminando os passos de ambos no regresso. Um vulto de chapéu na mão atravessou-lhes o caminho, pedindo um óbolo, pois fora por todos esquecido naquela ocasião festiva. A lua resplandecia sobre seu semblante e Eduard reconheceu os traços daquele mendigo impertinente. Porém, feliz como estava, não foi capaz de se indignar; esqueceu-se de que a esmola havia sido terminantemente proibida naquele dia. Não demorou em vascular a carteira para lhe estender uma moeda de ouro. Teria feito qualquer um feliz, tamanha era sua própria felicidade.

Em casa tudo transcorrera da melhor maneira possível. A atuação do médico, a provisão de tudo o que lhe era necessário, a assistência de Charlotte, tudo isso contribuíra para que o menino recobrasse a vida. Os convidados dispersaram-se; após a visão daquelas cenas turbulentas, desejavam contemplar de longe o restante dos fogos e voltar ao lar tranquilo.

Depois de se trocar rapidamente, o capitão também tomara as providências necessárias; agora tudo se acalmara e ele se encontrava a sós com Charlotte. Com amável cordialidade, contou-lhe que estava prestes a partir. Ela havia passado por tantas coisas naquela noite, que a revelação mal a impressionou; havia visto como o amigo se sacrificara, como havia salvado uma vida e se salvado. Os incríveis acontecimentos pareciam augurar-lhe um futuro significativo, mas não infeliz.

Eduard, que acabava de entrar com Ottilie, foi também informado da partida iminente do capitão. Imaginou que Charlotte já o soubesse antes, mas estava tão ocupado consigo mesmo e com suas próprias intenções que não fez caso disso.

Pelo contrário, ouviu de modo atento e satisfeito as informações sobre o belo e honroso cargo que o capitão ocuparia. Indômitos, seus secretos desejos antecipavam-se aos acontecimentos. Vislumbrava a união do amigo com Charlotte e a dele mesmo com Ottilie. A festa não poderia ter lhe dado um presente maior.

Ao entrar no quarto, Ottilie surpreendeu-se sobremaneira com o fino baú que se achava na mesa. Não se acanhou de abri-lo. Dentro do pequeno receptáculo tudo estava tão bem-arrumado que ela mal ousava retirar alguma coisa dali e erguê-la. Musselina, batista, seda, xales e rendas rivalizavam em refinamento, delicadeza e luxo. E não faltavam as joias. Bem notou a intenção que se tinha de vesti-la mais de uma vez, da cabeça aos pés; mas o regalo era tão fino e estranho que sequer lhe ocorria a ideia de se apropriar daquilo.

XVI

Na manhã seguinte, o capitão havia desaparecido, deixando aos amigos uma comovida página em que exprimia sua gratidão. Ele e Charlotte haviam se despedido à noite, numa conversa de poucas e meias palavras. Ela sentiu que a separação seria eterna e se resignou, pois a segunda carta do conde, que o capitão por fim citara, mencionava a perspectiva de um casamento vantajoso e, embora o amigo não houvesse dado nenhuma atenção a esse ponto, ela considerou o assunto encerrado, renunciando finalmente a uma união com ele.

Agindo assim, imaginou que poderia cobrar dos outros o mesmo sacrifício que havia imposto a si mesma. Se isso fora possível para ela, não deixaria de sê-lo para os demais. Foi nesse espírito que começou a conversar com o marido, falando de maneira cada vez mais clara e segura, percebendo que chegara a hora de dar cabo à questão.

"Nosso amigo nos deixou", disse. "Como no passado, estamos novamente um diante do outro, e agora cabe a nós decidirmos se queremos voltar a nossa antiga situação."

Eduard, que nada ouvia senão aquilo que lhe adulava a paixão, pensou que, com essas palavras, Charlotte aludisse ao tempo da viuvez e, embora de modo impreciso, quisesse insinuar uma separação. Por isso, respondeu com um sorriso: "Por que não? Tudo depende apenas do consentimento mútuo".

Mas constatou seu engano quando Charlotte acrescentou: "Temos de decidir também sobre um novo lugar para Ottilie, pois há duas possibilidades de ela estabelecer novas relações, ambas muito auspiciosas. Ela pode voltar ao pensionato, pois minha filha se mudou para a casa da tia-avó; pode também ser acolhida por uma família muito distinta e, junto a sua única filha, gozar de todas as vantagens de uma educação consoante a sua posição social".

"Não obstante", disse Eduard, bastante calmo, "Ottilie foi tão mimada por nossa amável companhia que dificilmente desejaria outra."

"Todos nos tornamos mimados", replicou Charlotte, "e você não menos que os demais. Apesar disso, vivemos um momento que nos cobra ponderação, que nos exorta a pensar no bem-estar de todos os membros de nosso pequeno círculo e a não rejeitar algum sacrifício."

"Não acho razoável", observou Eduard, "que Ottilie seja sacrificada, e isso certamente vai acontecer se a empurrarmos para o convívio de estranhos. O capitão encontrou aqui sua sorte; com tranquilidade e satisfação podemos vê-lo partir. Quem sabe o que espera por Ottilie; por que vamos nos precipitar?"

"Aquilo que nos espera está bastante claro", respondeu Charlotte, com íntima comoção; e, disposta a tratar do assunto sem rodeios, prosseguiu: "Você ama Ottilie, você se acostumou a ela. Também ela se afeiçoou a você e nutre esse sentimento. Por que não dizemos claramente aquilo que se manifesta e se revela a cada instante? Acaso não devemos ter o cuidado de nos interrogarmos sobre aquilo que há de ser?".

"Se não podemos responder de imediato a essa questão", retrucou Eduard, recompondo-se, "resta-nos dizer que aguardamos por aquilo que o futuro irá revelar, pois não podemos antecipar o modo como as coisas irão acontecer."

"Neste caso", disse Charlotte, "não precisamos de muita sabedoria para prever o futuro e, de qualquer maneira, sabemos que já não somos jovens e não podemos tomar cegamente um caminho que nos leva a um lugar que não desejamos ou que devemos evitar. Ninguém mais pode cuidar de nós. Cada um de nós tem de ser o amigo, o tutor de nós mesmos. Ninguém espera de nós que nos percamos numa decisão extremada, ninguém espera que nos portemos de modo reprovável ou mesmo ridículo."

"Você me reprova?", replicou Eduard, incapaz de contestar a franqueza e a sinceridade da mulher. "Você me censura por me preocupar com a felicidade de Ottilie? E não com uma felicidade futura, sempre imprevisível, mas com a felicidade presente? Pense, honestamente e sem ilusões, na eventualidade de Ottilie ser arrancada de nosso meio e ser entregue à companhia de estranhos — eu, ao menos, não me sinto cruel o suficiente a ponto de imaginar essa mudança."

Charlotte notou claramente a firme decisão que o pretexto ocultava. Só agora percebia o quanto o marido se afastara dela. Exclamou então com alguma comoção: "Ottilie será feliz ao nos separar, ao tirar de mim um marido e de um pai os seus filhos?".

"Imaginei", disse Eduard, sorrindo friamente, "que nada fosse faltar a nossos filhos." E acrescentou, um pouco mais amável: "Não se trata de chegar a um extremo!".

"O extremo é vizinho da paixão", ponderou Charlotte. "Não recuse, enquanto é tempo, o bom conselho, não recuse a ajuda que ofereço a nós dois. Nas situações obscuras deve agir e auxiliar aquele que enxerga com mais clareza. Desta vez essa pessoa sou eu. Caro, caríssimo Eduard, deixe-me ajudar! Você é capaz de supor que eu vá, sem mais, abdicar da felicidade alcançada, abdicar de meus direitos mais legítimos e de você?"

"Quem disse isso?", perguntou Eduard, algo embaraçado.

"Você mesmo", replicou Charlotte; "ao querer conservar a proximidade de Ottilie, você consente com as consequências aí implicadas, não é isso? Não quero pressioná-lo, mas se você não é capaz de se decidir, que ao menos não se deixe mais enganar."

Eduard percebeu o quanto ela estava certa. É terrível a palavra que exprime coisas há muito embaladas no coração. E, para escapar por um instante do constrangimento, respondeu: "Não sei se compreendo o que você pretende fazer".

"Minha intenção", respondeu Charlotte, "é a de avaliarmos juntos as duas propostas. Ambas são muito auspiciosas. Ao ponderar a presente situação de Ottilie, creio que o pensionato é o lugar mais indicado. Mas, ao conjecturar seu futuro, penso que a outra opção, de um círculo mais amplo e distante, é de fato mais promissora." Ela apresentou detalhadamente ambas as possibilidades ao marido e arrematou a exposição com as seguintes palavras: "Por diversos motivos, penso que a casa daquela senhora é preferível ao pensionato, particularmente porque eu não gostaria de ver florescer a afeição e a paixão que Ottilie despertou naquele jovem educador".

Eduard deu a entender que aprovava a ideia, mas se comportou assim apenas com o fito de adiar a decisão. Determinada a agir, Charlotte logo abraçou a oportunidade que se abria, pois Eduard não se opunha diretamente a seu plano; e, assim, determinou que a partida de Ottilie se desse nos próximos dias, algo que ela já vinha preparando em silêncio.

Eduard estremeceu, sentiu-se traído e viu no amável discurso da mulher uma forma premeditada, artificiosa e metódica de afastá-lo para sempre de sua felicidade. Comportava-se como se houvesse deixado tudo nas mãos dela; intimamente, porém, tomara outra decisão. E então, para recobrar o ânimo, para fugir à eminente e incomensurável desventura do afastamento de Ottilie, resolveu deixar a casa, não sem antes antecipar sua decisão a Charlotte, que ele procurava iludir, dizendo que não

AS AFINIDADES ELETIVAS

queria estar presente à despedida, que não mais queria ver Ottilie. Charlotte, julgando-se vitoriosa, apoiou-lhe a decisão. Ele mandou trazer os cavalos, deu instruções a seu camareiro sobre a bagagem e sobre o lugar onde devia encontrá-lo e, assim, de improviso, sentou-se e escreveu.

Eduard a Charlotte

Não sei, minha cara, se é possível reparar o infortúnio que se abateu sobre nós. De uma coisa, porém, estou certo: para evitar o desespero é preciso que eu me mantenha afastado; faço isso por mim e por nós todos. Se me sacrifico, tenho o direito de cobrar alguma coisa. Deixo minha casa para regressar apenas sob condições mais favoráveis e tranquilas. Peço-lhe então que fique, mas que o faça junto de Ottilie. Quero apenas estar ciente de que ela está a seu lado e não na companhia de estranhos. Cuide dela, dê-lhe o mesmo tratamento de sempre; seja, porém, mais gentil, amável e terna. Prometo não estabelecer nenhum contato secreto com ela. Deixe-me passar um tempo sem ter notícias de vocês; desejo-lhes toda a felicidade; deseje o mesmo para mim. Suplico-lhe apenas, de todo o coração: não envie Ottilie a nenhum outro lugar, não a coloque noutro círculo de relações! Fora dos limites do castelo e do parque, e entregue a terceiros, ela estará a meu alcance e me pertencerá. Se você respeitar minha afeição, meus desejos e minha dor; se embalar minhas ilusões e minhas esperanças, não recusarei a cura, quando ela me for oferecida.

Essa última frase saiu-lhe da pena, não do coração. Ao contemplá-la no papel, começou a chorar amargamente. De algum modo, tinha de renunciar à felicidade, ou melhor, à infelicidade de amar Ottilie! Sentia agora o que havia feito. Partia sem saber o que iria acontecer. Pelo menos por ora, não devia vê-la. E que segurança tinha de revê-la um dia? A carta fora escrita; os cavalos estavam diante da porta; a cada instante, corria o risco de encontrar Ottilie em alguma parte e ver ruir sua determinação. Recompôs-se; lembrou-se de que poderia voltar a qualquer instante e, à custa desse afastamento, poderia alcançar a realização de seus desejos. E pensou na forçosa saída de Ottilie, caso ficasse. Selou a carta, desceu rapidamente a escada e montou o cavalo.

Ao passar pela taberna, viu sentado sob a arcada o mendigo que ele regalara de modo tão generoso no dia anterior. Este se acomodava confortavelmente para o almoço; levantou-se, porém, e se inclinou respeitosamente, demonstrando verdadeira veneração por Eduard. A figura do pobretão aparecera na véspera justo no momento em que tomava Ottilie nos braços; agora aquele estranho suscitava-lhe dolorosamente a lembrança da hora mais feliz de sua vida. Redobrou-se o sofrimento; eram-lhe insuportáveis os sentimentos em relação àquilo que deixava para trás. Voltou-se uma vez mais para o pedinte: "Oh, como o invejo!", exclamou. "Você pode gozar ainda a esmola de ontem; eu, porém, já não posso gozar o amor desse dia!"

XVII

Ao ouvir que alguém saía a cavalo, Otillie foi até a janela e viu Eduard, já de costas. Pareceu-lhe estranho que ele deixasse a casa sem vê-la e sem dizer *bom-dia*. Estava inquieta e cada vez mais pensativa; foi então que Charlotte a buscou para um passeio e passou a tratar de alguns assuntos, mas sem mencionar o marido, algo que lhe pareceu proposital. Seu assombro só aumentou ao voltar a casa e deparar a mesa posta para apenas duas pessoas.

É com certo desagrado que damos pela falta de algo que se tornou um hábito, mas é apenas em determinadas situações que essa falta se torna dolorosa. Eduard e o capitão não se encontravam mais ali; pela primeira vez depois de muito tempo, Charlotte servia, ela mesma, a mesa, e Ottilie viu que perdia seu lugar. Sentaram-se uma diante da outra; Charlotte falou bastante à vontade da nova ocupação do capitão e da pouca esperança que tinha de revê-lo em breve. A única coisa que consolava Ottilie era a ideia de que Eduard houvesse saído para alcançar o amigo que partira e acompanhá-lo numa parte do trajeto.

Ao se levantarem da mesa, viram o coche de viagem de Eduard sob a janela, e quando, algo contrariada, Charlotte quis saber quem havia solicitado o veículo, responderam-lhe que fora o camareiro, desejoso de embarcar o restante da bagagem. Ottilie esforçou-se sobremaneira para ocultar toda sua surpresa e dor.

O camareiro entrou e pediu algumas coisas. Tratava-se de uma taça de seu senhor, algumas colheres de prata e alguns objetos que pareciam indicar a Ottilie uma longa viagem, uma prolongada ausência. Charlotte rechaçou o pedido secamente; disse não entender o que o lacaio desejava, pois ele tinha todas as coisas de seu senhor sob sua guarda. O hábil empregado, que queria apenas falar com Ottilie, desejando tirá-la dali sob um pretexto qualquer, tratou de se desculpar, insistindo, porém, em sua demanda. Ottilie quis dar-lhe o consentimento, mas Charlotte negou-o mais uma vez. O camareiro teve então de se retirar, e o coche partiu.

Foi um momento terrível para Ottilie. Ela não compreendia, não assimilava o ocorrido. Percebia apenas que Eduard fora-lhe tirado por longo tempo. Charlotte compreendeu sua perplexidade e deixou-a sozinha. Não nos aventuramos aqui a descrever sua dor e suas lágrimas. Seu sofrimento não tinha fim. Pedia a Deus que a ajudasse a superar aquele dia. Sobreviveu ao dia e à noite, e, quando se recompôs, julgou ter atingido um novo estado.

Não se acalmara, não se resignara, mas, depois de tamanha perda, ainda estava ali e tinha muito que temer. Ao se recobrar, seu principal temor era que, afastados os homens, também ela fosse afastada. Não sabia das ameaças feitas por Eduard que asseguravam sua permanência junto a Charlotte. O comportamento da tia, porém, aliviou seus receios. Charlotte procurava mantê-la ocupada. Muito raramente, e apenas a contragosto, ausentava-se da companhia da sobrinha. Sabia que não havia muito que fazer contra uma paixão decidida, mas conhecia o poder da ponderação e da consciência, e procurava falar com Ottilie sobre diversos assuntos.

Foi grande o consolo que a jovem experimentou quando, certa vez, falando com cautela, a tia enunciou uma sábia reflexão: "É muito viva", disse Charlotte, "a gratidão das pessoas que, com serenidade, ajudamos a sair de grandes embaraços! Tratemos de intervir, com espírito alegre e jovial, nos trabalhos que os homens deixaram para trás, sem tê-los concluído. Com isso, abriremos uma boa perspectiva para seu regresso; por meio de nossa moderação, sustentaremos e protegeremos aquilo que sua natureza intempestiva e impaciente poderia destruir".

"Querida tia", respondeu Ottilie, "você fala de moderação; isso me faz lembrar dos excessos a que se entregam os homens, especialmente quanto ao vinho. Muitas vezes me vi aborrecida e aflita ao notar o perfeito juízo, a sensatez, a consideração pelo próximo, a gentileza e a amabilidade perderem-se por horas seguidas e, frequentemente, constatar a ameaça do infortúnio e da confusão, malgrado todas as coisas boas que um homem de bem é capaz de realizar! Quantas resoluções violentas não foram tomadas nessas condições!"

Charlotte deu-lhe razão, mas não prolongou a conversa, pois notou que Ottilie se referia a Eduard. Embora não fosse a regra, ocorria com mais frequência do que seria desejável que Eduard bebesse vinho para incrementar seu divertimento, loquacidade e ações.

Se as palavras de Charlotte levavam Ottilie a pensar mais uma vez nos homens e particularmente em Eduard, surpreendeu-a ainda mais ouvir a tia falar sobre o iminente casamento do capitão como questão já sabida e absolutamente certa. A notícia trazia nova luz sobre todas as coisas, dando-lhes um aspecto muito distinto daquele que ela imaginara até então, a partir do que Eduard vinha afirmando. Ottilie passou a prestar mais atenção a cada enunciado, aceno e movimento de Charlotte, a cada passo seu. Tornara-se cautelosa, perspicaz e desconfiada, sem que ela mesma o percebesse.

Ao mesmo tempo, o olhar arguto de Charlotte penetrava todas as coisas em seu redor, e ela agia com grande destreza, obrigando Ottilie a trabalhar junto a si. Impôs limites estreitos aos gastos domésticos sem, contudo, provocar nenhum tipo de constrangimento. Pensando em tudo o que ocorrera, podia considerar o incidente passional como um acaso feliz. Pois, se tivessem perseverado no caminho seguido até então, consumiriam todos os recursos disponíveis e teriam, senão destruído, ao menos comprometido a boa situação de seus pródigos bens, sem ter tido tempo para refletir, vivendo e agindo de maneira impulsiva.

Charlotte não obstou as obras já iniciadas no parque do castelo. Pelo contrário, deixou que seguisse adiante aquilo que formaria a base de um aprimoramento futuro. O gesto tinha sua razão de ser: quando voltasse, o marido teria uma ocupação das mais agradáveis.

Não se cansava de elogiar a atuação do arquiteto na execução dos projetos. Em pouco tempo o lago se ampliara diante de seus olhos, e o terreno das novas margens havia sido cultivado com muita graça, contando com toda sorte de plantas e gramados. Na nova casa o trabalho bruto se encerrara, e foram tomadas providências para sua conservação. Charlotte suspendeu os trabalhos nesse ponto; mais tarde seria possível recomeçar a obra de maneira bastante satisfatória. Estava alegre e tranquila; Ottilie, porém, apenas aparentava esse estado de espírito, pois em tudo ela averiguava tão somente os sinais que pudessem indicar um breve retorno de Eduard. Nada a interessava mais do que essa possibilidade.

Por isso, recebeu com agrado a notícia da formação de um grupo de meninos incumbidos de manter a limpeza do parque, agora ampliado. O próprio Eduard havia pensado nisso. Confeccionaram-se belos trajes, que eles deveriam usar à noite, depois de um asseio completo. O guarda-roupa ficava no castelo; sua guarda foi confiada ao mais sensato e cuidadoso dentre os pequenos. O arquiteto supervisionava tudo e, quando se deu conta, esses meninos já haviam adquirido uma surpreendente habilidade. Notava-se que haviam sido bem treinados e demonstravam requinte no desempenho de sua tarefa. Quando alguns deles caminhavam com suas raspadeiras, foices, ancinhos, pequenas pás, enxadas e vassouras em leque, seguidos por outros que portavam cestos, onde recolhiam as pedras e o mato cortado, e ainda por outros que puxavam um alto e grande rolo de ferro, formava-se uma bela e graciosa procissão, a partir da qual o arquiteto anotava uma bela série de posturas e ações que figurariam no friso de uma casa de verão. Ottilie, porém, via nesse movimento apenas uma espécie de desfile que logo saudaria o senhor da casa em seu regresso.

A atividade dos meninos encorajou-a a preparar algo semelhante para a recepção de Eduard. Até então, as moças do vilarejo haviam sido estimuladas a desenvolver a costura, o tricô, a fiação e outras prendas femininas. Essas virtudes avultavam desde o momento em que se realizaram as obras de saneamento e embelezamento do vilarejo. Ottilie trabalhara sempre com elas, mas de maneira casual, conduzida por um ensejo momentâneo ou por uma veleidade qualquer. Doravante, desejava fazer tudo de modo acabado e consequente. Contudo, de um grupo de meninas não surge um coral, como sói acontecer com os meninos. Ottilie confiou em sua boa intuição e, sem saber exatamente o que fazia, procurou incutir em cada moça o apego à família, aos pais e irmãos.

Obteve a adesão de diversas meninas. Apenas uma delas, pequena e vivaz, era o tempo todo acusada de falta de habilidade e de nada querer fazer em sua casa. Ottilie não era capaz de lhe ser hostil, pois a pequena a tratava com muita gentileza. A menina aproximava-se, andava e corria a seu lado sempre que recebia a devida permissão. Era ativa, alegre e incansável. O apego a uma bela senhora parecia tornar-se uma necessidade para ela. No começo, Ottilie apenas tolerava a companhia da criança, depois tomou-lhe afeição e por fim já não se separavam, e Nanny seguia sua ama por toda parte.

Esta tomava amiúde o caminho do parque e se deleitava com seu belo desabrochar. Encerrava-se então a época das bagas e cerejas, cujos frutos derradeiros agradavam especialmente ao paladar de Nanny. As outras frutas, das quais o outono prometia uma abundante colheita, traziam ao jardineiro a lembrança do senhor da casa e ele jamais se ocupava delas sem almejar sua presença. Ottilie comprazia-se ao ouvir o velho e bom servidor. Ele dominava seu ofício e falava o tempo todo de Eduard.

Quando Ottilie mencionou o belo desenvolvimento que os enxertos apresentavam naquela primavera, o jardineiro respondeu com alguma gravidade: "Eu queria que o bom senhor se alegrasse com tudo isso. Se ele estivesse aqui neste outono, veria as finas variedades de frutos que se encontram no velho pomar do castelo, herança dos tempos do senhor seu pai. Os senhores pomareiros de hoje não são tão confiáveis quanto os cartusianos de outrora. Nos catálogos deparamos nomes muito respeitáveis; as plantas são enxertadas e mantidas no viveiro, mas, por fim, quando frutificam, vemos que não são dignas de figurar no jardim".

O fiel servidor não se cansava de perguntar a Ottilie pela volta do senhor, querendo saber quando isso se daria. Como ela não tinha meios de lhe prestar a informação, era com tristeza que o bom homem fazia notar sua convicção de que ela não confiava nele. Ela se aborrecia então pela sensação de ignorância imposta pela situação. E, no entanto, não conseguia se separar daqueles alegretes e canteiros. Aquilo que, em parte, haviam semeado juntos, tudo aquilo que haviam plantado, estava em plena floração. As mudas mal precisavam de cuidado, senão da água com que Nanny as regava. Com que sentimentos Ottilie observava as flores temporãs, que somente agora desabrochavam! O esplendor e a abundância dessa florada deveriam abrilhantar o aniversário de Eduard, cuja comemoração, por vezes, ela prometia a si mesma, exprimindo assim sua afeição e gratidão. Entretanto, a esperança de ver essa festa não se mantinha sempre a mesma. Dúvidas e cuidados sussurravam-lhe constantemente ao espírito.

Já não era possível restabelecer um estado de verdadeira harmonia na convivência com Charlotte, pois a condição em que cada uma delas se encontrava era muito distinta. Se tudo voltasse a ser como antes, se tudo voltasse aos trilhos da vida regular, Charlotte alcançaria imediatamente a almejada felicidade, e uma bela perspectiva se lhe abriria para o futuro. Ottilie, ao contrário, perderia tudo; podemos dizer, realmente tudo, pois em Eduard ela havia encontrado pela primeira vez vida e alegria e, na situação em que agora se achava, sentia um infinito vazio que no passado mal pudera pressentir. Pois um coração que está à procura de algo intui que alguma coisa lhe falta, mas um coração que sai perdendo bem sabe aquilo de que foi privado; a nostalgia transforma-se em desgosto e impaciência, e uma natureza feminina, habituada a esperar e aguardar, deseja então desprender-se de seu círculo, tornar-se ativa, empreender alguma coisa e lutar por sua felicidade.

Ottilie não renunciara a Eduard. Como poderia fazê-lo? Embora fosse bastante sensata, e a despeito de sua convicção, Charlotte dava por assentada a possibilidade de um relacionamento amistoso e tranquilo entre o marido e Ottilie. Esta, porém, depois de se recolher a seu quarto à noite, amiúde se ajoelhava diante do baú aberto e contemplava os presentes de seu aniversário, todos ainda intocados, pois nenhum tecido fora cortado, nada fora trabalhado. Ao alvorecer, era comum que deixasse a casa onde um dia deparara sua felicidade, buscando o ar livre e um lugar que, antes, nada lhe dissera. Não podia permanecer em terra firme; subia ao barco e remava até o meio do lago; sacava então um relato de viagem, deixava-se embalar pelas ondas, lia e sonhava com terras distantes e nelas sempre achava seu amado. Havia se mantido sempre próxima a seu coração, e ele, próximo ao dela.

XVIII

Podemos imaginar que Mittler — esse homem extraordinariamente ativo, que já tivemos a oportunidade de conhecer —, depois de saber do infortúnio que se abateu sobre nossos amigos, estivesse inclinado a demonstrar sua amizade e talento, mesmo que nenhuma das partes o tivesse chamado ainda. Pareceu-lhe aconselhável, contudo, esperar um pouco antes de intervir, pois bem sabia que, nos casos de conflito moral, era mais difícil socorrer as pessoas instruídas do que a gente simples. Por isso, deixou que os amigos ficassem a sós por algum tempo; mas, por fim, não se pôde conter e correu a procurar Eduard, de cujo paradeiro tinha notícia.

O caminho conduziu-o a um vale agradável, cuja pradaria, encantadoramente verde e cheia de bosques, era atravessada pelas águas de um riacho que ora silenciava no remanso das curvas, ora corria ligeiro e ruidoso. Sobre suaves colinas estendiam-se campos férteis e pomares bem cultivados. Os vilarejos estavam afastados uns dos outros; a região exibia um semblante tranquilo, e suas partes isoladas, ainda que não convidassem à pintura, pareciam um lugar excelente para viver.

Uma herdade bem cuidada, com uma casa sóbria, bem-arrumada e rodeada por jardins, atraiu sua atenção finalmente. Supôs que ela fosse a presente moradia de Eduard, e não se equivocara.

AS AFINIDADES ELETIVAS   149

Desse amigo solitário podemos dizer que se entregara em silêncio a sua paixão, que elaborava planos e alimentava esperanças. Não podia negar que desejava ver Ottilie ali, que desejava trazê-la, atraí-la, sem se inibir de sonhar toda sorte de coisas lícitas e ilícitas. Sua imaginação oscilava em meio a todas as possibilidades que se abriam. Se não pudesse possuí-la ali, possuí-la legalmente, queria doar-lhe a propriedade. Ali ela deveria viver em sossego e de modo independente; ali deveria encontrar sua felicidade. E, quando uma torturante fantasia o levava mais adiante, imaginava-a feliz ao lado de outro.

Assim passavam-se os dias, numa eterna oscilação entre esperança e dor, lágrimas e alegria, entre desígnios, preparativos e desespero. A presença de Mittler não o surpreendeu. Havia muito contava com sua chegada, e até certo ponto o visitante era bem-vindo. Imaginando que ele vinha a pedido de Charlotte, Eduard já sabia as respostas que lhe daria, podendo apresentar todo tipo de desculpas e pretextos para adiar sua volta e, em seguida, fazer propostas resolutas. Imaginando, além disso, que trazia notícias de Ottilie, Mittler foi recebido como um mensageiro dos céus.

Desse modo, Eduard ficou deveras aborrecido ao notar que Mittler não se apresentava como enviado, mas viera por conta própria. Fechou o coração e, de início, a conversa não prosperou. Mittler, porém, sabia que uma alma absorvida pelo amor tem a necessidade urgente de se abrir, expor a um amigo aquilo que se passa com ela. Depois de trocar algumas palavras com seu interlocutor, abandonou o papel de mediador e assumiu o de confidente.

Em seguida, gentilmente reprovou Eduard por seu isolamento, e este lhe respondeu do seguinte modo: "Oh, eu não saberia passar o tempo de maneira mais agradável! Penso nela o tempo todo, estou sempre a seu lado. Tenho a vantagem inestimável de poder imaginar o lugar em que se encontra, por onde anda, onde fica e descansa. Vejo-

-a diante de meus olhos a fazer as coisas e a agir como de costume, produzindo e empreendendo, evidentemente, aquilo que me lisonjeia. Mas, na verdade, a situação não é exatamente essa, pois não posso ser feliz longe dela! Minha fantasia trabalha sem descanso para saber o que Ottilie devia fazer para se aproximar de mim. Em seu nome escrevo cartas doces e carinhosas endereçadas a mim mesmo; respondo a essa missiva e conservo as folhas juntas. Prometi não procurá-la e pretendo cumprir o trato. Mas o que a impede de me procurar? Teria Charlotte sido tão cruel a ponto de fazê-la prometer e jurar que não me escreveria, que não me daria nenhuma notícia? Isso seria natural, até mesmo provável, e, no entanto, acho-o indigno, intolerável. Se me ama, como acredito, como sei, por que não se decide, por que não ousa fugir e cair em meus braços? Penso às vezes que devia, que podia fazer isso. Quando algo se move no vestíbulo, olho para a porta. 'Ela vai entrar!', penso, e conto com isso. Ah! E uma vez que o possível se torna impossível, imagino que o impossível teria de ser possível. Quando acordo à noite e a lâmpada projeta um brilho incerto no quarto, sua figura, seu espírito, um presságio seu certamente passam por mim, acercando-se, abraçando-me, apenas por um instante, e desse modo eu me asseguro de que ela pensa em mim, que é minha.

"Resta-me uma única alegria. Quando estávamos próximos, jamais sonhei com ela; agora que estamos distantes, unimo-nos em sonho. E, estranhamente, desde que passei a conhecer pessoas interessantes nestas redondezas, sua imagem tem visitado meus sonhos, como que para dizer: 'Olhe para onde quiser, você não achará nada mais belo e adorável do que eu!'. Sua imagem imiscui-se em cada sonho meu. Tudo aquilo que nos diz respeito passa a se misturar e enovelar. Assinamos então um contrato; aí se apresentam a sua e a minha letra, o seu e o meu nome; ambos se tornam indistintos, ambos se entrelaçam. Porém, não é sem dor que ocorrem esses deliciosos devaneios. Às vezes, ela faz algo que frustra a ideia imaculada que dela tenho; só então sinto o quanto a amo, ao mesmo tempo que me assalta um indescritível temor. Bem a seu modo, ocorre também de ela zombar de mim e me torturar; mas então sua imagem imediatamente se transforma; seu rostinho lindo, redondo e celestial se alonga: é outra pessoa. Sem embargo, vejo-me torturado, insatisfeito e desconcertado.

"Não ria, caro Mittler, ou ria, tanto faz! Oh, não me envergonho desse apego, dessa afeição insensata e delirante, como queira! Jamais amei em minha vida; somente agora entendo o que isso significa. Até agora tudo não passara de prelúdio, espera, passatempo e desperdício de tempo — até que a conheci, até que passei a amá-la, a amá-la de todo o coração. Nunca fui acusado diretamente, mas pelas costas diziam: eu era um incompetente; em quase tudo, agia como um amador. Pode ser; eu ainda não havia encontrado a matéria em que pudesse me revelar um mestre. Quero ver agora quem há de me superar na arte do amor.

"Decerto essa é uma arte miserável e dolorosa e que produz muitas lágrimas; mas em meu caso acho-a tão natural, tão pessoal que dificilmente poderia abandoná-la."

Eduard sentiu-se aliviado com sua manifestação efusiva e acalorada, mas, de súbito, veio-lhe à consciência cada detalhe de sua situação singular, de modo que, subjugado pela dolorosa contradição, debulhou-se em lágrimas, que se tornavam tanto mais copiosas quanto mais sua confidência lhe abrandava o coração.

Diante desse doloroso arrebatamento da paixão de Eduard, Mittler viu-se impedido de alcançar o objetivo que o levara até ali. Mas seu temperamento decidido e sua razão implacável fizeram-no exprimir sua reprovação sem rodeios. Disse a Eduard que devia dominar-se, lembrar-se da postura exigida pela dignidade masculina, sem se esquecer de que o homem atinge o ponto mais alto de sua honra quando enfrenta impávido a desgraça e suporta a dor com serenidade e decência, tornando-se então realmente estimado, honrado e exemplar.

Para Eduard, exasperado e incomodado pelos sentimentos mais embaraçosos, essas palavras só podiam soar fúteis e vazias. "O feliz, o afortunado falou bem", disse, exaltado. "Mas ele se envergonharia ao perceber o quão insuportável se tornou para aquele que sofre. Há de haver uma paciência infinita, mas o inflexível afortunado não reconhece a dor infinita. Há casos — sim, há casos! — em que todo consolo é infame e o desespero se torna uma obrigação. Um nobre grego, que também sabe descrever heróis, não impede que eles chorem diante da aflição. Já dizia seu provérbio: 'Os homens cobertos de lágrimas são bons'. Que me deixe aquele que traz o coração e os olhos ressequidos! Amaldiçoo os felizes, para os quais o infeliz deve servir de espetáculo. Este tem de se comportar com fidalguia na situação crudelíssima da adversidade física e espiritual para receber o aplauso dos ditosos e, ao morrer, ser saudado como o gladiador que expira com dignidade diante de seus olhos. Caro Mittler, sou-lhe grato pela visita, mas você demostraria grande apreço por mim se fosse ao jardim ou a um canto qualquer nas redondezas. Voltaremos a nos encontrar; farei o possível para me apresentar mais calmo e mais parecido com você."

Mittler preferiu mudar o assunto a interromper a conversa, que depois ele não conseguiria reatar facilmente. Para Eduard, também seria conveniente levá-la adiante, pois, de qualquer modo, ela se encaminhava ao encontro de seu objetivo.

"Evidentemente", disse Eduard, "ponderar isso e aquilo, exprimir os prós e os contras da questão, é algo que não leva a nada. Nesta conversa, contudo, percebo pela primeira vez, sinto concretamente a decisão que deve ser tomada, a decisão que já tomei. Diante de meus olhos contemplo

AS AFINIDADES ELETIVAS

minha vida presente e minha vida futura; resta-me optar entre a desventura e o prazer. Consiga, meu bom amigo, a separação, que se faz tão necessária e já se consumou; obtenha a concordância de Charlotte! Não desejo explicar em detalhes o que me leva a acreditar em sua obtenção. Vá até lá, caro amigo, tranquilize-nos, faça-nos felizes!"

Mittler se deteve. Eduard prosseguiu: "Nossos destinos, o meu e o de Ottilie, são inseparáveis, e não vamos sucumbir. Veja esta taça! Nossas iniciais estão aí gravadas. Um celebrante cheio de júbilo arremessou-a para o alto; ninguém mais deveria dela beber; haveria de se partir no duro chão de pedra, mas foi apanhada. Resgatei-a por um alto preço, e agora bebo dela todos os dias a fim de me convencer de que são indissolúveis as relações que o destino selou".

"Ai de mim", exclamou Mittler. "Quanta paciência preciso ter com meus amigos! Agora defronto até mesmo a superstição, que abomino, pois se trata do erro mais funesto em que o homem pode incorrer. Entretemo-nos com vaticínios e sonhos e por meio deles imprimimos significado a nosso cotidiano. Porém, quando a própria vida se torna importante, quando tudo se agita ao redor de nós e ressoa, então esses fantasmas fazem da tormenta algo ainda mais terrível."

"Nas incertezas da vida", disse Eduard, "quando o coração necessitado se vê premido entre a esperança e o medo, deixe-o mirar uma espécie de estrela-guia, ainda que não possa ser conduzido por ela."

"Eu estaria de acordo com isso", respondeu Mittler, "se pudéssemos contar ao menos com algum resultado positivo, mas a consequência tem sido sempre a mesma: ninguém observa os sinais de alerta, só prestamos atenção naquilo que nos lisonjeia e acena com promessas, e é nisso que reside toda a nossa confiança."

Agora Mittler era conduzido a regiões obscuras, nas quais seu desconforto sempre crescia quanto mais ele aí se demorava. Assim, mais flexível, acabou cedendo ao insistente pedido de Eduard para que procurasse Charlotte. Afinal, o que poderia ele, naquele momento, contrapor ao desejo de Eduard? De acordo com suas convicções, o que lhe restava fazer era ganhar tempo para saber como estavam as mulheres.

Correu para Charlotte, que, como sempre, estava alegre e serena. Com boa vontade ela lhe contou tudo o que havia se passado, pois da fala de Eduard ele só pudera depreender os efeitos. Mittler falava com cautela, mas não era capaz de mencionar, nem mesmo de passagem, a palavra "separação". Qual não foi seu espanto e — consoante a suas convicções — sua alegria quando, depois de narrar uma série de eventos desagradáveis, Charlotte disse finalmente: "Tenho de acreditar e esperar que tudo voltará a ser como antes, que Eduard se reaproximará de mim. Não poderia ser diferente, pois você está diante de uma mulher que espera um filho".

"Será que a compreendo?", disse Mittler, interrompendo-a. "Você me compreende perfeitamente", respondeu Charlotte. "Mil vezes bendigo essa notícia!", ele exclamou, batendo palmas. "Conheço a força desse argumento sobre a alma masculina. Quantos casamentos não vi que foram apressados, consolidados ou refeitos por essa força! Uma esperança como essa é mais eficaz do que mil palavras; é a melhor esperança que podemos ter. Entretanto", prosseguiu, "no que me diz respeito, eu teria todos os motivos para estar aborrecido. Neste caso, noto que minha autoestima não é adulada. Entre vocês meu trabalho não é digno de gratidão. Vejo-me como aquele meu amigo médico que, pela graça de Deus, obtém a cura sempre que trata os pobres, mas raras vezes pode curar o rico, que bem gostaria de lhe pagar por isso. Aqui, felizmente, a questão se resolverá por si mesma, uma vez que meus esforços e minhas tentativas de persuasão seriam inúteis."

AS AFINIDADES ELETIVAS

Charlotte pediu-lhe que reportasse a novidade a Eduard, que lhe levasse uma carta e visse o que havia para ser feito ou refeito. Ele não aceitou a incumbência. "Tudo já foi feito", exclamou. "Escreva-lhe! Qualquer mensageiro será tão bom quanto eu. Tenho de me dirigir ao lugar onde sou mais necessário. Somente voltarei aqui para felicitá-los; virei para o batismo."

Dessa feita, como ocorrera tantas vezes, Charlotte estava insatisfeita com Mittler. A natureza resoluta do amigo propiciava certamente bons frutos, mas sua pressa exagerada provocava também o revés. Ninguém se aferrava tanto quanto ele a uma ideia concebida de última hora.

O mensageiro de Charlotte foi até Eduard, que o recebeu algo perplexo. A carta podia ser decisiva, fosse para o sim, fosse para o não. Hesitou longamente em abri-la e se afligiu sobremaneira ao lê-la; paralisou-se com a seguinte passagem, que a encerrava:

Lembre-se daquele momento à noite quando, de modo aventureiro, você procurou sua mulher feito um amante, fazendo-a, também ela, noiva e amante em seus braços. Honremos este acaso singular como uma dádiva dos céus, que zelaram por uma nova aliança entre nós no momento em que a felicidade de nossas vidas ameaça ruir e desaparecer.

Seria difícil descrever o que se passou desde então no espírito de Eduard. Nesses momentos de angústia, costumam ressurgir velhos hábitos, antigas inclinações que ajudam a passar o tempo e preencher o vazio da existência. Para o aristocrata, a caça e a guerra constituem um auxílio que está sempre à mão. Eduard anelava por um perigo externo que contrabalançasse o interno. Desejava a ruína, pois a vida ameaçava ficar insuportável. Foi consolado pela ideia da morte, que poderia trazer felicidade às pessoas amadas e aos amigos. Ninguém se interpôs à sua vontade, pois fez segredo de sua decisão. Lavrou seu testamento com todas as formalidades de costume; era doce o sentimento de poder legar a propriedade a Ottilie. Charlotte, o nascituro, o capitão e os criados estavam bem providos. A guerra, que se reiniciara, favorecia seu intento. Em sua juventude, certas inconsistências militares aborreceram-no muitas vezes; por isso abandonara a carreira. Privava agora do delicioso sentimento de ir ao fronte seguindo um comandante de quem podia dizer: sob suas ordens a morte é provável e a vitória, certa.

Ottilie, ao se inteirar do segredo de Charlotte, afligiu-se como Eduard; aliás, mais do que ele, e se retraiu. Não tinha mais nada a dizer. Não podia ter esperança e não tinha o direito de acalentar desejos. Podemos, porém, lançar um olhar a sua intimidade por meio de seu diário, do qual pretendemos narrar uma parte.

SEGUNDA PARTE

I

A vida comezinha coloca-nos amiúde diante de uma situação que, na epopeia, atribuímos a um artifício do autor: quando os protagonistas se afastam e se ocultam, tornando-se inativos, logo são substituídos por uma segunda ou terceira figura que até então mal havíamos notado. Ao demonstrar todas as suas capacidades, ela se nos afigura digna de atenção e consideração, merecedora mesmo de louvor e recompensa.

Assim, após a partida do capitão e de Eduard, aquele arquiteto revelava-se cada dia mais importante. Dele dependiam a organização e a execução de certos trabalhos, nos quais ele se provava diligente, criterioso e ativo, ao mesmo tempo que, de algum modo, assistia às mulheres e as entretinha nos momentos de silêncio e tédio. Seu aspecto físico era do tipo que inspirava confiança e despertava afeição. Um jovem mancebo na plena acepção da palavra, de bela compleição, esguio, um pouco alto talvez, modesto mas desprovido de timidez, comunicativo sem que se tornasse inoportuno. Era com alegria que encarava toda preocupação ou esforço, e, dotado de facilidade para o cálculo, logo se inteirou da economia doméstica, de maneira que sua influência benfazeja estendia-se por toda parte. Fora encarregado de atender à gente de fora; sabia desvencilhar-se de uma visita inesperada ou ao menos deixar as mulheres de sobreaviso, de modo que o visitante não lhes causasse nenhum incômodo.

Certo dia, um jovem advogado deu-lhe que fazer. Viera da parte de um nobre, morador das vizinhanças, trazendo um assunto sem maior importância, mas que afligiu Charlotte. Devemos tratar desse incidente, pois ele desencadeou uma série de fatos que, de outro modo, talvez não ocorressem tão cedo.

Lembramo-nos das mudanças que Charlotte promovera no cemitério. Todos os monumentos fúnebres haviam sido removidos de seu lugar original e colocados junto ao muro e ao pé da igreja. O espaço restante fora aplainado. Salvo um amplo caminho que levava até a igreja e, passando ao largo dela, chegava até sua portinhola traseira, todo o resto do campo santo fora semeado com diferentes espécies de trevo, que verdejavam e floriam lindamente. Seguindo uma ordem predeterminada, os novos túmulos seriam dispostos a partir dos fundos do terreno e, a cada novo trabalho, a área seria nivelada e semeada mais uma vez. Ninguém iria negar que a obra oferecia um aspecto sereno e digno quando se entrava na igreja, nos domingos e feriados. Até mesmo o clérigo, já idoso e aferrado aos velhos hábitos e, de início, pouco feliz com o arranjo, via-se agora satisfeito. Posto a descansar na soleira da porta dos fundos, feito Filemon com sua Baucis, ele contemplava sob a copa das velhas tílias um colorido tapete que tomara o lugar das sepulturas desalinhadas. Além disso, a nova disposição beneficia-lhe o orçamento doméstico, pois Charlotte lhe assegurara o usufruto dessa área do terreno.

Não obstante essas vantagens, alguns paroquianos haviam desaprovado a remoção dos sinais indicativos do lugar onde repousavam seus antepassados, ato que erradicava sua memória, pois os bem conservados monumentos assinalavam a pessoa que ali jazia, mas não o lugar exato onde fora enterrada, e esse lugar é que constituía o cerne da questão, como muitos afirmavam.

Uma família da vizinhança partilhava esse ponto de vista; ela adquirira no cemitério comunitário um jazigo destinado a seus membros e estabelecera uma dotação regular à igreja. O jovem advogado vinha com o encargo de cancelar esse benefício e anunciar que doravante seus representados sustavam os pagamentos, pois as condições sob as quais o dinheiro fora despendido haviam sido suspensas de modo unilateral, desconsiderando-se todos os protestos e advertências. Charlotte, a responsável pela mudança, resolveu falar diretamente com o jovem, que, com ímpeto, mas sem se tornar demasiado impertinente, expôs seus motivos e os de seu mandante, dando que pensar.

"A senhora bem vê", disse ele após breve explanação introdutória, com a qual procurou justificar sua insistência, "que tanto a pessoa mais humilde quanto a mais importante preocupa-se em assinalar o lugar onde se encontram os restos mortais de seus entes queridos. O pobre lavrador que enterra um filho consola-se de alguma maneira com a frágil cruz de madeira que coloca sobre o túmulo, adornando-a com uma coroa de flores. Com isso, preserva a lembrança enquanto durar a dor, embora o tempo venha a apagar tanto o memorial quanto o luto. A gente bem aquinhoada, no lugar da madeira utiliza o ferro; procura fixar e proteger sua cruz, que durará anos. Porém essa também será corroída e irá se consumir; por isso os ricos não veem nada mais apropriado que erigir um monumento de pedra, que promete atravessar gerações e pode ser reparado e restaurado pela posteridade. Porém não é a pedra que nos atrai, senão aquele que jaz sob ela, entregue aos cuidados da terra. Não se trata da memória, mas da própria pessoa, não da lembrança, mas da presença. Um finado querido eu abraço de fato e com mais intimidade em sua sepultura que num memorial, pois este pouco representa para mim. Porém, é ao redor daquela que se congregam os cônjuges, parentes e amigos, mesmo depois de se despedirem da vida, como que reunidos em torno de um marco; e o vivo deve conservar o direito de afastar e repelir os estranhos e os malévolos da proximidade de seus mortos.

"Sustento, portanto, que meu representado tem todo o direito de cancelar a doação, e isso é pouco, pois os membros da família foram feridos de tal maneira que não se pode conceber uma efetiva reparação. Tiveram de abdicar do sentimento dolorosamente doce de trazer uma oferenda mortuária a seus entes queridos e da reconfortante esperança de um dia repousar a seu lado."

"A questão", retrucou Charlotte, "não é importante a ponto de nos envolvermos numa disputa judicial. Estou tão pouco arrependida da obra que pretendo doar à igreja um valor equivalente àquele que os senhores deixam de doar. De qualquer maneira, preciso dizer-lhe com franqueza: seus argumentos não me convenceram. O sentimento puro de finalmente chegarmos a uma igualdade universal, pelo menos após a morte, parece-me mais tranquilizador que essa continuação obstinada e inflexível de nossa personalidade, afetos e relações sociais. Qual é sua opinião?", perguntou ela, dirigindo-se ao arquiteto.

"Prefiro não entrar em contenda num assunto como esse", respondeu ele, "nem ditar a palavra final. Permita-me falar modestamente sobre aquilo que é mais afeito a minha arte e modo de pensar. Já que não mais podemos depor os restos de nossos amados numa urna e trazê-la junto ao peito; já que não somos ricos e ditosos o suficiente para conservá-los intactos em grandes sarcófagos providos de belos adornos; e já que não mais encontramos nas igrejas lugar para nós mesmos e para os nossos, sendo que agora somos postos para fora, então, digníssima senhora, temos todos os motivos para aprovar sua iniciativa. Se os membros de uma comunidade jazem enfileirados, um ao lado do outro, repousam ao lado de seus entes queridos e em seu meio. E quando a terra nos receber de volta, nada mais natural e higiênico que, sem demora, se-

AS AFINIDADES ELETIVAS 163

jam nivelados os montículos, que vão surgindo ao acaso e, pouco a pouco, se fundem. Assim, sustentada por todos, a lápide se tornará mais leve para cada um de nós."

"E então, tudo terá de se passar sem nenhuma recordação, sem nada que possa suscitar uma lembrança?", perguntou Ottilie.

"Absolutamente!", prosseguiu o arquiteto. "O que se abandona é o lugar, e não a memória. Tudo que o arquiteto e o escultor almejam é que as pessoas possam contar com seu talento, com suas mãos e sua arte, como instrumentos de perduração da existência; por esse motivo eu desejaria monumentos bem planejados e executados, que não fossem disseminados ao acaso, mas dispostos num lugar onde pudessem permanecer por longo tempo. Uma vez que até mesmo os pios e as pessoas ilustres abdicam do direito de repousar nas igrejas, providenciamos monumentos e inscrições comemorativas dispostos no templo ou em belas galerias em torno dos sítios mortuários. Há milhares de formas pelas quais podemos dotar essas lápides de uma inscrição e milhares de formas com que podemos adorná-las."

"Se os artistas são tão pródigos", respondeu Charlotte, "diga-me então: por que se aferram à forma do pequeno obelisco, da coluna derribada e da urna cinerária? Em vez dos milhares de inventos de que se gaba, vejo apenas milhares de repetições."

"Isso pode ocorrer em nosso meio", retrucou o arquiteto, "mas não em toda parte. Além disso, invenção e execução apropriada são coisas distintas. Especialmente neste caso é difícil aliviar o assunto grave e não incorrer em desagrado ao tratar do desagradável. Quanto a esboços de monumentos de todo tipo, tenho uma porção deles e os exibirei em ocasião oportuna; mas o monumento mais belo continua sendo o retrato da pessoa. Este, mais do que qualquer outra coisa, exprime uma ideia de quem ela foi; é o melhor texto para muitas ou poucas notas. Mas deve ser resgatado na melhor época de sua vida, algo que amiúde omitimos de fazer. Ninguém se lembra de conservar as formas vivas e, quando isso acontece, tudo se passa de maneira insatisfatória. O morto é rapidamente coberto de gesso e então se coloca essa máscara sobre um bloco, e chamamos isso de busto. Raramente o artista se vê em condições de lhe infundir a vida de novo!"

"Provavelmente sem saber", disse Charlotte, "você conduziu a conversa a um ponto que me favorece. O retrato de uma pessoa é autônomo; onde quer que esteja, ele se basta, e não exigiremos dele que assinale o verdadeiro jazigo. Posso, contudo, confessar a você um curioso sentimento? Mesmo em relação aos retratos, sinto certa aversão, pois sempre parecem lançar um olhar de reprovação; aludem a algo distante e já passado, e me fazem lembrar o quão difícil é honrar o momento presente. Se recordarmos as tantas pessoas que vimos e conhecemos e confessarmos o quão pouco elas representaram para nós e nós mesmos para elas, que haveremos de sentir? Encontramos a pessoa espirituosa, sem nos entretermos com ela; o sábio, sem lhe aprender as lições; o homem viajado, sem nos informarmos de suas experiências; o tipo amável, sem lhe prestar uma gentileza.

"E, infelizmente, isso não ocorre apenas no âmbito das relações fortuitas. As sociedades e as famílias comportam-se assim diante de seus membros mais caros; as cidades, de seus cidadãos mais dignos; os povos, de seus príncipes mais valorosos; e as nações, de seus homens mais admiráveis.

"Ouvi certa vez alguém perguntar por que afinal falamos bem dos mortos com tanta franqueza, mas dos vivos, sempre com certo cuidado. Deram-lhe a seguinte resposta: porque daqueles nada temos a temer, mas estes podem atravessar nosso caminho a qualquer momento. É assim negligente o cuidado com a memória alheia. Em geral não passa de uma diversão egoísta, quando, pelo contrário, deveria ser uma obrigação rigorosamente sagrada manter permanentemente animadas e efetivas as relações com aqueles que permanecem vivos."

II

No dia seguinte, exasperados pelo incidente e pela conversa que se seguiu, Charlotte e o arquiteto foram ao cemitério, onde ele fez interessantes sugestões para tornar o lugar mais belo e aprazível. Os cuidados do jovem construtor estendiam-se também à igreja, uma edificação que, desde o início, atraíra sua atenção.

Esse templo, de centenas de anos, fora erigido em estilo alemão, sendo bem-proporcionado e dotado de primorosa decoração. Notava-se que o mestre-construtor de um monastério vizinho havia trabalhado com discernimento e dedicação no levantamento desse pequeno edifício, cujo efeito sobre o observador permanecia austero e agradável, embora em seu interior as novas disposições exigidas pelo culto protestante houvessem tirado algo de sua quietude e majestade.

O arquiteto não teve dificuldade em obter de Charlotte uma quantidade razoável de recursos, com os quais tencionava reformar tanto a parte interna quanto a externa da igreja, restituindo-lhe o elemento de antiguidade e harmonizando-a com o campo santo, ali defronte. Ele mesmo era dotado de grande habilidade manual e pretendia manter parte dos trabalhadores empregados na construção da casa até o término dessa obra pia.

Achava-se agora em condições de estudar o edifício, seu entorno e anexos. Para sua grande surpresa e satisfação, achou-se uma pequena e discreta capela lateral, com dimensões ainda mais simples e belas, com adornos ainda mais atraentes e refinados. Ela conservava parte da pintura e dos entalhes relacionados àquele culto mais antigo, que, empregando diversas imagens e utensílios, sabia distinguir as diferentes festas, bem como os modos de celebrar cada uma delas.

O arquiteto não pôde deixar de incluí-la em seu plano de trabalho e restaurar o pequeno recinto como memorial de um tempo passado e suas preferências. De acordo com sua própria sensibilidade, já vislumbrava a decoração da superfície vazia e se alegrava com a possibilidade de exercer seu talento artístico, mas fez segredo de seu intento e não o contou às moradoras do castelo.

Antes de mais nada, apresentou às damas diversas reproduções e esboços de velhos monumentos funerários, vasos e outros objetos relacionados, como havia prometido. Quando começaram a falar dos singelos túmulos dos povos nórdicos, ele apresentou sua coleção de armas e apetrechos aí encontrados. Tudo estava disposto de modo bem organizado, em gavetas e cacifos, sobre pranchas entalhadas e revestidas de tecido. Assim armazenados, esses objetos antigos e solenes adquiriam o aspecto de ornamento e eram contemplados com prazer, como o são os artigos contidos nas caixinhas do comerciante de moda. Feita a exposição desses objetos e tendo em vista que a solidão demandava algum entretenimento, ele começou a apresentar a cada noite uma nova parte de seu tesouro. Quase tudo era de origem alemã: peças bracteadas, moedas, selos e outros objetos dessa natureza. Tudo isso conduzia a imaginação ao passado. A fala do arquiteto era adornada por obras de xilografia, por objetos que remontavam aos primórdios da imprensa e a antiquíssimas gravuras em cobre; e a igreja recebia diariamente cores e atavios que realçavam seu passado. Desse modo, quase se impunha a pergunta em torno do tempo presente: vivia-

-se realmente na modernidade ou era apenas sonho o fato de que a vida transcorresse agora sob hábitos, costumes, estilos e convicções de outra espécie?

Certo dia, ele trouxe um enorme portfólio, que, depois daquela apresentação inicial, surtiu grande efeito. A pasta continha sobretudo esboços de figuras que, no entanto, por terem sido diretamente decalcadas das imagens originais, conservavam intacto seu caráter antigo, e qual não foi a atração que ela exerceu sobre aqueles que a contemplavam! Todas as figuras denotavam a existência mais pura; de todas se podia dizer que revelavam nobreza ou ao menos que eram boas. Todos os semblantes e todos os gestos exprimiam uma serena concentração, o voluntário reconhecimento de um ser mais digno do que nós, a tranquila rendição ao amor e à esperança. O ancião de crânio calvo, a criança de vasta cabeleira cacheada, o jovem feliz, o homem sério, o santo transfigurado, o anjo suspenso no ar — todos pareciam bem-aventurados numa satisfação inocente e numa expectativa devota. O acontecimento mais vulgar ostentava um traço da vida celeste, e uma atitude de adoração parecia se ajustar a cada uma das figuras.

A maioria dos olhares costuma dirigir-se a essa região como se fosse uma desaparecida época de ouro, como um paraíso perdido. Quiçá apenas Ottilie se sentisse ali como se estivesse entre seus iguais.

Desse modo, quem faria alguma objeção quando, inspirado por essas antigas imagens, o arquiteto se ofereceu para pintar os espaços entre as ogivas da capela, selando assim, definitivamente, a memória de sua presença num lugar que o acolhera tão bem? Falou com certa melancolia, pois, observando o adiantamento das obras, via que sua estadia em meio a tão excelente companhia não poderia durar para sempre, que talvez partisse logo em seguida.

De resto, esses dias não foram repletos de novidades, mas surgiram motivos para conversas graves. Aproveita-

AS AFINIDADES ELETIVAS

mos aqui o ensejo para comunicar algo daquilo que Ottilie anotou em seus cadernos, e para introduzi-los não achamos nada mais apropriado que uma parábola cuja lembrança é suscitada pela consideração dessas páginas gentis.

Ouvimos falar de um curioso costume da Marinha inglesa. Todas as cordas da armada real, da mais resistente à mais débil, trazem um fio vermelho que as atravessa de uma ponta a outra, e ele não pode ser retirado sem que elas se desfaçam completamente. Desse modo, até mesmo o cordão mais insignificante ostenta sua pertença à Coroa.

Da mesma forma, o diário de Ottilie é perpassado por um fio de afeição e apego que tudo liga, assinalando-lhe a totalidade. Por isso essas notas, considerações, aforismos selecionados e o mais que seja revelam-se particularmente pessoais e significativos para aquela que os escreveu. Cada uma das passagens que selecionamos e compartilhamos oferecem-nos o mais vivo testemunho disso.

Do diário de Ottilie

Descansar um dia ao lado daqueles que amamos é a ideia mais agradável que o homem pode acalentar quando pensa no futuro. "Reunir-se aos seus" é uma expressão repleta de calor humano.

Há monumentos e sinais que nos aproximam daqueles que estão distantes ou já morreram. Nenhum deles tem a importância do retrato. Conversar com um caro retrato, mesmo que não seja uma cópia fiel, tem seu encanto, assim como o tem o ato de querelar com um amigo. Temos então a sensação agradável de sermos duas pessoas distintas que, sem embargo, não se podem separar.

Por vezes, conversamos com alguém que está presente como se o fizéssemos com um retrato. Essa pessoa não precisa falar nem olhar para nós, não precisa se importar conosco; nós a vemos, sentimos nossa relação com ela; essa relação pode até mesmo se acentuar, sem que essa pessoa faça alguma coisa para isso, sem notar que se apresenta diante de nós como se fosse um retrato.

Jamais nos satisfazemos com o retrato daqueles que conhecemos. Por isso sempre tive pena do retratista. Raramente exigimos de alguém o impossível; mas não deixamos de fazê-lo quando se trata do pintor. Dele se espera que apreenda em sua obra a relação do retratado com as pessoas, bem como suas inclinações e aversões; não deve representar apenas o modo como ele mesmo vê uma pessoa, mas o modo como cada um de nós a compreende. Não me surpreende ver que esse tipo de artista paulatinamente se endurece, tornando-se indiferente e caprichoso. Esse detalhe seria irrelevante se não nos impusesse a renúncia ao retrato de pessoas tão preciosas e queridas.

Verdadeiramente a coleção do arquiteto, com suas armas e velhos utensílios soterrados com o corpo, sob montes de terra e blocos de pedra, mostra-nos o quão inúteis são as precauções que o homem toma para preservar sua personalidade após a morte. Como somos contraditórios! O arquiteto confessa ter aberto ele mesmo esses túmulos de nossos antepassados, e, contudo, continua a se ocupar de monumentos para as novas gerações.

Por que tomamos o assunto tão a sério? Deve durar para sempre tudo aquilo que fazemos? Acaso não nos vestimos pela manhã para, de noite, novamente nos despirmos? Não viajamos para um dia regressar? E por que não deveríamos almejar o descanso junto aos nossos, ainda que o seja por um século apenas?

Quando contemplamos tantas lápides fundidas à terra, gastas pelas pisadas dos fiéis no interior da igreja, e as próprias igrejas derruídas e tombadas sobre as sepulturas, podemos imaginar o além-morte como uma segunda vida a que acedemos apenas por meio do retrato e da inscrição, uma vida em que nos demoramos mais do que na vida realmente viva. Mas também esse retrato, essa segunda existência, cedo ou tarde desaparece. Assim como o faz em relação aos homens, também em relação às tumbas o tempo não abdica de seus direitos.

III

É deveras agradável a sensação de nos ocuparmos de um assunto que não conhecemos bem, pois ninguém tem o direito de censurar o diletante quando ele se aventura numa arte que jamais dominará por inteiro, e ninguém pode reprovar o artista quando ele extrapola as fronteiras de sua arte e avança sobre domínio vizinho.

Foi com esses modestos pensamentos que observamos as medidas que o arquiteto tomou para pintar a capela. As cores haviam sido preparadas, a mensuração, finalizada, e os moldes encontravam-se prontos; ele renunciara a toda e qualquer invenção, atinha-se a seus esboços. Sua preocupação consistia apenas em distribuir habilmente as figuras que pairavam ou que se achavam sentadas, a fim de que a superfície fosse preenchida com elegância.

Armou-se o andaime, o trabalho prosseguia e, uma vez que já surgiam algumas imagens dignas de serem vistas, a presença de Charlotte e Ottilie não o molestava. Os vívidos semblantes dos anjos e as garridas vestimentas sobre o fundo azul do céu, tudo isso enchia os olhos, ao passo que a natureza tranquila e devota desses seres convidava o espírito à meditação e produzia um efeito assaz delicado.

As damas foram ter com ele no andaime, e Ottilie mal havia notado o modo ligeiro e tranquilo como o trabalho se desenvolvia, quando as lições anteriormente aprendidas de súbito lhe assomaram ao espírito. Apanhou então as tin-

AS AFINIDADES ELETIVAS

tas e pincéis, e seguindo aqueles ensinamentos, pintou uma veste pregueada, com grande apuro e destreza.

Charlotte, que se sentia satisfeita quando Ottilie de algum modo se entretinha e se distraía, deixou os jovens a trabalhar e saiu para se haver com seus próprios pensamentos, para examinar detidamente suas ideias e temores, que não podia partilhar com ninguém.

Se as pessoas comuns se exasperam diante das ordinárias agruras impostas pelo cotidiano e com isso nos ensejam um sorriso de comiseração, de modo diverso notamos, respeitosos, o espírito em que se plantou a semente de um grande destino, o qual tem de aguardar por sua germinação e não pode nem deve acelerar o amadurecimento do fruto, seja este o portador do bem ou do mal, da felicidade ou da desgraça.

À mensagem de Charlotte, que o alcançara em meio à solidão, Eduard respondera com cordialidade e simpatia, mostrando-se, porém, mais resignado e sério do que terno e carinhoso. Em seguida, desapareceu, e a mulher não conseguiu obter nenhuma notícia sua até que, finalmente, deparou seu nome nos jornais entre aqueles que haviam se destacado num importante evento da guerra. Sabia agora o caminho que ele havia tomado, sabia que escapara de grandes perigos; convenceu-se de imediato de que ele se exporia a riscos ainda maiores e percebia com clareza que não retrocederia em seu intento, mesmo diante da ameaça mais grave. Essas preocupações afligiam-na o tempo todo, e nenhuma das soluções que aventava trazia-lhe alguma tranquilidade.

Ottilie, que nada sabia dessas inquietações, interessara-se vivamente pela nova atividade e obtivera de Charlotte permissão para ir regularmente à capela. Agora o trabalho andava célere e o céu azul logo se povoara de dignos habitantes. Por meio do exercício constante, Ottilie e o arquiteto lograram maior liberdade na pintura das últimas imagens; elas saíram visivelmente melhores que as demais.

Os semblantes, cuja pintura cabia exclusivamente ao arquiteto, revelavam cada vez mais uma particularidade: todos começavam a se assemelhar a Ottilie. A proximidade da bela jovem havia de ter deixado uma impressão tão viva na alma do artista — até então jamais envolvido na concepção de uma fisionomia natural ou artística — que ele, do caminho que se estende dos olhos à mão, nada deixava escapar, e que, ambos, o olho e a mão, por fim trabalhavam em uníssono. Pois bem, uma das últimas carinhas atingiu a perfeição; tinha-se a impressão de que a própria Ottilie contemplava a terra do alto das esferas celestes.

A cúpula estava pronta; decidiu-se que as paredes permaneceriam lisas, revestidas apenas de marrom-claro; as delicadas colunas e os adornos em forma de escultura seriam destacados pelo emprego de um tom mais escuro. Porém, como sói acontecer nessas ocasiões, uma coisa leva a outra, e acrescentaram-se à decoração flores e cachos de frutas, que deveriam entrelaçar o céu e a terra. Aqui Ottilie se achava em seu elemento. Os jardins ofereciam belíssimos modelos e, apesar do trabalho despendido na confecção de ricas coroas, a obra terminou mais cedo do que se imaginara.

Agora, porém, tudo apresentava um aspecto caótico e selvagem. Os andaimes estavam amontoados, as tábuas, empilhadas; o piso irregular se desfigurara ainda mais com a tinta que caíra. O arquiteto solicitou às damas que lhe concedessem um prazo de oito dias antes de entrarem na capela. Por fim, numa bela tarde, pediu-lhes que visitassem a obra acabada; porém, não querendo acompanhá-las, despediu-se no mesmo instante.

"Não importa a surpresa que possa nos ter preparado", disse Charlotte, depois de ele ter saído. "No momento, não tenho vontade de ir até lá. Vá sozinha e depois me conte o que viu. Ele decerto realizou uma obra muito agradável. Pretendo desfrutá-la primeiramente por meio de seu relato e só então de modo direto."

Ottilie — ciente de que Charlotte costumava se acautelar, evitando as comoções e em particular as surpresas — pôs-se a caminho em seguida e involuntariamente procurou pelo arquiteto, que, no entanto, não aparecia em lugar nenhum; havia se ocultado, talvez. Ela entrou na igreja, que encontrara aberta. O recinto fora arrumado, limpo e consagrado. Dirigiu-se à porta da capela, cujas pesadas guarnições de bronze não ofereceram nenhuma resistência, de modo que ela se abriu docilmente; Ottilie surpreendeu-se então com uma visão inesperada naquele espaço já conhecido.

Uma luz solene e variegada descendia de sua única e alta janela, pois esta fora gentilmente provida de vidros coloridos. O facho dotava o conjunto de um tom estranho e suscitava um estado de espírito singular. A beleza da cúpula e das paredes era realçada pela decoração do piso, constituído de tijolos rejuntados com gesso, cujo formato particular seguia um belo molde. O arquiteto preparara em segredo o material do pavimento, bem como os vitrais policromados, e fora capaz de instalá-los rapidamente. Providenciara também alguns assentos. Em meio às antiguidades da igreja acharam-se bem talhados bancos do velho coro, que foram convenientemente dispostos ao longo das paredes.

Ottilie deleitava-se com as partes já conhecidas, que se apresentavam agora como um conjunto desconhecido. Parava, andava de um lado para outro, mirava e observava; sentou-se finalmente numa cadeira, e, ao olhar para o alto e para os lados, tudo se passava como se ela estivesse e ao mesmo tempo não estivesse ali, como se sentisse a própria presença e não a sentisse, como se tudo fosse desaparecer de sua vista e ela própria fosse desprender-se de si mesma; e apenas quando o sol abandonou a janela que iluminara com tanto brilho, a jovem despertou de seu devaneio e correu para o castelo.

Não ignorava o momento singular em que se dera o assombro. Era a tarde da véspera do aniversário de Eduard. Esperara festejar a data de maneira muito diferente. Tudo teria sido ricamente decorado para a festa. Porém, toda a exuberância da florada outonal permanecera intocada. Os girassóis voltavam ainda seu semblante para o céu, as sécias miravam adiante em sua calada modéstia, e tudo aquilo que se confiara às coroas servira de modelo para o adorno de um lugar que — se de fato constituía alguma utilidade — parecia convir unicamente ao propósito de um sepulcro comum.

Ao mesmo tempo, tinha de recordar a azáfama de Eduard no preparo de sua festa; não se esquecia da casa recém-construída, sob cujo teto os amigos haviam se prometido tantas coisas agradáveis. Os fogos iluminavam-lhe novamente os olhos e zuniam em seus ouvidos e, quanto mais solitária se achava, mais vívida se lhe apresentava a imaginação. Por isso, sentia-se ainda mais sozinha. Não se apoiava mais no braço do amigo e não tinha nenhuma esperança de reencontrar seu amparo.

Do diário de Ottilie

Devo registrar uma observação do jovem artista: "Tanto na obra do artesão quanto na do artista cultivado, podemos notar com toda clareza que as coisas de que o homem menos se apropria são justamente aquelas que realmente lhe pertencem. Suas obras o abandonam do mesmo modo como os pássaros deixam o ninho onde foram criados".

Nesse sentido o arquiteto está entregue ao mais curioso dos destinos. Quão frequentemente ele empenha toda a inteligência e todo o interesse na criação de espaços dos quais terá de se privar! Os salões da realeza devem-lhe o fausto cujo efeito direto ele não experimenta. Nos templos, ele estabelece uma linha divisória que o separa do santuário; não lhe é dado subir os degraus que assentou para a cerimônia que eleva os corações, da mesma maneira que o ourives venera apenas de longe o ostensório em que dispôs o esmalte e as pedras preciosas. Com as chaves do palácio o arquiteto entrega ao rico todo o conforto e comodidade, sem jamais prová-los. Não tem então a arte de se afastar paulatinamente do artista, a partir do momento em que a obra — feito o filho já formado — não mais provoca a reação do pai? Quanto não ganharia a arte se se deixasse estimular por si mesma, dedicando-se quase que totalmente ao espaço público, àquilo que pertence a todos e também ao artista!

Há uma ideia dos antigos que é grave e pode parecer terrível. Eles concebiam seus ancestrais vivendo em grandes cavernas, sentados em tronos e entretidos em mudas conversações. Diante do recém-chegado, quando se tratava de uma pessoa digna, levantavam-se e curvavam-se para lhe dar as boas-vindas. Ontem, quando me sentei na capela e, à volta de minha cadeira entalhada, deparei numerosas outras cadeiras, essa lembrança pareceu-me boa e agradável. "Por que você não pode permanecer sentada?", pensei. "Tranquilamente sentada e ocupada consigo mesma por um longo, longo tempo até que os amigos cheguem, diante dos quais você se ergue para indicar seus lugares, inclinando-se gentilmente." Os vitrais coloridos faziam do dia um grave entardecer, e alguém deveria acender uma lâmpada eterna para que a noite não ficasse totalmente escura.

Não importando a maneira como estejamos postados, sempre nos imaginamos vendo alguma coisa. Creio que o homem sonha apenas para não cessar de ver. Poderíamos conceber a ideia de a nossa luz interior exteriorizar-se, de modo que não careceríamos de nenhuma outra.

O ano chega ao fim. O vento sopra sobre os restolhos e nada mais acha para mover; somente as bagas rubras daquelas árvores delgadas parecem querer lembrar-nos de algo alegre, assim como as regulares pancadas do debulhador trazem-nos a recordação de que as espigas ceifadas ocultam algo muito nutritivo e cheio de vida.

IV

Depois desses acontecimentos, dessa incômoda sensação de fugacidade e desvanecimento, a Ottilie há de ter soado estranha a notícia — que não poderia mais lhe passar despercebida — de que Eduard se entregara aos sucessos sempre volúveis da guerra. Infelizmente, não lhe escapava nenhuma das considerações que a situação ensejava. Por sorte o homem é capaz de conceber a desgraça apenas até certo ponto; aquilo que não pode compreender ou bem o aniquila ou o deixa indiferente. Há momentos em que o temor e a esperança se fundem, compensam-se mutuamente e se esvaem numa obscura apatia. Caso contrário, como poderíamos encarar o constante perigo a que, longe de nós, está sujeito nosso ente mais querido e, ainda assim, prosseguir em nossa existência ordinária?

Tudo se passou, portanto, como se um bom espírito velasse por Ottilie, introduzindo um exército selvagem na tranquilidade em que ela, solitária e desocupada, parecia imergir. Ao mesmo tempo que lhe trazia uma ocupação externa e a tirava da atitude ensimesmada, esse espírito despertava-lhe a percepção das próprias forças.

Luciane, a filha de Charlotte, mal deixara o pensionato para conquistar o mundo, mal chegara à casa da tia — onde se achava em meio a numerosa sociedade — quando a vontade de agradar se fez agrado e um rapaz muito rico viu-se logo dominado pelo desejo de possuí-la.

Seu considerável patrimônio outorgava-lhe o direito de nomear como seu o que houvesse de melhor nesta vida, e parecia que nada lhe faltava, senão uma mulher perfeita, que o mundo lhe invejaria, como lhe invejava o restante de suas posses.

Esse evento familiar deu a Charlotte muito que fazer; concentrava toda a sua atenção e ocupava toda a correspondência, à exceção daquela destinada a obter informações sobre Eduard. Desse modo, mais do que nunca Ottilie ficava sozinha. Ela certamente sabia da chegada de Luciane; em casa, havia tomado todas as providências para recebê-la; mas não se imaginava que a visita viesse a ocorrer tão cedo. Antes de sua vinda, desejava-se ainda escrever, combinar e ordenar certas coisas. Foi então que a tempestade subitamente se abateu sobre Ottilie e o castelo.

Assomaram camareiras e lacaios, carros repletos de cestos e baús; parecia que o número de pessoas na casa já havia se duplicado ou triplicado quando os hóspedes enfim chegaram: a tia-avó, com Luciane e algumas amigas, e o noivo, igualmente acompanhado. O átrio do castelo ficou repleto de malas, porta-mantas e outros receptáculos de couro. Era com esforço que se separavam as inúmeras caixinhas e estojos. Não tinha fim a atividade de carregar e desempacotar tudo aquilo. Entrementes, uma chuva torrencial foi motivo de alguns transtornos. A azáfama não perturbava Ottilie; sua serena habilidade revelava-se em toda a sua proficiência, pois em pouco tempo ela havia recebido e organizado tudo. Todos se instalaram; a seu modo, todos se sentiam confortáveis e acreditavam-se bem servidos, pois não estavam impedidos de, eles mesmos, se servirem.

Enfim, depois de uma extenuante viagem, todos queriam gozar de algum sossego. O noivo bem desejara aproximar-se da sogra para asseverar seu apreço e boa vontade, mas Luciane não se aquietava. Finalmente ela via a oportunidade de montar um cavalo. O noivo possuía be-

AS AFINIDADES ELETIVAS

los animais; devia-se então cavalgar imediatamente. A tempestade e os ventos, a chuva e a tormenta não importavam; era como se se vivesse para se encharcar e novamente se secar. Se acaso lhe ocorria a ideia de sair a pé, Luciane não pensava na roupa que vestia nem no sapato que calçava: tinha de ver os jardins sobre os quais tanto ouvira falar. Aonde não se chegava a cavalo, ia-se a pé. Em pouco tempo, inspecionou tudo e formou um juízo a respeito. Sendo assim tão irrequieta, mal se podia contrariá-la. Seu comportamento causava aborrecimentos às pessoas em redor, sobretudo às criadas de quarto, que não venciam o trabalho de lavar e passar, coser e descoser.

Mal vasculhara toda a casa e os arredores, já se sentia na obrigação de visitar os vizinhos. Uma vez que se cavalgava e se rodava com muita celeridade, os limites dessa vizinhança ampliaram-se consideravelmente. O castelo foi inundado por aqueles que retribuíam a visita, e, para evitar que alguém chegasse sem que os de casa estivessem presentes, marcaram-se determinados dias para receber a gente de fora.

Enquanto Charlotte se ocupava do contrato matrimonial, juntamente com a tia e o encarregado dos negócios do noivo, e Ottilie, trabalhando com seus subordinados, cuidava para que nada faltasse à multidão que chegava, sendo que caçadores, jardineiros, pescadores e mercadores também se punham em ação, Luciane surgia sempre como o núcleo incandescente de um cometa que arrastava sua cauda. As costumeiras conversas que entretêm as visitas logo lhe pareceram insípidas. Os mais velhos ainda podiam se sentar sossegadamente à mesa de jogos; os demais, aptos a se locomover — e quem não haveria de se pôr em movimento diante de sua encantadora petulância? —, tinham de se entregar, se não à dança, então aos jogos de prendas, de castigos e surpresas. E embora tudo isso, bem como em seguida o resgate da penhora, contemplasse seus próprios interesses, do outro lado da mesa ninguém saía de bolso vazio, em especial nenhum dos homens, independente de seu caráter ou temperamento. Ela era capaz de atrair a simpatia de algumas pessoas mais velhas e ilustres; pesquisava a data de seus aniversários, bem como o dia de seus santos padroeiros, e comemorava-os de modo especial. Havia desenvolvido uma singular habilidade: enquanto todos se viam satisfeitos, cada um se sentia o mais satisfeito de todos, uma fraqueza de que padecia notadamente o mais velho do grupo.

Se parecia premeditada a conquista do favor daqueles que ostentavam certa posição social — homens portadores de prestígio, de fama ou de outra credencial importante —, e esses varões, sacrificando a prudência e a sabedoria, acabavam por ceder a sua selvagem e fascinante natureza, os mais jovens eram também agraciados por sua atenção; cada um deles recebia sua cota, chegava o dia e a hora em que ela os encantava e enredava. Cedo ela notara a figura do arquiteto, que, entretanto, com seus negros cabelos cacheados, mostrava-se alheio. Ele se mantinha tranquilamente à parte desse burburinho e dava respostas curtas e objetivas a todas as perguntas que lhe faziam, não se mostrando particularmente inclinado a ingressar naquele círculo. Certa vez, movida por irritação, mas também por astúcia, resolveu fazer dele o herói do dia, com o fito de atraí-lo a sua corte.

Não trouxera tanta bagagem à toa; uma parte dos pacotes fora recebida ainda depois de sua chegada. Luciane havia previsto uma infindável mudança de roupas. Se tinha vontade de se trocar três ou quatro vezes num mesmo dia e, de manhã até a noite, vestir trajes simples e comuns para aquele círculo de pessoas, ocorria também de ela surgir com a fantasia de um baile de máscaras, apresentando-se como camponesa ou pescadora, como fada ou florista. Tampouco se acanhava de vestir o manto de uma velha a fim de ressaltar o frescor de seu rosto jovem; e, de fato, confundia a realidade e a imaginação a

AS AFINIDADES ELETIVAS

tal ponto que todos pensavam ingressar numa relação de matrimônio e parentesco com a ninfa de Saal.*

Mas esses disfarces eram utilizados principalmente para as representações pantomímicas e danças em que ela habilmente interpretava diferentes personagens. Um cavalheiro de seu séquito incumbira-se de tocar o piano para acompanhar seus gestos com as poucas notas musicais que se faziam necessárias; os dois haviam conversado por um instante apenas, e logo tudo estava combinado.

Certo dia, durante a pausa de um baile animado, quando alguns acólitos que ela secretamente instigara pediram-lhe para representar uma dessas cenas, ela simulou embaraço e espanto e, contrariando sua disposição ordinária, fez-se rogar por longo tempo. Mostrou-se indecisa e, feito um improvisador, pediu ao público que elegesse um tema; então aquele seu assistente, o músico com quem talvez havia se apalavrado, sentou-se ao piano e começou a tocar uma marcha fúnebre, desafiando-a a desempenhar o papel de Artemísia, que ela tão bem ensaiara. Ela aquiesceu e, depois de um breve intervalo, ressurgiu ao som delicadamente triste da marcha fúnebre, na figura da régia viúva, caminhando com passos medidos e portando uma urna cinerária. Vinha seguida por um grande quadro-negro, guarnecido de um pedaço de giz bem apontado e posto sobre um tira-linhas de ouro.

Um de seus admiradores e ajudantes, a quem ela disse algo ao ouvido, dirigiu-se imediatamente ao arquiteto para pedir, insistir e, de certa maneira, coagir o jovem a desenhar a tumba de Mausolo, atuando não como simples figurante, mas na condição de verdadeiro intérprete. Embora denotasse embaraço — pois seu traje negro e colado ao corpo destoava francamente das gazes, crepes, franjas, contas, borlas e coroas do figurino —, ele logo se compôs,

---

* Referência a *A ninfa de Saal*, obra de Christian August Vulpius (1762-1827), escritor alemão e cunhado de Goethe. (N. T.)

184 GOETHE

tornando-se uma figura ainda mais singular. Postou-se solenemente diante da grande lousa, que era sustentada por dois pajens, e com muito cuidado e precisão desenhou uma tumba — em verdade mais adequada a um rei lombardo que a um soberano cariate —, mas tão bem-proporcionada, tão solene em cada uma de suas partes e com adornos tão engenhosos que todos se encantaram ao observar sua execução e muito se admiraram ao vê-la acabada.

Nesse meio-tempo, ele mal se dirigira à rainha, concentrando-se inteiramente em sua obra. Por fim, quando se inclinou diante dela, indicando com o gesto que dava por cumpridas as suas ordens, Luciane estendeu-lhe a urna, demonstrando assim o desejo de vê-la desenhada no alto da cúspide. Ele atendeu o pedido, ainda que a contragosto, pois o objeto não combinava com o restante do esboço. Quanto a Luciane, viu-se livre de sua impaciência, pois não pretendera que ele executasse um desenho muito acurado. Se, com uns poucos traços, ele houvesse esboçado algo que apenas lembrasse um monumento e tivesse dedicado à jovem o restante do tempo, teria atendido melhor aos propósitos e desejos dela. Seu comportamento, contudo, deixou-a em grande embaraço, pois, embora ela procurasse imprimir certa alternância entre a expressão de dor e a expedição das ordens, entre as insinuações e a aprovação da obra que surgia, e quase puxasse o arquiteto pela roupa para estabelecer alguma forma de contato, ele se mostrava demasiado rígido, de modo que ela teve de se consolar com a urna, apertando-a contra o peito, enquanto fitava o céu. Por fim, como sói acontecer nessas ocasiões, a situação se agravou a tal ponto que Luciane mais parecia a viúva de Éfeso do que uma rainha da Cária. A representação começou a se arrastar; o músico, que de costume era muito paciente, já não sabia o tom que devia adotar. Deu graças a Deus ao ver a urna disposta sobre a pirâmide e, quando a rainha esboçou a intenção de fazer seus agradecimentos, ele iniciou involuntariamente um tema alegre, com o qual a representação perdia o caráter previsto. O público, porém, animou-se e demonstrou sua viva admiração pelo extraordinário desempenho da dama e pelo esmerado e engenhoso desenho do arquiteto.

O noivo conversava prazerosamente com o artista. "Sinto", disse, "que o desenho seja tão efêmero. Permita ao menos que a obra seja trazida a meu quarto e que nós conversemos sobre ela." "Se o senhor quiser", respondeu o arquiteto, "posso apresentar-lhe desenhos minuciosos desses edifícios e monumentos, dos quais este é apenas um esboço casual e fugaz."

Ottilie estava por perto e se aproximou dos dois. "Não deixe de mostrar sua coleção ao barão", disse ao arquiteto. "Ele é um admirador da arte e da antiguidade; gostaria que vocês se conhecessem melhor."

Luciane, que passava por ali, perguntou: "Sobre o que estão falando?".

"Sobre uma coleção de obras de arte que este cavalheiro possui", respondeu o barão, "e que oportunamente ele gostaria de mostrar."

"Que a traga imediatamente!", bradou Luciane. "Você a traz agora, não é mesmo?", acrescentou lisonjeira enquanto, cordialmente, o tomava com ambas as mãos.

"Agora não seria o momento adequado", respondeu o arquiteto.

"Quê!", exclamou Luciane, imperiosa. "Não vai obedecer à ordem de sua rainha?", e passou a insistir no pedido de maneira jocosa.

"Não seja teimoso!", disse Ottilie a meia-voz.

O arquiteto afastou-se com uma vênia, que não denotava anuência nem recusa.

Assim que ele saiu, Luciane passou a correr como um galgo pelo salão. "Ah!", exclamou, ao encontrar a mãe por acaso. "Como sou infeliz! Não trouxe meu macaco; fui convencida a não trazê-lo apenas para satisfazer a comodidade de meus acompanhantes, que agora roubam minha diversão. Quero que seja trazido para cá, que alguém vá buscá-lo. Se ao menos pudesse ver seu retrato, já ficaria satisfeita. É certo que encomendarei seu retrato e ele não sairá mais de meu lado."

"Quem sabe eu possa consolá-la", replicou Charlotte, "mandando trazer da biblioteca um volume que contém notáveis imagens de símios." Luciane exultou de alegria, e o volume in-fólio foi trazido. A visão dessas abjetas criaturas que se assemelham ao homem e que, pelas mãos do artista, tornam-se ainda mais humanizadas alegrou Luciane sobremaneira. Sentia-se particularmente feliz ao identificar em cada uma delas um traço de semelhança com gente conhecida. "Não se parece com o tio?", perguntava impiedosa. "Este se assemelha a M..., o vendedor de artigos de moda; e este ao pastor S...; e este outro é a perfeita encarnação de... No fundo os macacos são verdadeiramente *incroyables*; é incompreensível que sejam excluídos das melhores rodas sociais."

Dizia isso em meio a um grupo social dos mais exclusivos e, contudo, ninguém tomava isso por mal. Em virtude de seus encantos, as pessoas perdoavam-lhe tantas coisas que, por fim, toleravam também suas grosserias.

Entrementes, Ottilie confraternizava com o noivo. Contava com o retorno do arquiteto, cujas coleções — objeto mais sério e requintado — deveriam livrar os presentes dessa confabulação sobre símios. Enquanto esperava, falava com o noivo e lhe chamava a atenção para uma coisa ou outra. Mas o arquiteto se demorava e, quando finalmente voltou, perdeu-se em meio aos presentes, sem trazer algo consigo e agindo como se nada houvesse sido combinado. Por um instante Ottilie viu-se — como exprimir seu sentimento? — aborrecida, indignada e atônita; dirigira-se ao arquiteto com palavras gentis; desejava propiciar ao noivo um momento de distração, de acordo com seus interesses, pois ele, ainda que profundamente apaixonado por Luciane, parecia agastado por seu comportamento.

Os macacos tiveram de ceder a vez a uma ligeira refeição. Jogos de salão e até mesmo a dança tiveram lugar nessa noite; por fim uma reunião desanimada, associada à busca de um prazer já exaurido, estendeu-se, como sempre, madrugada adentro, pois Luciane habituara-se a permanecer no leito durante toda a manhã e a evitá-lo à noite.

Nessa época, escasseou o registro de acontecimentos no diário de Ottilie, tornando-se mais frequente a anotação de máximas que se referiam à vida ou que eram dela extraídas. Decerto que a maior parte dessas frases não poderia se originar de sua própria reflexão; portanto, é provável que alguém lhe tenha emprestado um caderno, do qual copiou aquilo que a interessava. Pode-se reconhecer o fio vermelho em alguns aspectos relacionados a sua intimidade.

Do diário de Ottilie

Temos tanto prazer em olhar para o futuro porque, intimamente, gostaríamos de dirigir em nosso favor os acasos que nele se agitam.

É difícil estar em meio a um grande grupo sem pensar que o acaso, que a tantos une, haverá de nos aproximar também de nossos amigos.

Por mais que nos isolemos, cedo nos tornamos, e sem perceber, um devedor ou um credor.

Ao encontrarmos alguém que certa vez ajudamos, logo nos lembramos do favor prestado. Quão amiúde encontramos aquele que nos auxiliou, sem disso fazermos caso!

Fazer uma comunicação é coisa natural. Acolhê-la do modo como é transmitida revela educação.

Ninguém falaria muito numa roda se soubesse quantas vezes deixou de compreender os outros.

Ao repetir a fala alheia é comum que a alteremos, e agimos desse modo apenas porque não a compreendemos.

Aquele que monopoliza o discurso sem se preocupar em agradar seus ouvintes gera antipatia.

Toda palavra que proferimos suscita uma ideia contrária.

Ambas, a contradição e a lisonja, ensejam um diálogo ruim.

Os grupos mais agradáveis são aqueles em que seus integrantes mantêm um cordial respeito mútuo.

Nada assinala melhor o caráter das pessoas do que as coisas que consideram ridículas.

O ridículo origina-se de um contraste moral que, de modo inofensivo, ocorre ao pensamento.

O lascivo ri amiúde de coisas que não têm graça nenhuma. Tudo que o excita deixa transparecer sua íntima satisfação.

O racionalista acha quase tudo ridículo; o sensato, quase nada.

Acusou-se um velho de cobiçar mulheres ainda jovens. "Esse é o único meio de rejuvenescer", disse ele, "e isso todos almejam."

Admitimos que nossos defeitos sejam reprovados e acatamos a punição correspondente; somos pacientes ao arcar com suas consequências, mas nos tornamos impacientes quando temos de abandoná-los.

Certos defeitos são imprescindíveis à existência do indivíduo. É com insatisfação que veríamos um amigo abrir mão de certas peculiaridades.

Quando alguém age de modo contrário a seu temperamento, dizemos: "Está prestes a morrer".

Que tipo de defeitos podemos conservar ou até mesmo cultivar? Aqueles que, em vez de ofender, lisonjeiam os outros.

As paixões são defeitos ou virtudes que se exacerbaram.

Nossas paixões são verdadeiras fênices. Quando uma velha paixão se apaga, uma nova se ergue das cinzas.

Grandes paixões são uma doença incurável. Aquilo que poderia curá-las torna-as ainda mais perigosas.

A paixão aumenta ou diminui por meio da confissão. Em nada o caminho do meio seria mais desejável do que na confiança e na discrição que demonstramos em relação àqueles que amamos.

V

Assim Luciane promovia a embriaguez da existência no torvelinho social em que se encontrava. Sua corte crescia dia a dia, fosse porque seu ímpeto excitava e atraía alguns, fosse porque, por meio de favores e agrados, sabia aproximar outros tantos. Era generosa ao extremo; a afeição da tia e do noivo regalara-a com toda sorte de objetos belos e preciosos e, no entanto, parecia nada possuir nem tampouco saber o valor das coisas que se amontoavam a sua volta. Não refletia um segundo sequer antes de se despojar de um fino xale para pô-lo nos ombros de uma dama que, ao contrário das demais, lhe parecesse pobremente vestida, e ela fazia isso com tamanho garbo e desenvoltura que ninguém podia recusar a oferta. Um membro de sua corte portava sempre uma bolsa; nos lugares por onde passavam, ele tinha a incumbência de se informar sobre a situação dos mais velhos e enfermos a fim de aliviar seu sofrimento, ainda que por um instante. Assim, ela granjeou por toda parte a reputação de mulher dadivosa, condição que por vezes se tornava molesta, pois atraía grande número de incômodos necessitados.

Nada, porém, aumentou tanto essa fama quanto sua notável, bela e determinada atitude diante de um jovem infeliz, que evitava o contato social, pois, outrora formoso e bem constituído, havia, ainda que de modo digno, perdido a mão numa batalha. A mutilação causava-lhe grande aborrecimento; era-lhe muito penoso que toda pessoa com que travava relações quisesse se inteirar de seu acidente. Desse modo, escondia-se, voltava-se à leitura e aos estudos, excluindo-se de uma vez por todas da vida em sociedade.

A existência desse jovem não lhe passou despercebida. Decidiu que ele havia de regressar ao convívio social, inicialmente num grupo pequeno, depois num maior e então, por fim, no *grand monde*. Era mais gentil com ele do que com os demais. Por meio de uma insistente amabilidade, sabia como estimar sua perda, encarregando-se ela mesma de substituir-lhe a mão. À mesa ele tinha de se sentar a seu lado; ela se incumbia de cortar o alimento, de maneira que ele usava apenas o garfo. Se acaso os mais velhos e notáveis a tiravam de sua vizinhança, mantinha a atenção, que se estendia até a outra ponta da mesa, e pressurosos lacaios substituíam-na no desvelo que a distância ameaçava furtar. Por último, ela o encorajou a escrever com a mão esquerda; o rapaz devia enviar-lhe cada um de seus ensaios, e assim ela se manteve em permanente contato com seu protegido, não importando se estava próxima ou distante dele. O jovem mal percebia o que se passava consigo e, realmente, a partir de então iniciou uma nova vida.

Devíamos talvez imaginar que esse comportamento aborrecesse o noivo, mas sucedia exatamente o contrário. Ele via um grande mérito nesses esforços e estava absolutamente tranquilo sobre a questão, sobretudo por reconhecer na noiva uma peculiaridade que beirava o exagero: ela se desvencilhava de tudo aquilo que pudesse causar embaraços. Desejava tratar as pessoas a seu bel-prazer; todos corriam o risco de serem empurrados, puxados ou zombados. Todavia, ninguém podia retribuir o tratamento recebido nem, sem mais, tocá-la; ninguém podia sequer imaginar a possibilidade de tomar as liberdades que ela ousava. Desse modo, preservava-se da excessiva proximidade alheia, impondo os limites de um decoro que ela mesma, em relação aos demais, parecia sempre ultrapassar.

Somos levados a crer que para ela constituía norma entregar-se igualmente ao elogio e à censura, à afeição e à repulsa. Pois se, de alguma maneira, procurava angariar a simpatia das pessoas, logo essa intenção malograva pelo uso de uma língua afiada que não poupava ninguém. Não ocorria uma única visita aos vizinhos, a nenhuma casa ou castelo onde ela e seu séquito tivessem sido fraternalmente recebidos, sem que, ao regressar, ela deixasse de notar, com grande desfaçatez, sua inclinação a considerar apenas o lado ridículo das relações humanas. Num caso, por exemplo, tratava-se de três irmãos que, cedendo mutuamente a primazia em se casar, acabavam por envelhecer solteiros. No outro, ela deparava uma pequena e jovem mulher junto de um homem velho e grandalhão. Em seguida, de modo inverso, via um homem pequeno e jovial ao lado de uma gigante desastrada. Em determinada casa, tropeçava-se numa criança a cada passo; noutra, ainda que repleta de pessoas, ficava a impressão de vazio, pois não se viam os pequenos. Dois velhos cônjuges deviam logo baixar à campa para que pudessem voltar a sorrir aqueles que a morte ainda não rondara; afinal, esse casal não havia deixado herdeiros legítimos. Jovens casais deviam viajar porque não lhes ficava bem administrar a casa. E da mesma forma como se referia às pessoas, falava das coisas, tanto dos edifícios quanto dos utensílios domésticos e do serviço de mesa. Especialmente a decoração das paredes incitava-a ao comentário jocoso. Dos mais antigos *haute-lisses* aos novíssimos papéis de parede, do mais respeitável retrato de família à mais frívola e moderna gravura em cobre, todos esses objetos padeciam de sua crítica, eram igualmente destroçados pelo comentário sarcástico. Seria de causar espécie, portanto, se num raio de cinco milhas ainda restasse alguma coisa intacta.

AS AFINIDADES ELETIVAS

É possível que não houvesse pura maldade nesse afã de contestação. Era talvez o desejo de uma travessura egoísta aquilo que a assaltava; a relação com Ottilie, porém, tornou-se realmente amarga. Luciane desprezava a atividade tranquila e constante da doce menina, algo que, de modo inverso, era notado e elogiado por todos; e quando se mencionava o empenho de Ottilie no cuidado dos jardins e estufas, ela não se contentava em simplesmente zombar dos esforços da prima; ignorando o inverno rigoroso, dizia-se surpresa com a falta de flores e frutas, e mandava buscar grande quantidade de plantas, renovos e de tudo aquilo que estivesse a germinar, desperdiçando-os na ornamentação diária dos quartos e da mesa. Dessa maneira, ofendia Ottilie e o jardineiro, que viam arruinadas as esperanças em relação ao ano seguinte e, quiçá, por um tempo ainda mais longo.

Da mesma forma, não admitia que Ottilie se recolhesse à tranquilidade da casa, onde se movia com desenvoltura. A menina tinha de participar dos passeios e das excursões com trenó e acompanhá-la aos bailes que se realizavam na vizinhança; não podia recear a neve e o frio, tampouco as violentas tempestades noturnas; afinal, dizia a visitante, ninguém morria por esse motivo. A terna criança sofria, mas Luciane nada ganhava com isso, pois, embora Ottilie se trajasse com muita simplicidade, era sempre a mais bela ou, ao menos, era assim que os homens a viam. Uma delicada atração reunia todos os cavalheiros em torno dela, não importando se ela estivesse no primeiro ou no último lugar de um grande salão. O próprio noivo de Luciane conversava amiúde com ela, sobretudo quando queria saber sua opinião sobre um assunto que o ocupava.

Ele pudera conhecer o arquiteto de perto; a coleção de arte que ele possuía ensejara demorada conversação sobre história, e outros temas também motivavam essa interlocução. Especialmente a contemplação da capela levou-o a apreciar o talento do jovem artífice. O barão era jovem e rico; fazia coleções, desejava construir. Era vivo seu interesse, pobre seu conhecimento. Acreditava ter encontrado no arquiteto o parceiro ideal, com quem poderia alcançar mais de um objetivo. Confidenciou à noiva sua intenção; ela o elogiou por isso e se mostrou extremamente feliz com a iniciativa, mais, talvez, para afastar o jovem de Ottilie — acreditando ter notado alguma afeição da parte do rapaz — do que pela perspectiva de submeter o talento dele a seus próprios desígnios. Pois, embora ele tenha se revelado muito capaz na organização das festas improvisadas que ela promovia e houvesse oferecido o material necessário para este ou aquele evento, ela julgava ser mais esclarecida no trato dessas questões; e como seus inventos eram habitualmente bastante ordinários, os dotes de um camareiro habilidoso serviam-lhe tanto quanto os do artista mais talentoso. Quando tencionava a felicitação cerimoniosa por ocasião de um aniversário ou de uma solenidade qualquer, sua capacidade imaginativa não ia além da concepção de um altar destinado ao sacrifício ou de uma coroação, não importando se era de gesso ou viva a cabeça que aí se apresentava.

Ao ser indagada pelo noivo sobre as relações do arquiteto com a casa, Ottilie deu-lhe as melhores informações. Sabia que Charlotte buscava uma nova colocação para ele; se não houvesse chegado aquele grupo de visitantes, o jovem teria ido embora assim que se encerraram os trabalhos na capela. Durante o inverno havia de cessar toda a atividade de construção, e por isso muito se desejava que o habilidoso artífice pudesse ser empregado e promovido por um novo benfeitor.

O relacionamento pessoal de Ottilie com o arquiteto era puro e natural. A presença ativa e agradável do moço alegrava-a e entretinha-a feito a proximidade de um irmão mais velho. Seus sentimentos em relação a ele permaneciam na superfície tranquila e não passional do parentesco de sangue, pois em seu coração não havia mais espaço restante; estava repleto do amor por Eduard, e apenas a divindade, que tudo penetra, podia com ele partilhar sua posse.

E então, quanto mais avançava o inverno, quanto mais se acentuavam seus rigores e mais intransitáveis se tornavam os caminhos, tanto mais atraente se tornava a perspectiva de gozar em tão excelente companhia os dias que se abreviavam. Após breves intervalos de refluxo, sempre uma nova multidão inundava a casa. Oficiais de quartéis distantes acorriam ao castelo — os bem-educados contribuindo vantajosamente para a sociabilidade, os mais rudes causando transtornos —; não faltavam também os civis e, certo dia, inesperadamente, chegaram juntos o conde e a baronesa.

Foi sua presença que constituiu ali, de fato, uma verdadeira corte. Os homens de elevada posição e formação rodeavam o conde; as mulheres davam a primazia à baronesa. Não durou muito o espanto de vê-los juntos e tão alegres; soube-se que a mulher do conde havia morrido e a união seria selada tão logo o decoro o permitisse. Ottilie lembrou-se da primeira visita do casal, de cada palavra dita sobre matrimônio e divórcio, união e separação, esperança, expectativa, privação e renúncia. Os dois, naquela época desprovidos de qualquer perspectiva de casamento, estavam agora ali diante dela, tão próximos da felicidade, e um suspiro involuntário brotou-lhe do coração.

Quando soube que o conde era um amante da música, Luciane organizou um concerto; desejava cantar acompanhando-se ao violão. O concerto se realizou. Ela tocou o instrumento com aptidão; sua voz soou agradável. As palavras, porém, mal se distinguiam; era como se uma beldade alemã qualquer se pusesse a cantar acompanhada por um violão. Não obstante, estavam todos seguros de que seu canto fora muito expressivo, e ela se viu satisfeita ao receber um caloroso aplauso. Na ocasião, entretanto, ocorreu um incidente desafortunado e curioso. Entre os presentes encontrava-se um poeta por quem ela tinha particular interesse, pois desejava que ele lhe dedicasse algumas canções; por isso, nessa noite, a maior parte do repertório apresentado era composta por canções com letra de sua autoria. Como os demais, ele foi bastante cortês com Luciane, mas ela havia esperado mais do que isso. Aproximou-se dele algumas vezes, mas não ouviu de sua boca uma única palavra a mais. Perdeu então a paciência e destacou um membro de sua corte para sondá-lo e saber se acaso ele não ficara maravilhado ao ouvir seus magníficos poemas tão magnificamente entoados. "Meus poemas?", perguntou, surpreso. "Perdoe-me, senhor", acrescentou; "ouvi apenas vogais, e mesmo assim não as ouvi todas. Contudo, devo dizer que sou grato por uma intenção tão amável." O cortesão calou e silenciou. O poeta procurou sair do embaraço com palavras gentis. A mensagem dela era também bastante clara quanto ao desejo de ser agraciada com alguns poemas. Se o gesto não fosse tão indelicado, ele lhe apresentaria o alfabeto para que ela mesma, a seu gosto, compusesse um poema laudatório adequado a alguma melodia já existente. De qualquer maneira, ela não sairia incólume dessa situação. Pouco tempo depois, soube que, nessa mesma noite, ele compusera um belíssimo poema, com versos mais do que amáveis, destinado a uma das melodias favoritas de Ottilie.

Luciane, como todas as pessoas de seu feitio — que confundem aquilo que as beneficia com aquilo que as atrapalha —, resolveu tentar a sorte na recitação. Tinha boa memória, mas, para sermos honestos, sua fala era banal e impulsiva, sem soar apaixonada. Declamava baladas, narrativas e tudo aquilo que compõe o repertório das récitas. Adquiriu, porém, o hábito infeliz de acompanhar com gestos a expressão falada, de modo que o tom dramático mais prejudicava do que acentuava seu conteúdo épico ou lírico.

O conde, homem perspicaz que logo compreendia as pessoas a sua volta, observando suas inclinações, paixões e distrações, atraiu Luciane, feliz ou infelizmente, para um novo tipo de representação, que se adequava perfeitamente a seu temperamento. "Noto entre as pessoas aqui presentes", disse ele, "algumas figuras bem constituídas que certamente poderiam imitar gestos e posturas pictóricas. Não tentaram ainda a representação de quadros reais e conhecidos? Uma reprodução dessa espécie, embora exija uma composição laboriosa, produz um efeito extraordinário."

Luciane logo percebeu que aí estava em seu elemento. Sua bela estatura, sua figura inteira, o rosto regular mas expressivo, as mechas castanho-claras de seu cabelo, o pescoço afilado, tudo isso se ajustava à arte de retratar; e se ela soubesse que ficava mais bonita parada do que em movimento — ocasião em que deixava escapar algo que lhe ofuscava a graça costumeira —, ter-se-ia dedicado a essa pintura da natureza com mais empenho ainda.

Buscaram-se gravuras em cobre que reproduzissem retratos famosos; elegeu-se primeiramente o *Belisário* de Van Dyck. Um homem alto, de bela compleição e já maduro, faria o papel do general cego e sentado; o arquiteto, o do guerreiro entristecido que o assiste, figura com que de fato o rapaz guardava alguma semelhança. Algo modesta, Luciane escolheu para si a personagem da moça que, no fundo da cena, conta na palma da mão as moedas de uma pródiga esmola tirada de uma bolsa, enquanto uma velha parece admoestá-la, indicando-lhe com um gesto que a quantia é demasiada. Outra mulher, que de fato põe o óbolo nas mãos do velho, seria também representada.

Estavam todos seriamente ocupados com essa e outras imagens. O conde deu ao arquiteto algumas instruções sobre o modo de constituir o cenário, e a partir dessas observações o jovem artista imediatamente ergueu um teatro, tomando também as providências necessárias para a iluminação. O grupo achava-se completamente absorvido pelos preparativos quando notou que uma encenação como aquela exigia um figurino faustoso e que, em meio ao inverno, faltava muita coisa. A fim de que nada interrompesse o trabalho, Luciane fez desmanchar quase todo o seu guarda-roupa, provendo assim os diferentes trajes que aqueles artistas haviam indicado de maneira um tanto arbitrária.

Chegou a noite do evento e a peça foi encenada diante de uma grande plateia, que aplaudia a iniciativa. Uma música expressiva aguçou a expectativa do público. *Belisário* abriu a cena. No palco, as figuras se mostravam tão dignas, as cores tão bem distribuídas e a iluminação tão engenhosa que a numerosa assistência realmente pensou estar noutro mundo. Não obstante, a realidade impunha-se à aparência, despertando uma espécie de temor.

Caiu o pano, mas, a pedidos, voltou a subir mais de uma vez. Um interlúdio entreteve a plateia, a qual queria se surpreender em seguida com uma imagem de alto padrão artístico. Tratava-se do conhecido quadro de Poussin, *Ester diante de Assuero*. Dessa feita, Luciane havia pensado melhor. No papel da rainha que cai desmaiada, empenhara todos os seus dotes e, sabiamente, para representar as damas que a rodeavam e a assistiam, escolheu moças muito bonitas e de belo talhe, sem que, no entanto, nenhuma delas sequer se aproximasse de seus encantos. Ottilie permaneceu excluída desse e dos outros quadros. Aparentando o próprio Zeus, sentou-se no trono dourado um rei representado pelo homem mais belo e robusto que se achou entre os visitantes, de tal sorte que essa cena atingiu uma perfeição incomparável.

Como terceiro quadro, escolheu-se a *Advertência paterna*, de Terborch. Quem não conhece sua representação na esplêndida gravura em cobre de nosso Wille? Com as pernas cruzadas, está sentado um pai nobre e digno que parece falar à consciência da filha. Esta, uma figura magnífica, trajada com um vestido de cetim branco cheio de pregas, é vista apenas de costas, mas parece estar absolutamente compenetrada. Não obstante, pela mímica facial e pelos gestos do pai notamos que a admoestação não é violenta nem humilhante, e, no que concerne à mãe, esta parece disfarçar certo embaraço ao mirar a taça de vinho prestes a levar à boca.

Nessa ocasião, Luciane devia surgir em todo o seu esplendor. Suas tranças, o formato da cabeça, bem como o do pescoço e da nuca, ostentavam uma beleza indescritível, e a cintura, geralmente oculta pelos modernos trajes que simulam a indumentária feminina antiga, revelava-se extremamente elegante, airosa e delicada, de modo que o traje arcaico caiu-lhe à perfeição. O arquiteto dispusera as ricas pregas de cetim branco com máxima naturalidade artística e, assim, sem sombra de dúvida, essa cópia viva sobrepujou de longe o quadro original, provocando o fascínio de todos. O público não cessava de pedir o bis, e o natural desejo de ver o rosto de uma tão bela criatura, cujo dorso já fora contemplado o bastante, cresceu a tal ponto que um espectador espirituoso e impaciente exclamou as palavras que, por vezes, encontramos no fim de uma página: "Tournez s'il vous plaît", com o que todos concordaram. Os intérpretes, porém, estavam perfeitamente seguros da vantagem dessa postura e haviam compreendido tão bem o sentido do artifício que não haveriam de ceder à conclamação geral. A filha que aparentava vergonha permaneceu impassível, não revelando aos espectadores a expressão de seu rosto; o pai permaneceu sentado em sua atitude admoestadora e a mãe não tirou o nariz e os olhos da taça transparente em que o vinho, conquanto ela parecesse beber, não se esvaía. Quanta coisa ainda teríamos para contar sobre os quadros restantes, para os quais foram selecionadas cenas batavas de feiras e tabernas!

O conde e a baronesa partiram prometendo voltar nas primeiras e ditosas semanas do casamento que se aproximava, e Charlotte, depois de transcorridos dois meses extenuantes, esperava livrar-se também dos outros hóspedes. Estava certa da felicidade da filha quando houvesse passado a fase do êxtase matrimonial e juvenil, pois o noivo se considerava a pessoa mais feliz da face da Terra. Dono de grande fortuna e de um temperamento equilibrado, sentia-se extraordinariamente lisonjeado pelo privilégio de possuir uma mulher que haveria de agradar a todos. Ele cultivava a ideia bastante singular de que tudo deveria se relacionar primeiramente com ela e apenas depois com ele mesmo. Dessa maneira, experimentava uma sensação desagradável quando um recém-chegado não dispensava a Luciane toda a sua atenção e, contrariamente, sem demonstrar nenhum interesse particular por ela, procurava o contato com ele. Em virtude de suas qualidades, esse fato se repetia sobretudo na relação com os mais velhos. Quanto ao arquiteto, logo tudo se acertou. Depois do Ano-Novo, este deveria acompanhá-lo e passar com ele o Carnaval na cidade, onde Luciane augurava o inestimável prazer da reencenação daqueles belíssimos quadros e de uma porção de outras coisas. A pretensão da jovem era favorecida pela tia e pelo noivo, que pareciam considerar uma ninharia cada gasto exigido para satisfazê-la.

Chegou a hora da separação, que não poderia acontecer de modo ordinário. Alguém disse em tom zombeteiro e bastante alto que as provisões de Charlotte para o inverno estavam prestes a se esgotar. Então o cavalheiro que representara Belisário, evidentemente um homem bastante rico e deslumbrado com os dotes que, havia muito, venerava em Luciane, exclamou sem refletir: "Procedamos à polonesa! Venham todos a minha casa e lá dissipemos também minha despensa! Continuemos depois do mesmo modo; cada um de nós terá sua vez de ser o anfitrião". Dito e feito: Luciane acatou a proposta. No dia seguinte arrumaram-se as malas e o tropel partiu para outro lugar. A nova estância era suficientemente espaçosa, embora fosse menos equipada e confortável. Essa situação gerou certos inconvenientes, que no entanto fizeram a alegria de Luciane. A vida tornava-se cada dia mais selvagem e desenfreada. Organizavam-se caçadas em meio à neve e se inventavam todos os tipos de aventura que pudessem causar desconforto. Nem os homens nem as mulheres podiam se esquivar dessa agitação, e assim, caçando e cavalgando, subindo ao trenó e fazendo alvoroço, o grupo fazia seu périplo, saltando de uma herdade a outra, até que se aproximou da capital, pois as notícias e relatos sobre os entretenimentos oferecidos no palácio e na cidade deram outro rumo à imaginação e atraíram Luciane e seu séquito a um novo círculo, ao qual sua tia já se dirigira.

Do diário de Ottilie

Neste mundo, tomamos uma pessoa pelo que ela se faz passar; e de toda maneira ela tem de se fazer passar por algo. Toleramos mais os indivíduos incômodos que os insignificantes.

Tudo podemos impor à sociedade, menos aquilo que traz consequências.

Não conhecemos as pessoas quando vêm até nós; temos de ir a seu encontro para saber o que se passa com elas.

Acho quase natural que reprovemos certas coisas em nossos hóspedes e os julguemos com severidade assim que nos deixam, pois temos, por assim dizer, o direito de avaliar as coisas de acordo com nossa medida. Em tais casos, mesmo as pessoas razoáveis e justas não costumam escapar a uma rigorosa censura.

Por outro lado, quando nos encontramos em casa alheia e contemplamos seu ambiente e costumes, suas inevitáveis e necessárias circunstâncias, e observamos a maneira como as pessoas agem em seu próprio meio e a ele se ajustam, então é apenas por incompreensão e malevolência que achamos ridículo tudo aquilo que, em mais de um sentido, mereceria louvor.

Por meio daquilo que denominamos comportamento e bons costumes, devemos alcançar as coisas que, de outro modo, alcançaríamos apenas pela força ou, talvez, nem mesmo assim.

O convívio com as mulheres é a base dos bons costumes.

Como podem o caráter e as peculiaridades de uma pessoa coexistir com os bons modos?

Na verdade, as peculiaridades deveriam ser ressaltadas pelos bons modos. Todos desejam aquilo que é significativo, desde que não provoque desconforto.

Um soldado bem-educado usufrui das maiores vantagens, tanto na vida ordinária quanto na vida social.

Os rudes guerreiros pelo menos não se desviam de seu caráter, e como, na maior parte dos casos, por trás da força se oculta a benevolência, é possível conviver com eles quando necessário.

Ninguém é tão enfadonho quanto o civil idiota. Dele temos o direito de exigir refinamento, pois jamais se ocupa de coisas grosseiras.

Se convivemos com pessoas muito sensíveis ao decoro, receamos por elas quando surge a situação inconveniente. Sinto por Charlotte e partilho de seu aborrecimento quando alguém balança a cadeira, pois ela não suporta esse comportamento e não o suportará nem debaixo do túmulo.

Numa sala íntima, nenhum indivíduo se apresentaria de óculos no nariz se soubesse que desse modo nós mulheres perdemos todo o prazer em vê-lo e em conversar com ele.

Trocar o respeito pela confiança é sempre ridículo. Ninguém tiraria o chapéu logo em seguida ao cumprimento se soubesse o quanto isso é estranho.

Não existe sinal exterior de cortesia que não tenha uma profunda base moral. A correta educação seria aquela que, simultaneamente, transmitisse o sinal e a base.

O comportamento é um espelho no qual cada um exibe sua própria imagem.

Existe uma cortesia do coração; ela guarda afinidades com o amor. Dela se origina a cortesia mais amável do comportamento exterior.

A dependência voluntária é a mais bela condição; como seria ela possível sem o amor?

Jamais nos distanciamos tanto do objeto de nossos desejos do que quando imaginamos possuí-lo.

Ninguém é mais escravo do que aquele que se julga livre sem o ser.

Basta a alguém declarar-se livre para logo se sentir limitado. Se, porém, vem a se declarar limitado, sente-se livre.

Diante da enorme superioridade de alguém não nos resta outro meio de salvação senão o amor.

É terrível para o homem de méritos deparar a jactância dos tolos.

Diz-se do camareiro que ele não tem heróis. Isso ocorre simplesmente pelo fato de que um herói é reconhecido apenas por outro. Mas o camareiro provavelmente saberá apreciar seus iguais.

Não existe consolo maior para os medíocres do que saber que o gênio não é imortal.

Certa fraqueza torna os grandes homens reféns de sua época.

De hábito, consideramos os outros mais perigosos do que realmente são.

Os idiotas e os inteligentes são inofensivos. Os meio bobos e os meio sábios são os tipos mais perigosos.

A arte é o meio mais seguro para nos evadirmos do mundo; ela é também o meio mais seguro para nos vincularmos a ele.

Carecemos do artista mesmo nos momentos de grande felicidade e de grande apuro.

A arte ocupa-se daquilo que é difícil e bom.

Ver o difícil tratado com facilidade é contemplar o impossível.

As dificuldades crescem à medida que nos aproximamos do alvo.

Semear não é tão difícil quanto colher.

VI

A grande inquietação que os visitantes trouxeram a Charlotte foi compensada pelo fato de ela ter passado a compreender plenamente a filha, auxiliada aqui por seu próprio conhecimento do mundo. Não era a primeira vez que ela se via diante de um caráter tão singular, embora não o tivesse visto ainda de maneira tão viva. No entanto, os anos lhe ensinaram que tais pessoas, instruídas pela vida, por certos acontecimentos e pelas relações parentais, são capazes de atingir uma maturidade amena e afável, enquanto seu egoísmo se abranda e o ímpeto fantasioso adquire novo rumo. Na condição de mãe, Charlotte tolerava eventos que a outros pareceriam desagradáveis, pois cabe aos pais nutrir esperanças ali onde os estranhos almejam tão somente desfrutar de algo ou, pelo menos, não ser importunados.

Contudo, de maneira singular e inesperada, Charlotte sentiu-se abalada logo após a partida de Luciane, pois esta se tornara alvo da maledicência alheia, não por algo reprovável em sua conduta, mas justamente por um aspecto que se poderia considerar digno de louvor. Ao que parece, para Luciane tornara-se uma obrigação não apenas alegrar-se com os que se alegram, mas também chorar com os que choram, e, por vezes, para bem exercer o espírito de contradição, aborrecer os alegres e alegrar os que choram. Em cada visita que fazia a uma família, procurava informar-se sobre os doentes e debilitados que estivessem excluídos da vida social. Visitava-os em seus aposentos, assumia o papel de médica e prescrevia medicamentos fortes, buscados na farmácia de viagem que invariavelmente trazia no coche; como era de esperar, em certos casos o remédio surtia efeito, noutros não, segundo os humores da fortuna.

Era muito cruel nesse trabalho de caridade e não se deixava dissuadir de seus intentos, pois estava absolutamente convencida de que agia de maneira exemplar. Não obstante, falhou numa tentativa que envolvia uma questão de ordem moral; foi esse o caso que deu a Charlotte muito que fazer, pois teve consequências e todos o comentavam. Charlotte soube do fato apenas depois que Luciane havia partido; Ottilie, que acompanhara essa visita, teve de lhe prestar informações pormenorizadas.

Uma das filhas de uma distinta família teve a má sorte de provocar a morte de um dos irmãos mais novos e por essa causa não tinha meios de se tranquilizar e serenar. Vivia calada e ocupada em seu quarto e só tolerava a visão de seus próprios familiares quando vinham sozinhos, pois, quando apareciam juntos, logo suspeitava que, entre eles, fizessem conjecturas sobre ela e seu estado. Quando havia uma única pessoa presente, exprimia-se de maneira sensata e conversava por horas a fio.

Luciane ouvira falar dessa história e decidiu intimamente que, quando visitasse essa casa, promoveria um milagre, devolvendo a moça ao convívio social. Na ocasião, foi mais cautelosa que de costume; conseguiu ir sozinha ao quarto da jovem mentalmente perturbada e, tanto quanto se pôde observar, conquistou-lhe a confiança por meio da música. Mas, por fim, errou no cálculo, pois, desejando promover uma sensação, certo dia levou a bela e pálida menina — que julgava estar preparada — a uma festa fulgurante. Poderia ter logrado seu intento se os convivas, cheios de curiosidade e apreensão, não houvessem

AS AFINIDADES ELETIVAS

se portado de modo inconveniente, rodeando a enferma para em seguida evitá-la, e, sussurrando e esticando as cabeças indiscretas, não a houvessem confundido e perturbado. A sensível criatura não suportou a situação. Saiu dali dando terríveis gritos, que pareciam exprimir seu espanto diante de um monstro ameaçador. Assustadas, as pessoas correram para todos os lados, e Ottilie contou entre aquelas que conduziram a jovem completamente inconsciente de volta a seu quarto.

Nesse ínterim, a seu modo, Luciane dirigiu palavras muito duras aos presentes, sem sequer cogitar que a responsabilidade pelo incidente era inteiramente sua e sem que essa e outras intervenções fracassadas viessem a alterar sua conduta.

Desde então o estado da enferma tornara-se crítico; o mal havia se agravado a tal ponto que os pais já não podiam manter a pobre criança em casa, sendo obrigados a entregá-la aos cuidados de um estabelecimento público. Para Charlotte nada restou fazer senão, de alguma maneira, mitigar o sofrimento que a filha causara àquela família, procurando tratá-la com toda delicadeza. Ottilie ficara profundamente impressionada; lamentava ainda mais a sorte da pobre menina por estar convencida de que um tratamento adequado ter-lhe-ia restituído a saúde, e não deixou de dizer isso a Charlotte.

Em relação ao passado, costumamos falar mais das coisas que nos aborreceram do que daquelas que nos alegraram; desse modo comentou-se também um pequeno mal-entendido que ocorrera entre Ottilie e o arquiteto naquela noite em que ele se recusara a exibir sua coleção, embora ela lhe tivesse pedido o favor com toda amabilidade. A atitude recalcitrante do jovem artista ainda a incomodava, e ela mesma não sabia por quê. Havia muita correção em seus sentimentos, pois um jovem que estivesse na posição do arquiteto não devia recusar aquilo que uma moça como Ottilie pedia. Não obstante, ele apresentava escusas bastante razoáveis diante das leves censuras que ela ocasionalmente lhe fazia.

"Se você soubesse", disse ele, "o quão rudemente se portam até mesmo as pessoas cultas diante das obras mais preciosas, então me perdoaria por eu não apresentar as minhas a um grande grupo. Ninguém sabe segurar uma medalha pela borda; as pessoas apalpam o mais belo cunho e o fundo mais puro, avaliam as peças mais preciosas esfregando-as entre as pontas do polegar e do indicador, como se fosse possível examiná-las desse modo. Esquecendo que uma folha deve ser apanhada com ambas as mãos, pegam com uma única a água-forte de valor inestimável e o desenho sem igual, assim como o político presunçoso apanha um jornal e o amassa, antecipando com o gesto seu veredicto sobre os acontecimentos do mundo. Ninguém se lembra de que bastam vinte pessoas alternando-se desse modo no exame de uma obra de arte para que à vigésima primeira quase nada reste para ser visto."

"Não terei eu mesma", perguntou Ottilie, "provocado algumas vezes esse embaraço? Não terei eu mesma, sem o saber, alguma vez danificado seus tesouros?"

"Jamais", respondeu o arquiteto, "jamais! Você não seria capaz disso; a delicadeza lhe é inata."

"Seja como for", disse Ottilie, "não seria má ideia acrescentar ao opúsculo sobre as boas maneiras, com seus capítulos que tratam do comportamento à mesa, do modo correto de comer e beber, um novo e pormenorizado capítulo sobre o comportamento adequado na visita aos museus e na contemplação das coleções de objetos de arte."

"Certamente", replicou o arquiteto. "Nesse caso os curadores e os amantes da arte estariam mais inclinados a exibir suas raridades."

Havia muito Ottilie o perdoara; porém, como as censuras pareciam ainda incomodá-lo e ele reiteradamente dizia lamentar o ocorrido, acrescentando que seria um prazer exibir as peças e que estava à disposição dos amigos, ela percebeu que ferira sua natureza delicada e lhe devia uma satisfação. Por isso não lhe pôde negar um pedido feito em seguida a essa conversa, embora, depois de consultar às pressas o próprio coração, não soubesse como atender os desejos do amigo.

As coisas se passaram do seguinte modo: molestava--o terrivelmente o fato de Luciane ter excluído Ottilie da encenação dos quadros; pesava-lhe também o fato de Charlotte, que não vinha se sentindo bem, desfrutar apenas esporadicamente dessa esplêndida forma de divertimento. Não queria partir sem demonstrar sua gratidão. Desejava executar uma obra muito superior às anteriores, podendo assim homenagear uma das damas e entreter a outra. Para isso contribuiu, talvez, outro estímulo, do qual não tinha consciência: era-lhe muito difícil deixar a casa e a família, parecia-lhe impossível apartar-se dos olhos de Ottilie; nos últimos tempos, vivera quase que exclusivamente do olhar gentil, tranquilo e afetuoso da jovem.

Aproximavam-se os festejos de Natal; subitamente ele percebeu que aquelas encenações de quadros, constituídas de figuras estáticas, na verdade provinham do assim chamado presépio, da representação piedosa que, nesse período sagrado, devotamos à divina mãe e à criança, mostrando como, em sua aparente pequenez, ambas são adoradas, primeiramente pelos pastores e depois pelos reis.

Refletira exaustivamente sobre a possibilidade de retratar uma cena assim. Logo se achou um menino bonito e saudável; pastores e pastoras também seriam encontrados; mas sem Ottilie, não havia como fazê-lo. Em sua imaginação, o jovem alçara-a à condição da mãe de Deus e, se ela não aceitasse o convite, estava certo de que a iniciativa seria abortada. Ottilie, algo constrangida pela proposta, pediu-lhe que falasse com Charlotte. Foi com prazer que esta lhe deu permissão, e foi ela também que, com muita delicadeza, fez Ottilie superar a timidez e assumir o papel da figura sagrada. O arquiteto trabalhava dia e noite para que nada falhasse na festa de Natal.

Trabalhava literalmente dia e noite. De qualquer maneira, não carecia de muito para realizar sua obra, e a presença de Ottilie parecia compensar-lhe a necessidade de descanso; labutando por ela, esquecia o sono; ocupando-se dela, esquecia a fome. Chegada a hora do festejo noturno, tudo estava pronto e acabado. Ele conseguira reunir instrumentos de sopro que emitiam um som muito agradável; foram eles que fizeram a chamada do público e garantiram a atmosfera desejada. Ao subir o pano, Charlotte ficou realmente surpresa. A imagem apresentada já se repetira tantas vezes vida afora que não se devia esperar uma impressão de novidade. Agora, porém, na condição de quadro, a realidade tinha suas vantagens. Todo o espaço imergia mais da escuridão da noite que do lusco-fusco do entardecer e, contudo, nenhum detalhe desse ambiente se perdia. A ideia genial de que toda a luz provinha da criança, o artista concretizou-a pelo emprego de um engenhoso mecanismo de iluminação ocultado por algumas figuras deixadas à sombra, que um feixe de luz mal tocava. Meninas e meninos devotos formavam um círculo; seu semblante juvenil era nitidamente caracterizado por uma luz que vinha de baixo. Tampouco faltaram os anjos, cujo brilho era ofuscado pela luz divina e cujos corpos etéreos pareciam adensar-se e empalidecer em face da criança homo-divina.

Felizmente o menino adormecera na mais graciosa posição, de modo que nada perturbava a visão quando o olhar pousava sobre a mãe fictícia, que, com inexcedível encanto, erguia o véu para revelar seu oculto tesouro. Nesse momento, o quadro pareceu paralisar-se e congelar-se. Fisicamente cegados e espiritualmente surpresos, os figurantes em redor pareciam mover-se a fim de desviar os olhos feridos e então, uma vez mais, cheios de curiosidade, espiar furtivamente a cena, demonstrando mais perplexidade e prazer que admiração e respeito, embora esses dois sen-

AS AFINIDADES ELETIVAS

timentos não estivessem de todo ausentes e sua expressão ficasse a cargo de algumas personagens mais velhas.

Mas a figura de Ottilie, seus gestos, sua mímica e seu olhar sobrepujavam tudo aquilo que um pintor já houvesse representado. O observador versado e sensível que defrontasse essa aparição temeria decerto que algo se movesse; teria o receio de jamais voltar a desfrutar desse enlevo. Infelizmente não havia uma única pessoa ali que pudesse compreender cabalmente o sentido da cena. Apenas o arquiteto, que encarnava um alto e esbelto pastor e que, de lado, contemplava as figuras ajoelhadas, fruía verdadeiramente a representação, embora não ocupasse a melhor posição para isso. E quem haveria de descrever o semblante da recém-concebida rainha dos céus? Em seus traços delineavam-se a mais autêntica submissão e o mais encantador sentimento de modéstia diante de uma tão grande e imerecida dignidade, diante de uma incomensurável e ilimitada ventura; exprimia assim tanto os próprios sentimentos quanto a ideia que se podia fazer daquilo que representava.

Charlotte apreciou o belo quadro, mas foi sobretudo a criança que a impressionou. Seus olhos se encheram de lágrimas e ela imaginou arrebatada que em breve carregaria no colo uma criatura tão doce como aquela.

Baixaram o pano, em parte para que os figurantes pudessem descansar, em parte para uma mudança de cenário. O artista pretendia transformar a imagem noturna e acanhada numa imagem diurna e gloriosa; por isso, em todos os cantos, preparara uma iluminação fulgurante que seria acesa no entreato.

Na situação, pode-se dizer teatral, em que se achava, foi de grande alívio para Ottilie saber que ninguém, à exceção de Charlotte e algumas pessoas da casa, assistiria a essa mascarada religiosa. Por isso, durante o intervalo, sentiu certo desconforto ao saber que um estranho havia chegado, tendo sido cordialmente recebido por Charlotte no salão. Ninguém sabia lhe dizer quem era. Rendeu-se à situação e assumiu seu posto a fim de não perturbar o programa. Velas e lâmpadas ardiam e uma claridade infinita envolveu-a. O pano subiu, oferecendo aos espectadores uma visão surpreendente: toda a imagem era pura luz, e no lugar das sombras que haviam se dispersado restavam apenas cores, as quais, em virtude de uma opção engenhosa, produziam uma agradável sensação de comedimento. Olhando por sob os longos cílios, Ottilie notou a figura de um homem sentado ao lado de Charlotte. Não pôde reconhecê-lo, mas pareceu-lhe ter ouvido a voz do auxiliar do pensionato. Experimentou então uma sensação estranha. Quanta coisa não havia acontecido desde que, pela última vez, ouvira a voz desse leal professor! As alegrias e os padecimentos de Ottilie passavam céleres diante de sua alma e levantavam a questão: "Será que você pode se abrir e contar-lhe tudo? Quão pouco digna você é para se apresentar diante dele tomando a forma dessa figura sagrada. Tendo sempre visto você em trajes naturais, ele decerto estranhará a fantasia". Com rapidez incomparável, o sentimento e a reflexão alternavam-se em seu íntimo. Seu coração estava aflito e as lágrimas inundaram-lhe os olhos enquanto procurava manter a posição de imagem estática; alegrou-se sobremaneira quando a criança começou a se mexer e o artista se viu obrigado a dar o sinal para que voltasse a cair o pano!

Nos últimos instantes, além desses sentimentos e da sensação molesta de se ver impedida de ir rapidamente ao encontro do estimado amigo, Ottilie deparou uma contingência ainda mais embaraçosa. Devia encontrá-lo portando esses exóticos trajes e atavios? Devia sair e se trocar? Não hesitou, ficou com a segunda alternativa e procurou se recompor e se acalmar nesse meio-tempo, e sentiu-se em harmonia consigo mesma apenas quando, finalmente, já em trajes comuns, cumprimentou o recém-chegado.

VII

O arquiteto desejava a felicidade de suas benfeitoras; por isso, agora que tinha de partir, estava satisfeito por saber que ficavam na companhia do excelente auxiliar. Entretanto, depois de ser favorecido pelas duas, de certa maneira pesava-lhe a ideia de ser substituído tão cedo, tão bem e de modo tão completo, como modestamente imaginava. Até então hesitara; sentia agora que era chegado o momento de se despedir, pois aquilo que havia de consentir depois de sua saída, não desejava conferir com os próprios olhos.

Para grande alívio de seus sentimentos tristonhos, ao se despedirem, as duas damas regalaram-no com um colete. Por bastante tempo ele as observara a tecê-lo, invejando intimamente seu desconhecido e feliz destinatário. Esse é o presente mais agradável que um homem enamorado e reverente pode receber, pois, ao recordar o incansável movimento dos belos dedos, não lhe escapará o delicioso pensamento de que também o coração participou de tão persistente trabalho.

Doravante as damas tinham um homem para obsequiar, uma pessoa benquista por elas e que certamente se sentia bem recebido. O sexo feminino traz consigo um interesse pessoal, íntimo e imutável, do qual não abre mão em nenhuma hipótese; e, de modo contrário, nas relações sociais, na vida mundana, as mulheres deixam-se facilmente conduzir pelo homem de quem se ocupam. Assim, tanto por meio da rejeição quanto do acolhimento, da obstinação e da condescendência, elas ditam as regras que nenhum homem do mundo civilizado ousa infringir.

Se, de livre e espontânea vontade, o arquiteto usara e abusara de seu talento a fim de divertir as amigas, se nesse meio-tempo o castelo conheceu a recreação e uma série de atividades voltadas para esse fim, a presença do auxiliar rapidamente ensejou um estilo de vida diverso. Ele tinha grande talento para falar e tratar das relações humanas, especialmente naquilo que se refere à educação dos jovens. Surgiu assim um grande contraste com a vida que se levara até então, sobretudo porque o auxiliar não aprovava por inteiro aquilo que havia concentrado exclusivamente a atividade de suas anfitriãs.

Sobre a representação dos quadros que o recebeu à sua chegada, nada disse. Mas quando, de bom grado, lhe mostraram a igreja, a capela e os objetos a elas relacionados, não pôde ocultar sua opinião, as ideias que tinha sobre aquilo que via. "No que me diz respeito", disse, "não aprecio essa aproximação, essa mescla do objeto sagrado com a sensualidade; não aprecio a atitude de eleger, consagrar e adornar determinados espaços para só então se estimular e cultivar o espírito de devoção. Nenhum ambiente, nem mesmo o mais ordinário, deve perturbar nossa percepção da divindade, que pode nos acompanhar a toda parte e fazer de qualquer lugar um templo. Agrada-me ver o serviço religioso num salão onde as pessoas costumam se reunir para tomar as refeições e se deleitar com o jogo e a dança. Não há meios de representar a porção mais elevada e admirável dos homens; devemos nos precaver de fazê-lo, a não ser por meio de atos nobres."

Charlotte, que já conhecia bastante bem as ideias do educador e em pouco tempo as investigara mais a fundo, logo o trouxe para seu campo de trabalho; mandou chamar os pequenos jardineiros, que haviam sido previamente inspecionados pelo arquiteto, e os fez marchar pelo grande salão. Ali, envergando seus uniformes limpos e festivos, eles se destacavam pela movimentação ordenada e por seu temperamento natural e vivaz. O auxiliar examinou-os a seu modo; depois de fazer algumas perguntas e palestrar ligeiramente com o grupo, obteve uma ideia clara do modo de ser e das habilidades desses meninos; e, inadvertidamente, em menos de uma hora, ele os havia instruído e feito progredir consideravelmente.

"Como consegue isso?", perguntou-lhe Charlotte enquanto os pequenos se retiravam. "Ouvi-os com toda a atenção; não havia nada de novo no que diziam, e mesmo assim eu não saberia exatamente como conduzir a conversa, dispondo de tão pouco tempo e em meio à confusão de tantas falas."

"Talvez devêssemos manter em segredo as prerrogativas de nosso ofício", respondeu o auxiliar. "Entretanto, não posso ocultar um preceito segundo o qual é possível realizar isso e muito mais. Imagine um objeto, um assunto, um conceito, seja lá o que for. Apanhe-o com determinação; estude-o bem, em todos os seus pormenores; daí em diante, conversando com um grupo de crianças, será fácil compreender aquilo que elas já sabem, aquilo em que podemos estimulá-las e ensiná-las. As respostas às perguntas que lhes fizermos poderão soar disparatadas e tender à dispersão, não importa; se, ao respondermos às suas perguntas, formos capazes de trazê-las de volta à questão principal, se não nos deixarmos confundir, então finalmente haverão de pensar, compreender e se convencer apenas daquilo que quisermos e do modo como o desejarmos. Nosso maior erro é permitir que os aprendizes nos desviem de nossos objetivos, o grande erro é perder de vista o cerne da questão. Faça uma tentativa e terá uma grata surpresa."

"É curioso", disse Charlotte. "A boa pedagogia é exatamente o contrário das boas maneiras. Numa roda social, não devemos nos aferrar a nenhum assunto em particular, mas numa aula o primeiro mandamento seria o da luta contra toda e qualquer distração."

"Alternância sem distração", ponderou o auxiliar, "esta seria a mais bela divisa para o ensino e para a vida, caso esse louvável equilíbrio pudesse ser facilmente mantido!" E ele tencionava continuar sua fala, mas Charlotte o interrompeu, pedindo-lhe que examinasse novamente os meninos, que se moviam em meio ao pátio numa alegre procissão. Mostrou-se satisfeito pelo fato de as crianças estarem providas de uniforme. "Os homens", disse, "deviam trajar uniforme desde a juventude, pois precisam se habituar a agir conjuntamente e se confundir com seus iguais, a obedecer em massa e a trabalhar em uníssono. Todo tipo de uniforme suscita um sentimento militar, bem como uma conduta mais justa e severa; de qualquer maneira, todos os meninos são soldados natos; basta ver--lhes os jogos de luta e combate, os assaltos a que se lançam e suas escaladas."

"O senhor não há de reprovar o fato de eu não vestir minhas meninas de modo padronizado", replicou Otillie. "Quando eu as trouxer à sua presença, espero que se encante com a profusão de cores."

"Aprovo-o totalmente", respondeu o auxiliar. "As mulheres devem se apresentar vestidas das mais variadas maneiras, cada uma de acordo com seu temperamento, para que descubram aquilo que lhes cai bem e lhes seja conveniente. Um motivo ainda mais importante para isso é que estão destinadas a permanecer e agir sozinhas vida afora."

"Isso me parece bastante paradoxal", disse Charlote, "pois quase nunca vivemos para nós mesmas."

"Vivem, sim!", redarguiu o visitante. "No que diz respeito à relação com as outras mulheres, as coisas se passam exatamente desse modo. Consideremos a mulher na condição de enamorada, noiva, esposa, dona de casa e mãe; está sempre isolada, sempre sozinha, e deseja permanecer

AS AFINIDADES ELETIVAS

assim. Até a mulher vaidosa se acha nessa situação. É da natureza da mulher excluir as outras, pois, individualmente, é cobrada a realizar as tarefas que cabem a todo o gênero. Os homens não se relacionam dessa maneira. O homem demanda o homem; se não existissem outros homens, ele seria capaz de criá-los; uma mulher poderia viver uma eternidade sem pensar em produzir sua semelhante."

"Basta dizermos algo verdadeiro de maneira extravagante", disse Charlotte, "para que a própria extravagância pareça verdadeira. Queremos aproveitar ao máximo as observações que os homens fazem, mas desejamos permanecer com as outras mulheres e agir juntamente com elas, de modo que eles não logrem uma vantagem demasiada sobre nós. O senhor certamente não levará a mal o pequeno e maldoso prazer que sentimos ao constatar que os homens não se entendem tão bem assim, algo que se evidenciará ainda mais no futuro."

O esclarecido mestre examinou cuidadosamente a maneira pela qual Ottilie tratava suas pequenas pupilas e manifestou sua decidida aprovação. "Com todo acerto", disse, "você dirige suas subordinadas para as coisas de utilidade imediata. O asseio induz as crianças a cuidarem de si mesmas, e tudo se consegue quando elas são estimuladas a cumprir suas obrigações com alegria e autoestima."

De resto, para sua grande satisfação, nada viu ali que se destinasse à mera aparência e exibição; tudo correspondia a necessidades íntimas e indispensáveis. "Se todos tivessem ouvidos para ouvir", ele exclamou, "o ato de ensinar se traduziria em pouquíssimas palavras!"

"O senhor não gostaria de participar de meus esforços?", Ottilie perguntou gentilmente.

"Com todo prazer", ele respondeu. "Mas você não pode me trair; educaremos os meninos para se tornarem lacaios e as meninas para a maternidade; se assim for, estará bem."

"As meninas podem aceitar a maternidade", replicou Ottilie, "pois, caso não se tornem mães, acabarão por assumir o trabalho de ama. Mas os meninos se julgam excessivamente bons para se tornarem serviçais e se sentem mais aptos para o exercício do mando."

"Por esse motivo, não lhes revelaremos nossa intenção", disse o auxiliar. "Lisonjeamo-nos vida afora, mas o mundo não nos lisonjeia. Quantas pessoas voluntariamente reconhecem aquilo que, afinal de contas, têm de reconhecer? Deixemos, contudo, essas considerações de lado; neste caso elas não nos dizem respeito!

"Considero-a feliz, uma vez que você escolheu o caminho correto para a educação de suas alunas. Quando as mocinhas que você educa cuidam de suas bonecas e remendam seus paninhos, quando as irmãs mais velhas cuidam das mais novas, e a família se sustenta e se ajuda, então não é demasiado grande o próximo passo a ser dado na vida, e a moça encontrará no marido aquilo que deixou para trás na casa dos pais.

"Nas classes cultivadas, porém, essa tarefa é bastante complicada. Nesse caso, temos de levar em conta circunstâncias mais elevadas, delicadas e refinadas, especialmente no que tange às relações sociais. Temos então de formar nossas alunas com vistas ao mundo exterior; isso é necessário, é indispensável, e tudo estará bem-arranjado se nos mantivermos dentro de certa medida, pois, quando tencionamos preparar as crianças para o ingresso num círculo mais amplo, corremos o risco de conduzi-las à desmesura, sem nos atermos àquilo que a natureza mais íntima está a requerer. Nesse ponto reside a tarefa em que, de uma forma ou de outra, o educador prospera ou fracassa.

"Receio por uma parte da educação que provemos a nossas alunas no pensionato, pois a experiência me diz que certas coisas terão pouquíssima utilidade no futuro. Quanto daquilo que se aprendeu não será dispensado e

AS AFINIDADES ELETIVAS

esquecido assim que a moça se encontrar na condição de mãe e dona de casa!

"Sem embargo, uma vez que me consagrei a esse mister, não posso abrir mão do pio desejo de um dia, na companhia de uma fiel colaboradora, poder ensinar a minhas pupilas aquilo de que precisarão quando ingressarem no campo da própria atividade e independência; de um dia poder dizer 'nesse sentido sua educação se completou'. É certo que sempre se incorpora uma nova lição, que praticamente a cada ano de nossa existência é ensejada por nós mesmos ou pelas circunstâncias."

Quão verdadeira a observação pareceu a Ottilie! O que não lhe ensinara uma inaudita paixão no ano anterior! Quantas provações entrevia ao contemplar o futuro que se avizinhava!

Não foi sem propósito que o jovem mancebo mencionou uma ajudante, uma esposa; pois, a despeito de sua modéstia, não podia deixar de insinuar suas intenções, ainda que o fizesse de modo bastante vago. Certas circunstâncias e acontecimentos levavam-no, por ocasião dessa visita, a dar alguns passos na direção de seus objetivos.

A diretora do pensionato já era idosa; havia muito que buscava entre seus colaboradores e colaboradoras uma pessoa a quem pudesse se associar. Por fim, falou com o auxiliar, que lhe inspirava grande confiança, propondo-lhe administrarem juntos a instituição. Ele seria corresponsável pela casa e, depois da morte dela, herdaria o pensionato, tornando-se o único proprietário. A questão principal consistia na obrigação de encontrar uma esposa que compartilhasse seus pontos de vista. Intimamente, com os olhos e o coração, ele cogitava em Ottilie. Nesse ponto surgiam dúvidas que, por sua vez, eram contrabalançadas por eventos favoráveis. Luciane deixara o pensionato; Ottilie podia voltar, sem quaisquer impedimentos. Suas relações com Eduard haviam sido de algum modo comentadas, mas, como sói acontecer nesses casos, não se lhe prestou muita atenção, e essa ocorrência poderia contribuir também para o retorno de Ottilie. Não obstante, nenhuma decisão teria sido tomada e nenhum passo dado caso uma visita inesperada não houvesse introduzido um estímulo particular, pois em qualquer círculo a presença de pessoas ilustres nunca deixa de trazer consequências.

O conde e a baronesa eram amiúde inquiridos sobre a qualidade de diferentes internatos, pois quase todos os pais se sentem inseguros quanto à educação dos filhos. Desse modo ambos se interessaram particularmente pelo estabelecimento onde trabalhava o auxiliar, instituição muito afamada, e tencionavam conhecê-lo de perto, numa visita que podiam realizar juntos, favorecidos agora pelas novas circunstâncias. Não obstante, a baronesa tinha ainda outras intenções. Durante sua última estadia no castelo, havia conversado pormenorizadamente com Charlotte sobre Eduard e Ottilie. Dissera enfaticamente que Ottilie tinha de ser afastada. Na ocasião, procurou encorajar Charlotte, que ainda temia as ameaças de Eduard. As duas damas conversaram sobre as diversas saídas que se ofereciam e, à menção do pensionato, comentaram também a afeição do auxiliar. Assim, sua decisão de visitar a escola tornou-se ainda mais resoluta.

Ela vai até lá, conhece o auxiliar, examina-se o estabelecimento e fala-se de Ottilie. O próprio conde discorre sobre a jovem com agrado, já que a conhecera mais de perto na última visita ao castelo. Ela se acercara dele; sentira-se atraída por sua figura, pois acreditava que em sua fala cheia de verve iria ver e conhecer aquilo que até então lhe permanecera absolutamente oculto. Enquanto na relação com Eduard ela esquecia o mundo, na presença do conde esse mundo parecia pela primeira vez tornar-se realmente desejável. Toda atração é recíproca. O conde nutria uma afeição por Ottilie que o levava a olhar para ela como se fosse uma filha. Pela segunda vez, e dessa

AS AFINIDADES ELETIVAS

feita mais do que na primeira, ela atravessava o caminho da baronesa. Sabe-se lá o que esta, em tempos de paixão mais impetuosa, não teria feito contra ela! Agora bastava torná-la inofensiva para as mulheres casadas, tornando-a também casada.

De maneira sutil mas igualmente eficaz, essa senhora incentivou o auxiliar a fazer uma breve visita ao castelo e apressar a realização de seus planos e desejos, dos quais, aliás, ele não lhe fez nenhum segredo.

Ele viajou com o total apoio da diretora, alimentando grandes esperanças em seu coração. Sabia que não desagradava a Ottilie e, se havia entre eles alguma diferença de classe, naquele tempo isso já não era uma questão incontornável. De todo modo, a baronesa lhe dissera que Ottilie continuaria a ser uma moça pobre. Ser aparentada com uma família rica não modificava essa situação, pois, segundo a experiente mulher, mesmo diante de um patrimônio colossal, o desafortunado tem escrúpulos em subtrair uma soma considerável àqueles que, ostentando um grau maior de parentesco, parecem gozar de direitos mais amplos sobre um bem. E certamente é de estranhar que a prerrogativa da distribuição testamentária dos bens quase nunca favoreça os mais queridos; e, ao que parece, em respeito à tradição, o testante beneficia apenas aqueles que, depois de sua morte, de qualquer modo tomariam posse de seu patrimônio, ainda que isso ocorra contra sua vontade.

Durante a viagem, seus sentimentos colocavam-no em pé de igualdade com Ottilie. A boa acolhida aumentou suas esperanças. É certo que não achou Ottilie tão receptiva quanto antes, mas estava mais madura, mais culta e, se quisermos, mais comunicativa do que na época em que a conheceu. Discretamente, deixaram-no livre para agir, em especial no âmbito de sua formação. Porém, quando esboçava uma aproximação de seu objetivo, certa timidez o impedia de seguir adiante.

Um dia, Charlotte ofereceu-lhe a oportunidade de se manifestar, dizendo, na presença de Ottilie: "Você observou tudo aquilo que se desenvolve em meu redor; que tem a dizer sobre Ottilie? Fique à vontade para falar diante dela".

O auxiliar assinalou com muito discernimento e em linguagem serena a opinião de que ela se aprimorara, revelando agora mais desembaraço e facilidade em se comunicar e um juízo mais refinado em relação às coisas mundanas, algo que se percebia mais pela ação que pelas palavras. Sem embargo, ele pensava que seria muito proveitoso para ela regressar ao pensionato por algum tempo. Lá, percorrendo determinadas etapas, ela poderia sedimentar aquilo que o mundo ensina de maneira fragmentária, promovendo mais confusão que satisfação e, às vezes, de maneira muito tardia. De qualquer modo, não desejava estender-se no assunto; Ottilie tinha plena consciência das coerentes lições de que fora arrancada.

Ela não tinha como negar as considerações do auxiliar, mas não podia confessar aquilo que sentiu ao ouvir essas palavras, pois não sabia explicá-lo para si mesma. Ao pensar no amado, nada mais lhe parecia incoerente neste mundo, e não compreendia como, sem ele, alguma coisa ainda pudesse se tornar coerente.

Charlotte respondeu à proposta com sábia gentileza. Disse que, havia muito, tanto ela quanto Ottilie desejavam a volta ao pensionato. Até então, a presença de uma amiga e ajudante tão querida havia lhe sido imprescindível, mas doravante não queria ser um obstáculo, caso, da parte de Ottilie, persistisse o desejo de voltar para lá, pelo tempo que fosse necessário para encerrar o que havia começado e completar o conhecimento daquilo que se interrompera.

O auxiliar alegrou-se com a oferta; Ottilie nada podia dizer contra isso, embora estremecesse diante da perspectiva. Charlotte, pelo contrário, pensava em ganhar tempo; esperava que a alegria da paternidade levaria Eduard a se

AS AFINIDADES ELETIVAS 223

reencontrar consigo mesmo e voltar para casa. Convencera-
-se de que então tudo estaria resolvido e que, de alguma
maneira, também Ottilie estaria encaminhada.

A conversa significativa, que obriga os interlocutores à
reflexão, é seguida amiúde por um instante de silêncio, semelhante a um constrangimento geral. Andava-se de um
lado a outro no salão; o auxiliar examinou alguns livros
até deparar o volume in-fólio que ali estava desde a passagem de Luciane. Ao ver que seu conteúdo contemplava
apenas macacos, fechou-o de imediato. O incidente deve
ter ensejado uma conversa, da qual encontramos alguns
traços no diário de Ottilie.

Do diário de Ottilie

Como é possível que alguém queira reproduzir os feios
macacos com tamanho esmero? Já nos rebaixamos ao
considerá-los simplesmente como animais, mas nos tornamos realmente maldosos quando cedemos ao impulso de buscar os traços de pessoas conhecidas por trás
dessas máscaras.

Deleitar-se com caricaturas e retratos burlescos configura um ato que encerra certamente uma extravagância. Devo a nosso bom auxiliar o fato de não ter sido
torturada com lições de história natural; jamais pude
me conciliar com os vermes e os escaravelhos.

Dessa feita, disse que partilhava minha opinião.
"Da natureza", ele disse, "não deveríamos conhecer
nada além daquilo que nos rodeia. Estabelecemos uma
relação genuína com as árvores que florescem, verdejam
e dão frutos, com cada arbusto por que passamos, com
a folha da grama que pisamos em nosso caminho; eles
são nossos verdadeiros conterrâneos. Os pássaros que
saltitam nos ramos e cantam em nossos caramanchões
pertencem a nós, falam conosco desde a nossa meninice, e aprendemos a entender sua linguagem. Sem dúvida

alguma toda criatura estranha, arrancada de seu ambiente natural, provoca em nós uma impressão sinistra que se embota apenas pelo hábito. É necessária uma vida ruidosa e cheia de experiências para que alguém possa tolerar os macacos, papagaios e mouros."

Às vezes, quando me assalta a curiosidade em torno dessas aventuras, invejo o viajante que contempla tais maravilhas ao lado de outras, numa relação viva e cotidiana. Mas também ele se torna outra pessoa. Ninguém vagueia impune sob a copa das palmeiras, e as ideias certamente mudam numa terra habitada por elefantes e tigres.

Digno de respeito tão somente o naturalista, que é capaz de descrever e representar o objeto mais estranho e insólito em seu sítio original, em seu verdadeiro elemento, juntamente com aquilo que o cerca. Como eu gostaria de, ao menos uma vez, ouvir Humboldt narrar suas experiências!

Podemos imaginar o gabinete naturalista como sendo uma tumba egípcia, onde se espalham, embalsamados, ídolos animais e vegetais. É natural que deles se ocupe uma casta de sacerdotes imersa numa penumbra de segredos, mas isso não deveria ocorrer numa aula comum, sobretudo porque, desse modo, facilmente se afasta aquilo que é mais próximo e digno de nós.

O mestre que, em face de uma boa ação e de um bom poema, é capaz de despertar nossa sensibilidade, faz mais do que aquele que nos apresenta séries completas de elementos naturais, ordenados segundo suas formas e nomes, pois disso resulta apenas a conclusão, à qual chegaríamos necessariamente, de que do modo mais admirável e singular a imagem humana traz consigo a semelhança da divindade.

Que cada um goze da liberdade de se ocupar com aquilo que o atrai, que lhe dá alegria e lhe parece útil, mas o autêntico objeto de estudos da humanidade é o homem.

VIII

São poucos aqueles que se ocupam do passado recente. Ou bem o presente nos aprisiona com violência, ou então mergulhamos no passado procurando, até onde seja possível, evocar e restabelecer aquilo que se perdeu completamente. Mesmo nas famílias grandes e ricas, que tanto devem a seus antepassados, amiúde os vivos se lembram mais do avô que do pai.

Num desses belos dias em que o inverno, já se despedindo, costuma simular a primavera, nosso auxiliar foi levado a esse tipo de reflexão. Ele vagava pelo velho e grande jardim do castelo; admirava as alamedas de altas tílias e a ordenação geométrica dos canteiros, que remontavam aos tempos do pai de Eduard. As árvores haviam crescido de maneira magnífica, de acordo com a intenção daquele que as plantara, e, agora que deviam aprová-las e desfrutá-las, ninguém mais se interessava por elas; quase não eram visitadas, as atenções e os recursos eram dirigidos a outras partes, mais abertas e distantes.

Ao voltar do passeio, fez essa observação a Charlotte, que não a achou despropositada. "Enquanto a vida nos arrasta", ela replicou, "acreditamos que agimos com autonomia, escolhendo nossos afazeres e divertimentos, mas, evidentemente, se pensarmos bem, somos levados tão somente a agir de acordo com os planos e as inclinações de nossa época."

"Certamente", disse o auxiliar. "Quem de nós resiste à corrente a nossa volta? O tempo passa e com ele as ideias, opiniões, preconceitos e paixões. Se a juventude de um filho ocorre em tempos de mudança, estamos seguros de que nada terá em comum com o pai. Se este viveu num período no qual os homens se comprazeiam em se apropriar de algo, em assegurar o patrimônio conquistado, circunscrevê-lo, delimitá-lo e garantir seu desfrute, tratando para isso de se apartar do mundo, aquele busca esticar o passo, comunicar-se, dispersar-se e abrir aquilo que se encontra fechado."

"Épocas inteiras", replicou Charlotte, "assemelham-se ao pai e ao filho que você descreve. Mal podemos conceber as circunstâncias que, no passado, obrigaram cada pequena cidade a cavar um fosso e a erigir uma muralha, num tempo em que toda casa senhorial era construída em meio ao pântano e os menores castelos só eram acessíveis por meio de uma ponte levadiça. Hoje até mesmo as grandes cidades removem seus muros, os fossos dos castelos dos príncipes são aterrados e as cidades não passam de grandes povoados; e quando, ao viajarmos, observamos essa paisagem, ocorre-nos a ideia de que a paz geral está consolidada e de que estamos às portas de uma época de ouro. Ninguém mais se sente confortável num jardim que não pareça um campo aberto. Nada deve lembrar o artifício e a coação; queremos respirar absolutamente livres, sem quaisquer restrições. Você acredita, meu amigo, que podemos sair dessa condição e retornar a uma outra, à anterior?"

"Por que não?", replicou o auxiliar. "Toda condição impõe suas dificuldades, tanto a limitada quanto a livre. Esta pressupõe a abundância e conduz ao desperdício. Fiquemos com seu exemplo, que é mais do que suficiente. Sobrevindo a carestia, imediatamente se renova a restrição autoimposta. As pessoas que necessitam cuidar de suas terras logo reerguem os muros em torno das plantações, garantindo a posse da produção. Aos poucos nasce uma nova visão das coisas. O útil readquire a primazia e mesmo aquele que possui muitas terras acha-se na obrigação de cultivar todas elas. Creia-me: é possível que seu filho desdenhe todos os jardins e se recolha atrás dos graves muros e das altas tílias de seu avô."

Charlotte alegrou-se intimamente ao ouvir o anúncio da chegada de um filho, perdoando o auxiliar pela profecia pouco amável em torno daquilo que ocorreria com seu belo parque. Por isso, respondeu-lhe com toda gentileza: "Não somos velhos o bastante para termos presenciado tais contradições; contudo, ao recordarmos nossa primeira juventude e as reclamações que ouvimos da boca dos mais velhos, e ao considerarmos também os países e as cidades, não temos nenhuma objeção a fazer sobre seu comentário. Mas não deveríamos interpor um obstáculo a esse caminho natural? Não seria o caso de se promover a harmonia entre pai e filho, entre os genitores e a prole? De modo amável você me augurou um filho; haveria ele de se desentender inevitavelmente com o pai, destruir aquilo que se ergueu, em vez de completar e elevar a obra já realizada, buscando aprimorá-la no mesmo espírito de antes?".

"Para isso há um método sensato", disse o auxiliar, "que, no entanto, raramente é empregado. O pai deve alçar o filho à condição de coproprietário, deixá-lo participar das tarefas de construir e plantar, permitindo-lhe, como faz consigo mesmo, um arbítrio inofensivo. Assim uma capacidade se entrelaça a outra, sem que ambas cheguem a se unir por inteiro. Um ramo novo pode ser facilmente enxertado num tronco velho a que nenhum galho já crescido se liga."

No momento em que o auxiliar se viu obrigado a se despedir, alegrou-se por Charlotte dirigir-lhe casualmente uma palavra afável, reafirmando-lhe assim seu apoio. Havia muito que estava fora de casa, mas hesitava em partir. Sua indecisão durou até perceber claramente que teria de esperar pelo fim da gravidez de Charlotte antes que pudesse aguardar uma resolução sobre Ottilie. Curvou-se às circunstâncias e, com essas perspectivas e esperanças, voltou à companhia da diretora.

O parto de Charlotte aproximava-se. Agora ela se mantinha mais tempo reclusa em seu quarto. As mulheres que se reuniam em torno dela eram suas amigas mais íntimas. Ottilie cuidava da casa, enquanto mal podia pensar naquilo que fazia. Resignara-se completamente; seu desejo era continuar ajudando Charlotte, a criança e Eduard, na medida de suas forças, embora não soubesse como isso seria possível. Nada poderia salvá-la da completa loucura senão o desempenho diário de suas obrigações.

Um menino veio ao mundo, em plena saúde, e as mulheres foram unânimes em dizer que o bebê era, sem tirar nem pôr, o retrato do pai. A exceção foi Ottilie, que, intimamente, discordou dessa apreciação no momento mesmo em que agradecia à parteira e saudava ternamente a criança. Charlotte já se ressentira da ausência do marido por ocasião das tratativas para o casamento da filha; agora ele não presenciava também o nascimento do filho; não determinaria o nome pelo qual a criança seria chamada.

O primeiro dentre os amigos a trazer pessoalmente seus votos de felicidade foi Mittler, que encarregara seus emissários de informá-lo imediatamente da novidade. Chegou e o fez de modo bastante descontraído. Mal se preocupando em esconder seu triunfo diante de Ottilie, exprimia-se em voz alta ao conversar com Charlotte; ele era de fato a pessoa que podia afastar toda aflição e todos os obstáculos que porventura se erguessem naquele momento. O batismo não devia ser adiado por muito tempo. O velho pastor, já com um pé na cova, haveria de ligar o passado ao futuro por meio de sua bênção. A criança devia receber o nome de Otto; não podia ostentar outro que não o do pai e do amigo.

A decidida intromissão desse homem era necessária para afastar uma centena de receios, objeções e hesita-

AS AFINIDADES ELETIVAS

ções, a paralisação e a presunção de se saber mais e melhor, as oscilações e as opiniões que mudam e tornam a ser o que eram, pois numa ocasião como essa o temor que se aplaca é substituído geralmente por outro, e, enquanto se deseja contemplar todas as expectativas, algumas acabam por se frustrar.

Mittler incumbiu-se de todas as participações do nascimento e dos convites para o batismo. As cartas deviam ser redigidas de imediato, pois ele desejava ardentemente anunciar ao resto do mundo, por vezes tão malévolo e maledicente, uma felicidade que julgava deveras significativa para a família. Naturalmente os incidentes amorosos recentes não haviam escapado aos ouvidos do público, que, aliás, está sempre seguro de que as coisas acontecem para que se possa falar delas.

A celebração do batizado devia ser digna, mas íntima e breve. Os celebrantes chegaram juntos; como padrinhos, Ottilie e Mittler haviam de carregar a criança. Amparado por um sacristão, o velho sacerdote adentrou o recinto a passos lentos. Encerraram-se as orações; a criança foi posta nos braços de Ottilie, e ela, inclinando-se afetuosamente sobre o pequeno, muito se espantou ao mirar seus olhos abertos, pois acreditava estar contemplando os seus próprios; uma semelhança como aquela haveria de surpreender qualquer um. Mittler, que recebeu a criança em seguida, pasmou-se da mesma maneira no instante em que percebeu uma visível semelhança nas formas do menino, dessa feita com o capitão, algo que jamais lhe ocorrera.

A debilidade do velho e bom pastor impedira-o de realizar uma cerimônia que extrapolasse os limites de uma liturgia singela. Mas Mittler, estimulado pelo assunto, lembrou-se de sua antiga ocupação e, ademais, ele cultivava o hábito de, em cada caso, refletir sobre o modo como iria falar e se exprimir. Dessa feita, via-se ainda mais desimpedido por se achar em meio a um grupo pequeno, constituído de amigos próximos. Ao findar o serviço religioso, colocou-se comodamente no lugar do pastor e passou a falar com alegria de suas obrigações de padrinho e de suas expectativas, e seu discurso parecia não ter fim, pois acreditava notar um sinal de aprovação no semblante satisfeito de Charlotte.

Que o bom e velho pároco gostaria de se sentar é algo que não passou pela cabeça do efusivo orador; tampouco este podia imaginar que estava prestes a provocar um desconforto ainda maior. Após discorrer enfaticamente sobre relação de cada um dos presentes com a criança, pondo assim à prova a serenidade de Ottilie, voltou-se ao ancião com as seguintes palavras: "Agora, Senhor, despede em paz o teu servo, porque os meus olhos já viram a tua salvação".

Estava prestes a encerrar sua fala brilhantemente, mas viu que o velho — a quem ele estendia a criança —, após inclinar-se para ela, repentinamente tombou para trás. Mal houve tempo de ser amparado na queda; trouxeram-no a uma poltrona, mas os presentes, a despeito de todo auxílio prestado, perceberam que estava morto.

Observar e refletir sobre o nascimento e a morte, o esquife e o berço, postos um ao lado do outro, e acolher essa oposição monstruosa não apenas com a imaginação, mas com os próprios olhos: isso impunha uma dura tarefa aos presentes, tanto mais pelo modo repentino como tudo se passara. Apenas Ottilie, com uma espécie de inveja, mirava o ancião adormecido, que mantinha uma expressão amável e atraente. Extinguia-se a vida na alma da jovem; por que haveria de se conservar o corpo?

Se, por vezes, as ocorrências desagradáveis do dia conduziam-na a uma reflexão sobre a efemeridade, sobre a separação e a perda, curiosas aparições noturnas encarregavam-se de consolá-la, garantindo-lhe que o amado estava vivo, além de assegurar e animar sua própria existência. À noite, quando se punha na cama, e seu espírito, embalado por um doce sentimento, oscilava en-

AS AFINIDADES ELETIVAS

tre o sono e a vigília, parecia-lhe que estava a mirar um espaço bastante claro, mas iluminado com suavidade. Aí contemplava Eduard com toda nitidez; ele não estava vestido com a roupa de costume, envergava antes um uniforme de combate; apresentava-se cada vez numa postura distinta, mas sempre de maneira absolutamente natural, que nada tinha de fantástico: de pé, caminhando, deitado ou posto a cavalgar. A figura, retratada até seus ínfimos detalhes, movia-se docilmente diante dela, sem que ela tivesse de se empenhar por isso, sem que tivesse de exercer sua própria vontade ou forçar a imaginação. Por vezes, via-o cercado por alguma coisa que se movia, mais escura que o fundo claro, mas não podia distinguir nitidamente a silhueta daquilo que poderia ser a imagem de pessoas, cavalos, árvores ou montanhas. Em geral, adormecia durante a aparição e quando, depois de uma noite tranquila, acordava, sentia-se revigorada e consolada; convencia-se de que Eduard ainda vivia, que ela ainda mantinha com ele a relação mais íntima.

IX

A primavera chegou tarde, porém mais célere e jovial que de costume. Agora Ottilie deparava no jardim os frutos de seu desvelo; tudo germinava, enverdecia e florescia no momento azado; aquilo que fora preparado em tabuleiros e estufas bem-arrumados era exposto agora à ação externa da natureza; e tudo o que havia para fazer e cuidar deixou de ser apenas uma promissora fadiga, como até então, e infundia um delicioso sentimento de prazer.

Quanto ao jardineiro, porém, Ottilie tinha de consolá--lo das lacunas que a brutalidade de Luciane deixara em alguns vasos de plantas, da simetria quebrada na copa de algumas árvores. Dizia-lhe que em breve tudo se restabeleceria, mas ele tinha um senso muito agudo, um conceito muito apurado de seu ofício para que essas palavras de conforto pudessem animá-lo. Da mesma maneira que um jardineiro não pode se distrair com outros interesses e passatempos, assim também não deve ser interrompido o tranquilo processo que a planta inicia rumo a sua consumação, seja ela duradoura ou efêmera. As plantas semelham o homem obstinado, do qual tudo obtemos quando o tratamos de acordo com seu temperamento. De nenhum outro senão dele esperamos com tanta confiança o olhar tranquilo e a serena sensatez, e de nenhum outro esperamos que, a cada estação do ano e a cada momento, faça o que tem de ser feito.

O bom homem possuía essas qualidades em grande medida; por essa razão Ottilie gostava muito de laborar a seu lado. Mas havia algum tempo ele já não podia exercer à vontade seu verdadeiro talento, pois, embora soubesse lidar com tudo aquilo que se relacionasse ao cultivo das árvores e da horta, e pudesse cuidar perfeitamente de um velho jardim ornamental — ainda que, em geral, ninguém seja profícuo em todas as tarefas —, e embora pudesse concorrer com a própria natureza no tratamento dispensado às laranjeiras, aos bulbos, aos pés de cravo e de orelhas-de-urso, ele não se interessava pelas novas árvores ornamentais nem pelas flores da moda, e tinha uma espécie de aversão pelo infinito campo que se abria na botânica da época, com seus estranhos nomes que soavam a zumbidos e o aborreciam. Aquilo que os patrões haviam ordenado no ano anterior ele considerara esforço vão e desperdício, sobretudo ao constatar o perecimento de espécimes preciosos; além disso, não se dava bem com os mercadores de plantas, que a seus olhos não serviam honestamente.

Depois de algumas tentativas, conseguiu elaborar um plano, que contou com o decidido apoio de Ottilie, sobretudo porque pressupunha a volta de Eduard, cuja ausência, nesse e noutros casos, era cada vez mais sentida.

À medida que as plantas deitavam suas raízes e seus ramos iam brotando, Ottilie se sentia mais e mais ligada àquele chão. Havia exatamente um ano, chegara ali como uma estranha, como um ser insignificante. Quantas coisas não havia conquistado desde então! Infelizmente, porém, nesse mesmo tempo, perdera uma porção delas! Nunca fora tão rica, nunca tão pobre. Os sentimentos de riqueza e pobreza alternavam-se a todo instante, a ponto de se embaralharem completamente, de modo que ela não via outro remédio senão o de se aferrar àquilo que estava próximo de si, com interesse e até mesmo paixão.

Podemos bem imaginar que ela cuidasse com redobrado zelo das coisas que Eduard apreciava. Afinal, por que não haveria de esperar que ele voltasse e externasse sua gratidão por todo o cuidado demonstrado em sua ausência?

Sem embargo, tinha ainda outro motivo para agir em favor de Eduard. Assumira decididamente os cuidados do recém-nascido; ia se tornando sua guardiã mais próxima, sobretudo porque ele não fora entregue a uma ama de criação, ficando decidido que seria alimentado com leite e água. Naquela bela estação do ano, a criança devia gozar do ar livre; assim, ela mesma a trazia para fora. Dormindo, alheio ao ambiente, o bebê era levado por ela a passeios entre as flores e os botões que um dia sorririam para sua meninice. Seguiam ambos em meio aos arbustos que germinavam, plantas que em seu frescor pareciam destinadas a acompanhá-lo em seu crescimento. Olhando a sua volta, ela notava perfeitamente as circunstâncias auspiciosas em que o pequeno viera ao mundo, pois um dia quase tudo aquilo que a vista podia abarcar pertenceria a ele. Era sumamente desejável que o menino se desenvolvesse sob a vista do pai e da mãe e ratificasse uma união renovada e feliz!

Ottilie sentia tudo isso com tamanha pureza, que considerava a situação realmente decidida, e já não se via como integrante desse círculo. Sob o céu límpido e à luz de um sol resplandecente, percebia com clareza que seu amor, para ser completo, teria de se tornar absolutamente desprendido; em certos momentos, acreditava ter atingido esse nível de abnegação. Desejava apenas o bem-estar do amigo; pensava ser capaz de renunciar a ele, de até mesmo nunca mais tornar a vê-lo, se soubesse que era feliz. Não obstante, intimamente resolvera que jamais pertenceria a outro.

Cuidou-se para que o outono fosse tão magnífico quanto a primavera. As chamadas plantas estivais, aquelas que durante o outono não cessam de florescer e, com atrevimento, arrostam o frio, em especial as sécias, todas foram ricamente semeadas e, plantadas por toda parte, deviam constituir um céu constelado sobre a face da terra.

Do diário de Ottilie

É com prazer que registramos em nosso diário o belo pensamento achado numa leitura ou alguma coisa que surpreendeu nossos ouvidos. Mas ficaríamos muito ricos se nos déssemos ao trabalho de assinalar nas cartas dos amigos os comentários singulares, as opiniões originais, as palavras espirituosas apenas esboçadas. Guardamos uma carta para nunca mais abri-la; finalmente, por discrição, nós a destruímos, e assim, irremediavelmente, desaparece para nós e os demais o sopro de vida mais direto e formoso. Pretendo corrigir essa falha.

Assim, mais uma vez, o anual conto de fadas repete--se desde o início. Graças a Deus, agora estamos diante de seu capítulo mais adorável. As violetas e os lírios se apresentam como seus cabeçalhos ou vinhetas. É sempre agradável folhear o livro da vida e contemplá-los em suas páginas.

Repreendemos os pobres, especialmente os menores de idade, quando se põem na rua a mendigar. Ninguém percebe que se tornam ativos assim que têm algo para fazer? Mal a natureza exibe seus generosos tesouros e as crianças a seguem para se dedicar a um ofício; então nenhuma delas mendiga mais, cada uma estende a você um ramalhete de flores; uma criança as colheu antes mesmo de você despertar do sono, e aquela que pede olha para você de modo tão gentil quanto sua dádiva. Ninguém parece miserável quando se sente no direito de exigir alguma coisa.

Por que às vezes o ano é tão breve e, às vezes, tão longo? Por que parece tão breve e tão longo em nossa lembrança? Para mim o passado assume essa feição, e no jardim, mais do que em qualquer outro lugar, surpreende-me o modo como o efêmero e o duradouro se entrelaçam. E no entanto nada é tão fugaz que não deixe um vestígio atrás de si, algo que se lhe assemelhe.

Gozamos também o inverno. Acreditamos que nos desenvolvemos com maior liberdade quando, diante de nossos olhos, as árvores se apresentam espectrais e transparentes. Não são nada, mas também nada encobrem. De modo contrário, quando surgem os botões e as flores, tornamo-nos impacientes até que vingue toda a ramada, até que a paisagem tome corpo e a árvore assuma uma forma palpável.

Tudo aquilo que, à sua maneira, é perfeito deve exceder sua própria contingência, deve tornar-se outra coisa, tornar-se incomparável. Ao emitir certos sons, o rouxinol é um pássaro como os demais; em seguida, porém, ele se eleva acima de sua classe e parece querer mostrar aos outros seres plumados o que significa de fato cantar.

Uma vida sem amor, sem a proximidade do amado, é apenas uma *comédie à tiroir*, uma peça ruim, perdida entre os guardados. Tiramos essas peças da gaveta, uma após outra, guardamo-las de volta e corremos para a próxima. Nesse caso, aquilo que é bom e significativo mal apresenta alguma coerência. Sempre temos de começar pelo começo e sempre queremos chegar ao fim.

X

De sua parte, Charlotte sente-se bem e feliz. Alegra-se com o menino robusto, cuja figura promissora enche-lhe os olhos e a alma a cada instante. Por seu intermédio, estabelece uma nova relação com o mundo e com as terras. Sua antiga operosidade retorna; para onde quer que olhe, vê o quanto fora realizado no ano anterior e se compraz com a fatura. Movida por um impulso interno, sobe até a cabana na companhia de Ottilie e do bebê; e, enquanto o acomoda numa pequena mesa, como que a pô-lo num altar doméstico, vê dois lugares ainda vazios e recorda os tempos idos, e então uma nova esperança surge para ela e Ottilie.

Mulheres jovens podem observar esse ou aquele rapaz, perguntando-se em segredo se o desejam como marido; mas a pessoa que tem de se preocupar com uma filha ou uma pupila estende seu olhar sobre um círculo mais amplo. Foi o que se passou nesse instante com Charlotte, para quem uma ligação do capitão com Ottilie não parecia algo impossível, recordando então o passado, quando se sentavam juntos nessa mesma cabana. Fora informada de que, mais uma vez, frustrara-se aquela perspectiva de um casamento vantajoso.

Charlotte retomou a caminhada subindo colina acima, e Ottilie carregava a criança. Aquela se entregou a algumas considerações. Os naufrágios ocorrem também em terra firme; recobrar-se deles o mais rápido possível é uma ação bela e digna de louvor. Seria a vida afinal avaliada apenas por suas perdas e ganhos? Quem há de fazer planos sem ser molestado por eles? Quão frequentemente tomamos um caminho para sermos dele desviados! Quão frequentemente somos afastados do objetivo firmemente fixado para alcançar outro mais elevado! Para sua grande decepção, o viajante vê quebrar-se a roda no meio do caminho, e então esse acaso infeliz abre-lhe a possibilidade de travar as relações mais encantadoras e estabelecer amizades que o influenciarão para o resto de seus dias. O destino contempla nossos desejos, mas faz isso a seu modo, a fim de nos oferecer algo que está acima deles.

Esses e outros pensamentos acompanhavam Charlotte quando ela chegou à nova edificação no alto da colina; e esta foi totalmente aprovada, pois os arredores eram muito mais bonitos do que se pudera imaginar. Todo detalhe incômodo fora removido, toda a beleza da paisagem, tudo aquilo que a natureza e o tempo haviam operado sobressaíam sem nenhum estorvo e atraíam o olhar, e as novas mudas verdejavam, destinadas a preencher lacunas e a unir graciosamente as partes isoladas.

A casa estava praticamente pronta para ser habitada; a vista que ela franqueava, especialmente aquela oferecida pelos aposentos superiores, era muitíssimo variada. Quanto mais se observava a paisagem, mais belezas se exibiam. Que efeitos haveriam de produzir ali as diversas horas do dia, sob a luz do sol e da lua! O lugar era extremamente convidativo, e rapidamente a vontade de criar e construir voltou a despertar no espírito de Charlotte, uma vez que se concluíra o trabalho bruto! Um marceneiro, um tapeceiro, um pintor acostumado ao manuseio de moldes e à douração: bastaram esses trabalhadores e em pouco tempo a construção estava acabada. A adega e a cozinha foram logo equipadas, pois, longe do castelo, era preciso guarnecer a casa para toda e qualquer eventualidade. E assim as mulheres passaram a morar lá em cima

AS AFINIDADES ELETIVAS

juntamente com a criança, e em breve o lugar constituiu um novo centro que lhes oferecia passeios surpreendentes. Nesse terreno mais elevado elas fruíam com especial prazer o ar livre e fresco daqueles formosos dias.

O caminho predileto de Ottilie, que ela percorria ora sozinha, ora com o menino, descia até os plátanos por uma trilha confortável que levava até o ponto onde se achava amarrado um dos botes utilizados para a travessia do lago. Ela gostava de passear de vez em quando com a pequena embarcação, mas sem trazer a criança consigo, pois Charlotte se tornava apreensiva. Não deixava também de procurar o jardineiro todos os dias no horto do castelo, partilhando cordialmente com ele o cuidado de seus incontáveis fitodiscípulos, que agora se expunham ao ar livre.

Nessa época prazenteira, Charlotte recebeu uma visita que lhe chegou bem a propósito. Tratava-se de um inglês que conhecera Eduard enquanto viajava, tendo tido a oportunidade de encontrá-lo mais de uma vez. Agora, estava curioso para ver os arranjos paisagísticos de que ouvira falar tão bem. Trazia uma carta de recomendação do conde e apresentou seu acompanhante, um homem taciturno, mas muito afável. Ao percorrer as adjacências do castelo, guiado ora por Charlotte e Ottilie, ora pelos jardineiros e caçadores, e frequentemente escoltado pelo companheiro de viagem, seus comentários demonstravam que era um entusiasta e conhecedor desse tipo de parques e jardins, com a experiência de já ter se ocupado de alguns deles. Embora não fosse moço, interessava-se vivamente por tudo aquilo que pudesse adornar a existência e imprimir-lhe significado.

Foi depois de sua chegada que as mulheres passaram a fruir de fato aquele ambiente. Seu olhar treinado percebia o efeito de cada elemento da paisagem em todo seu frescor, e ele se deleitava com essa visão, sobretudo por não ter conhecido previamente a região, mal podendo discernir entre aquilo que era fruto da intervenção humana e aquilo que era dádiva da natureza.

Podemos dizer que o parque crescia e se enriquecia por meio de seus comentários. De antemão ele notou o quanto prometiam as novas mudas que ali se desenvolviam. Não lhe escapava à observação nenhum canto em que despontasse ou se insinuasse alguma beleza. Aqui, ele apontava para uma fonte que, devidamente limpa, seria decerto a joia de todo um pedaço do bosque; ali, indicava uma gruta que, desobstruída e ampliada, proveria um agradável retiro; bastava a derrubada de umas poucas árvores para que daí se avistasse um magnífico paredão rochoso. Desejou boa sorte às moradoras na consecução daquilo que ainda restava por fazer e pediu que não se apressassem, aconselhando-as a guardar para os anos vindouros o prazer de criar e ordenar tudo aquilo.

De resto, fora dos momentos de convívio, jamais se tornava inoportuno, pois ocupava a maior parte do dia no desenho das vistas pitorescas do parque, bem como de sua captura por meio de uma câmara escura portátil; era assim que conservava para si e para os outros o fruto de suas viagens. Havia anos, dedicava-se ao registro de uma série de lugares significativos, tendo constituído uma coleção deveras interessante e agradável. Ele mostrou às damas um grande portfólio que sempre trazia consigo e as entreteve com as imagens e sua explicação. Em seu isolamento, elas se deleitaram ao percorrer o mundo de maneira tão confortável e ver passar diante de seus olhos ribeiras e portos, montanhas, lagos e rios, cidades, castelos e outros sítios historicamente relevantes.

Cada uma delas tinha uma curiosidade particular. Charlotte interessava-se pelos aspectos mais gerais, especialmente pelos lugares assinalados pela história, enquanto Ottilie preferia ater-se àqueles sobre os quais Eduard contara tantas coisas; tratava-se de locais em que ele gostava de ficar a aos quais ele tantas vezes regressara, pois, a sua volta ou em lugares remotos, todo homem depara certas peculiaridades que o atraem, as quais — em con-

AS AFINIDADES ELETIVAS

formidade com seu temperamento e em virtude de uma primeira impressão, de certas circunstâncias e hábitos adquiridos — acabam por se lhe tornar especialmente caras e fascinantes.

A jovem perguntou então ao lorde qual era o lugar que ele mais apreciava e onde gostaria de morar caso lhe fosse dado escolher. Ele indicou mais de uma região, narrando em seu francês particularmente acentuado as experiências aí vividas que tornavam esses locais caros e preciosos para ele.

Contudo, indagado pelo lugar onde habitualmente residia, aonde realmente gostava de voltar, disse sem rodeios e para surpresa de suas ouvintes:

"Adquiri o costume de me sentir em casa em toda parte, e não imagino situação mais confortável do que a de deixar que os outros construam e plantem por mim e me façam as honras da casa. Não sinto falta de minhas propriedades, em parte por motivos políticos, mas sobretudo porque meu filho, para quem tudo preparei, para quem eu esperava legar esse patrimônio — usufruindo-o quem sabe, um dia, a seu lado —, não se interessa minimamente por ele; meu herdeiro foi à Índia para, como tantos outros, dedicar sua vida a coisas mais elevadas ou, talvez, desperdiçá-la.

"Decerto, investimos mais do que deveríamos quando preparamos o terreno de nossa existência. Em vez de logo nos contentarmos com uma condição que nos seja razoável, elevamos nossas pretensões para tão somente nos vermos numa situação cada vez mais desconfortável. Quem agora usufrui de minhas edificações, de meu parque e meus jardins? Não sou eu nem nenhum dos meus: são hóspedes desconhecidos, curiosos, inquietos viajantes.

Mesmo com muitos recursos, nunca nos sentimos perfeitamente instalados, sobretudo quando estamos no campo, onde nos faltam itens a que nos acostumamos na cidade. O livro que desejamos avidamente, não o temos à mão, e não estamos providos justamente daquilo de que mais carecemos. Edificamos nosso lar, mas em seguida temos de deixá-lo, e, se não o fazemos de livre e espontânea vontade, acabamos por fazê-lo em virtude das circunstâncias, paixões, acasos, necessidades ou seja lá o que for."

O lorde não suspeitava do quão profundamente as amigas haviam sido tocadas por suas considerações. Quão frequentemente incorremos nesse perigo ao fazermos um comentário de ordem geral, mesmo numa roda cujos relacionamentos nos são familiares! Para Charlotte não constituía novidade a ofensa assim casual, vinda da parte de alguém dotado de boa vontade e bons sentimentos. Aliás, o mundo se lhe afigurava tão nítido, que não se sentia particularmente ferida, mesmo depois que alguém, de modo impensado e descuidado, obrigava-a a dirigir sua atenção para este ou aquele ponto menos agradável. Ottilie, pelo contrário, podia desviar os olhos; sua jovem consciência ainda estava em formação e ela mais suspeitava que enxergava. Tinha mesmo de se abster daquilo que não podia ou não devia ver. Essa conversa íntima, entretanto, colocou-a numa situação deplorável, pois de modo violento arrancavam-lhe um gracioso véu, e lhe pareceu que fora vão todo o trabalho executado na casa e no pátio, no jardim e no parque, e ainda nas redondezas do castelo, pois aquele a quem tudo isso pertencia não usufruía dessas realizações; tanto quanto o visitante que ora recebiam, o ausente fora forçado pelos entes mais próximos e queridos a vagar pelo mundo, tendo, na verdade, de se lançar ao mais arriscado de todos. Estava acostumada a ouvir e calar, mas dessa feita achava-se numa situação realmente lastimável, que mais se agravava do que melhorava à medida que prosseguia a fala do estranho, proferida com serena propriedade e circunspecção.

"Agora", disse ele, "acredito estar no caminho certo, pois me vejo sempre como um viajante que renuncia a muitas coisas para poder gozar de outras. Acostumei-me

AS AFINIDADES ELETIVAS

à mudança; ela se tornou uma necessidade para mim, tal como a decoração da ópera, que desejamos ver renovada, exatamente porque já tivemos a oportunidade de vê-la tantas vezes. Sei o que posso esperar da melhor e da pior hospedaria; seja boa ou ruim, jamais deparo ali as coisas costumeiras, e, afinal, não importa se dependo completamente de um hábito necessário ou de um caprichoso acaso. Pelo menos não me aborreço quando um objeto está maldisposto ou se perdeu, quando não se pode utilizar uma sala de uso diário porque necessita de reparos, tampouco quando uma xícara de estimação se quebra e eu, por um bom tempo, não sinto prazer em beber de nenhuma outra. Estou livre dessas contingências, e, se a casa começa a arder sobre minha cabeça, meus criados tranquilamente fazem as malas, metem-nas no bagageiro, e deixamos o pátio e a cidade. Se não erro no cálculo — e levando em conta essas vantagens —, ao findar-se o ano os gastos que tive não superam aqueles que eu teria tido em minha própria casa."

Ao ouvir essa descrição, Ottilie tinha apenas Eduard diante de si; via como também ele, em meio a privações e fadigas, transitava por caminhos pedregosos, dormia ao relento, expondo-se ao perigo e à necessidade, e, em meio à aventura e ao desamparo, já se habituara a viver sem lar e sem amigos, despojando-se de tudo para não ter mais o que perder. Felizmente o pequeno grupo se dissolveu por um instante. Ottilie achou um canto solitário para chorar suas mágoas. Jamais uma dor tão lancinante a afligira como essa clara visão, que ela procurava tornar ainda mais aguda, assim como nos torturamos quando estamos a caminho de ser torturados.

A situação de Eduard pareceu-lhe tão periclitante e deplorável que, custasse o que custasse, decidiu fazer todo o possível para que ele se reconciliasse com Charlotte, ocultando sua dor e seu amor em algum lugar tranquilo e sublimando seus sentimentos com uma ocupação qualquer.

Nesse ínterim, o acompanhante do lorde, um homem sensato, tranquilo e bom observador, notara o desacerto na conversa e apontou ao amigo a semelhança de ambas as situações. Este nada sabia das relações pessoais no seio da família. Mas aquele, que na viagem interessava-se sobretudo pelos eventos singulares, causados por circunstâncias naturais ou artificiais, pelo conflito entre as regras e os impulsos desenfreados, entre a razão e a inteligência, a paixão e o preconceito, aquele já estava a par das circunstâncias domésticas, daquilo que havia acontecido e ainda estava a acontecer.

O lorde lamentou a indiscrição, mas não se perturbou. Numa roda social, era preciso permanecer absolutamente calado se se quisesse evitar esse risco, pois não apenas os comentários significativos, mas também as observações mais triviais podem soar desagradáveis aos presentes. "Vamos reparar o deslize hoje à noite, abstendo-nos de temas gerais", disse o lorde. "Conte-nos algumas das belas e deliciosas anedotas com que você tem enriquecido seu portfólio e sua memória durante nossa viagem!"

Entretanto, a despeito de suas melhores intenções, os visitantes não foram capazes de alegrar as amigas com uma conversa inocente. Depois de despertar a atenção e atrair ao máximo a simpatia das anfitriãs, contando-lhes algumas histórias singulares, notáveis, bem-humoradas, comoventes e terríveis, o acompanhante resolvera encerrar sua fala com um caso estranho, porém ameno, sem suspeitar das afinidades que a narrativa guardava com a história de suas ouvintes.

As curiosas crianças vizinhas
Uma novela

Dois vizinhos, um menino e uma menina, filhos de famílias importantes, ambos com idades que lhes abririam um dia a possibilidade de se casarem, cresceram juntos sob esse belo augúrio, e seus pais compraziam-se com a perspectiva de uma futura união. Porém, logo se viu que o projeto ameaçava fracassar, pois uma singular aversão surgira entre as duas primorosas criaturas. Talvez elas fossem demasiado parecidas. Voltadas para si mesmas, cônscias de suas vontades, firmes em seus propósitos, cada uma delas era amada e respeitada pelos amigos. Sempre rivais quando estavam juntas, sempre se excluindo em tudo o que faziam, molestavam-se onde quer que se encontrassem. Jamais competiam por um objetivo, mas viviam em permanente disputa. Eram absolutamente gentis e amáveis; só se tornavam rancorosas, verdadeiramente malévolas, quando se relacionavam entre si.

Essa estranha relação, que já se revelara nos folguedos infantis, ia se mantendo com o passar dos anos. E como para guerrear os meninos costumam se dividir em grupos opostos, certa feita a menina, obstinada e rancorosa, pôs-se à frente de um exército e combateu as forças inimigas com tamanha violência que elas teriam fugido vergonhosamente não fosse a intervenção do grande antagonista, que se portou com muita bravura, chegando por fim a desarmá-la e prendê-la. Nessa hora, porém, ela ainda se defendia tenazmente, e ele, para proteger os próprios olhos e não machucá-la, teve de rasgar seu lenço de seda e atar às costas as mãos da prisioneira.

Ela nunca o perdoou por isso e passou a tramar toda sorte de ardis que lhe pudessem causar algum dano. Assim os pais de ambas as crianças, havia longo tempo cientes dessa curiosa paixão, conversaram entre si e resolveram separar os dois espíritos rivais e renunciar àquela doce esperança.

O menino logo sobressaiu em seu novo círculo de amizades, distinguindo-se em toda sorte de estudos. Alguns amigos e a própria vocação destinaram-no à carreira militar. Onde quer que estivesse, era amado e respeitado por todos. O excelente temperamento parecia contribuir permanentemente para o bem-estar e o conforto dos demais, e ele, ainda que de modo inconsciente, sentia-se de todo feliz por ter perdido o único adversário que a vida pusera em seu caminho.

Por seu turno, a menina ingressou de vez numa nova condição. A idade, a crescente formação e sobretudo um sentimento íntimo afastaram-na dos jogos violentos que até então ela disputara com os meninos. Sem embargo, parecia que algo lhe faltava; não via nada a sua volta que lhe pudesse despertar o rancor. Não achara ainda uma pessoa amável.

Um jovem rapaz, filho de família importante, mais velho que seu antigo vizinho e adversário, detentor de considerável patrimônio e dotado de grande prestígio, amado por todos e cortejado pelas mulheres, passou a devotar-lhe todo seu afeto. Era a primeira vez que um amigo, um enamorado, um verdadeiro servo se colocava a sua disposição. A preferência com que ele a distinguia entre as outras moças, todas elas mais velhas, mais educadas, mais brilhantes e portadoras de melhores credenciais do que ela, fazia-lhe muito bem. A contínua atenção que ele lhe dispensava, sem se mostrar inconveniente; seu leal apoio em diversas situações desagradáveis; o evidente mas tranquilo e apenas esperançoso pedido que ele endereçava a seus pais, pois ela era ainda muito jovem: tudo isso a conquistara. Para tanto contribuía também o fato de as pessoas de seu círculo assumirem o relacionamento como fato consumado. Era tantas vezes tratada por noiva que finalmente ela mesma passou a se sentir assim, e nem ela nem ninguém mais acreditava faltar outra prova que não fosse a troca de alianças com aquele que, havia muito, era tido por seu noivo.

O noivado não apressou o tranquilo andamento que as coisas haviam tomado. Ambas as partes deixaram que tudo transcorresse nesse ritmo suave; todos se ale-

AS AFINIDADES ELETIVAS

gravam com a futura união e desejavam que o momento presente fosse gozado como a primavera de uma vida futura mais séria.

Nesse ínterim, aquele que estivera distante havia logrado um desenvolvimento esplêndido, alcançara merecida posição na carreira e agora vinha em licença para visitar os seus. Mais uma vez, de modo absolutamente natural, mas igualmente curioso, ele se punha no caminho da bela vizinha. Nos últimos tempos, ela havia nutrido apenas sentimentos familiares e de noiva; sentia-se em harmonia com tudo aquilo que a rodeava; pensava ser feliz e o era de certa maneira. Nesse momento, contudo, pela primeira vez depois de longos anos, deparava algo novo diante de si: algo que não era digno de ódio. Tornara-se incapaz de odiar; o ódio infantil, que fora tão somente um obscuro reconhecimento daquilo que ela valia, externava-se agora em alegre perplexidade, em grata contemplação e amável confissão, em aproximação voluntária e semivoluntária, mas necessária, e essa atitude era recíproca. Uma longa separação ensejava agora uma longa conversa. A insensatez infantil oferecia aos jovens amadurecidos ocasião para uma divertida recordação; tudo se passava como se aquele ódio burlesco houvesse de ser compensado pelo tratamento amistoso e cortês, como se aquela violenta recusa ao reconhecimento não pudesse prescindir agora de seu contrário.

Para o rapaz, tudo se mantinha dentro dos limites daquilo que se poderia considerar sensato e razoável. Sua posição social, suas relações, aspirações e ambição ocupavam-no a tal ponto que ele de bom grado aceitava o carinho da bela noiva como um regalo digno de gratidão, sem considerá-lo um vínculo particular consigo mesmo nem invejar a sorte do noivo, com quem, aliás, mantinha as melhores relações.

Para a jovem, entretanto, as coisas corriam de modo inteiramente diverso. Ela parecia despertar de um sonho.

A luta contra o jovem vizinho fora a primeira paixão, e essa dura peleja fora também, sob a forma da resistência, um impetuoso e, por assim dizer, inato sentimento de afeto. Em sua lembrança, tudo se passava como se ela o tivesse amado desde sempre. Ria daquela remota investida, de armas em punho; queria revestir de doçura o momento em que ele a desarmara; imaginava ter sentido a mais agradável sensação ao ser amarrada por ele, e tudo aquilo que havia tramado contra ele se lhe afigurava agora apenas um meio inocente de atrair para si a atenção do pequeno. Execrava a separação, lamentava o sono em que estivera imersa, amaldiçoava a rotina lânguida e distraída que a fizera noiva de alguém tão insignificante; ela se transformara, transformara-se duplamente, em face do passado e do futuro, como se queira.

Se alguém descobrisse seus sentimentos, mantidos em absoluto segredo, e viesse a partilhá-los com ela, esse alguém decerto não a censuraria, pois era evidente que o noivo não estava à altura do vizinho; para isso bastava colocá-los lado a lado. Se não se negava a um o fato de inspirar certa confiança, do outro via-se que a inspirava cabalmente; se um oferecia uma agradável companhia, do outro se desejava a íntima camaradagem, e se, num caso excepcional, se cogitasse de uma cumplicidade mais profunda, bem que se duvidaria da atitude de um, contando-se, porém, com o decidido auxílio do outro. Nessas circunstâncias, as mulheres possuem uma intuição que lhes é congênita, e elas têm motivos e ocasiões para desenvolvê-la.

Quanto mais a bela noiva embalava essas ideias em seu íntimo e quanto menos surgia alguém que dissesse algo em favor do noivo, que a aconselhasse naquela situação, que lhe cobrasse suas obrigações e lhe expusesse claramente a impossibilidade de se alterar a situação, tanto mais a bela alma cultivava a parcialidade; e se de um lado ela se via irremediavelmente atada pela sociedade, pela família, pelo noivo e pelo compromisso que ela mesma assumira, de outro o ambicioso rapaz não fazia segredo de suas ideias, planos e expectativas; ele se revelava tão somente um irmão leal, sem demonstrar nenhum interesse além desse amor fraterno. E agora que se falava da iminente partida do visitante, parecia despertar no coração da jovem o velho espírito infantil, com toda sua perfídia e violência, e assim, num estágio mais avançado da vida, esse espírito se armava, cheio de ressentimento, para agir de modo mais efetivo e daninho. Ela decidiu morrer; aquele que ela odiara e que agora amava ardorosamente seria punido por sua indiferença. Se não podia tê-lo consigo, casar-se-ia eternamente com sua imaginação e remorso; ele não se livraria de sua finada imagem, não se cansaria de se reprovar por não ter reconhecido, perscrutado e estimado seus sentimentos.

Essa curiosa loucura acompanhava-a por toda parte, e ela a ocultava sob todas as formas; e se as pessoas estranhavam seu comportamento, nenhuma delas era suficientemente sábia nem atenta para lhe descobrir o motivo íntimo e verdadeiro.

Enquanto isso, amigos, parentes e conhecidos haviam se esgotado na preparação de diversas festas. Não se passava um único dia sem que se realizasse algo novo e inesperado. Não havia um lugar sequer na paisagem que já não fora enfeitado e preparado para a recepção de numerosos e alegres convivas. Nosso amigo recém-chegado também queria fazer sua parte; convidou o jovem casal e um pequeno círculo de familiares para um passeio no rio. O grupo subiu a uma embarcação grande, bonita e finamente decorada, um desses iates que possuem uma pequena sala e algumas cabines e que procuram oferecer sobre a água o conforto que se desfruta em terra firme.

Embalada pela música, iniciou-se a navegação pelo grande rio. Na hora do calor, os passageiros desceram aos aposentos de baixo para ali se entreter com charadas e jogos de azar. O jovem anfitrião, que jamais ficava parado, assumiu o timão substituindo o piloto, que adormecera a seu lado. O comando exigia-lhe toda a atenção, pois o barco se aproximava de um ponto do rio em que duas ilhas afunilavam a corrente e, ora de um lado, ora de outro, praias de seixos avançavam sobre o canal, impondo riscos à travessia. O cuidadoso e vigilante timoneiro esteve a ponto de acordar o capitão, mas confiava em si mesmo e rumou em direção ao estreito. Nesse instante, sua bela adversária surgiu no convés, com uma coroa de flores nos cabelos. Tirou-a jogando-a sobre o navegador. "Tome-a como recordação!", exclamou. "Não me atrapalhe!", ele respondeu enquanto apanhava o adorno. "Preciso agora de redobrada atenção." "Não voltarei a incomodá-lo", ela disse. "Você não me verá novamente!" Disse isso e correu para a proa da nave, de onde saltou para as águas. Algumas vozes gritaram: "Socorro! Socorro! Ela se afoga!". Ele foi tomado de terrível perplexidade. O velho capitão desperta em meio ao alvoroço e dirige-se ao timão. O jovem vai lhe passar o comando, mas não há tempo para a troca: o barco encalha, e, no mesmo instante, livrando-se das peças mais incômodas da roupa, o jovem pula n'água e nada ao encontro da bela inimiga.

A água é um elemento amistoso para aquele que a conhece bem e sabe tratá-la. Ela o sustentava e ele, hábil nadador, a dominava. Logo alcançou a beldade que era arrastada; apanhou-a, trouxe-a à tona e conduziu-a; ambos foram violentamente levados pela correnteza até que as ilhas ficaram para trás e o rio novamente se tornou largo e remansado. Só então ele se animou e se recuperou do estado inicial de urgência, no qual passara a agir de maneira reflexa e mecânica; ergueu a cabeça, olhou para os lados e nadou como pôde na direção de um ponto brenhoso de terra plana que descia suavemente ao encontro do rio. Levou sua bela presa a essa ribeira; ela, contudo, não apresentava sinais de vida. Ele já caía em desespero; nesse momento, porém, notou uma trilha bem assentada que adentrava a mata. Mais uma vez ele tomou sobre si o precioso fardo; logo avistou uma casa solitária e seguiu em sua direção. Chegando lá, encontrou gente bondosa, um jovem casal. Contou em poucas palavras o acidente e a urgência da hora. Depois de refletir rapidamente, fez alguns pedidos, que foram prontamente atendidos. Acendeu-se um pequeno fogo; mantas de lã foram estendidas sobre uma cama; trouxeram-se peles e cobertas de couro a toda pressa. O afã de salvar sobrepujava qualquer outra consideração. Não se negligenciou nenhuma providência que pudesse trazer de volta à vida aquele corpo belo, desnudo e semiestático. Ele reagiu. A jovem abriu os olhos, contemplou o amigo, enlaçou-lhe o pescoço com seus braços sublimes. Permaneceu assim por longo tempo; uma torrente de lágrimas inundou-lhe os olhos, completando assim sua recuperação. "Você vai me deixar?", ela exclamou, "vai me deixar agora, no momento em que eu o reencontro?" "Jamais!", ele respondeu. "Jamais!", e já não sabia o que dizia nem o que fazia. "Poupe-se!", ele acrescentou, "poupe-se! Pense em você, por sua e por minha causa."

Ela se voltou então para si mesma e só então percebeu o estado em que se achava. Não se envergonhava diante de seu amado e salvador, mas despediu-o de boa vontade para que ele pudesse cuidar de si mesmo; estava encharcado, a água ainda lhe escorria pelo corpo.

Os jovens cônjuges conversaram entre si; o marido ofereceu ao rapaz, e a mulher, à bela dama, seus trajes de casamento, que estavam pendurados, ainda completos, podendo cobrir um casal da cabeça aos pés. Em pouco tempo, os dois aventureiros estavam não apenas vestidos, mas também enfeitados. Sua aparência era magnífica; quando se viram juntos de novo, ficaram encantados e se atiraram com sofreguidão aos braços um do outro, rindo, porém, da fantasia que vestiam. Rapidamente, a força da juventude e a vivacidade do amor restabeleceram-nos por completo; faltava apenas música para convidá-los à dança.

Ver-se transportado da água a terra firme, da morte à vida, do círculo familiar a um deserto, do desespero ao enlevo, da indiferença à afeição e à paixão, tudo isso num piscar de olhos — a cabeça não seria capaz de compreendê-lo; iria explodir ou se perder. Nesse ponto compete ao coração o esforço de suportar tamanha surpresa.

Completamente perdidos um no outro, apenas depois de algum tempo puderam pensar na aflição dos que haviam ficado para trás, e também era com muito receio e preocupação que agora pensavam no modo como iriam reencontrá-los. "Vamos fugir? Vamos nos esconder?", perguntou o rapaz. "Ficaremos juntos", disse ela, enlaçando-lhe o pescoço.

O camponês, que deles recebera a informação sobre o barco encalhado, correu à ribeira, sem cobrar mais explicações. Com muito esforço a embarcação se desprendera; navegava agora sem rumo certo, na esperança de encontrar os que haviam se perdido. Gritando e acenando, o camponês procurava chamar a atenção dos navegantes; correu para um lugar que oferecia uma atracagem segura e não cessou de gritar e gesticular até que o barco apontou para aquela margem. Que espetáculo se apresentou quando aquela gente pôs os pés na praia! Os pais dos dois prometidos foram os primeiros a descer. O apaixonado noivo quase perdera a consciência. Mal se ouvira a notícia de que os filhos estavam salvos, os dois surgiram da mata vestindo aquela singular indumentária. Não foram reconhecidos até que chegaram bem perto. "Quem vejo?", perguntaram as mães, com espanto. "Que vejo?", perguntaram os pais.

Os resgatados lançaram-se a seus pés. "Seus filhos!", exclamaram os jovens. "Um casal." "Perdão!", suplicou a moça. "Deem-nos sua bênção!", pediu o rapaz. "Deem-nos sua bênção!", exclamaram os dois, uma vez que todos se calavam, perplexos. "Sua bênção!", soou aquela voz pela terceira vez; e quem haveria de lhes recusar o que pediam?

XI

O narrador fez uma pausa, ou melhor, já havia terminado, quando notou que Charlotte estava profundamente comovida; ela se ergueu e abandonou a sala, com um calado pedido de desculpas, pois conhecia aquele enredo. A história havia de fato acontecido, envolvendo o capitão e uma vizinha, não exatamente como o inglês a contara, mas conservando seus aspectos essenciais; apenas alguns detalhes se apresentavam mais bem-acabados e floreados, como sói acontecer nesses casos, quando os fatos caem na boca do povo e em seguida ganham novo alento na fantasia de um narrador espirituoso e de bom gosto. Por fim, resta tudo e nada daquilo que aconteceu.

Ottilie seguiu Charlotte, como desejavam os dois estrangeiros; o lorde comentou então a possibilidade de que ele houvesse novamente incorrido no erro de contar uma história já conhecida ou até mesmo íntima da família. "Devemos nos precaver de causar maiores danos", disse. "Em troca de tantas coisas boas e agradáveis que aqui gozamos, parece que oferecemos tão somente a infelicidade às moradoras do castelo; achemos um modo decente de nos despedirmos."

"Devo confessar", replicou o acompanhante, "que outra coisa me prende aqui, e eu não gostaria de deixar esta casa sem obter uma explicação detalhada para isso. Ontem, quando percorríamos o parque munidos da câmara escura portátil, milorde estava deveras ocupado na escolha de um lugar verdadeiramente pitoresco e, sem perceber o que se passava a seu lado, desviou-se do caminho principal com o fito de chegar a um sítio pouco visitado à beira do lago, onde se apresentava uma esplêndida vista. Ottilie, que nos acompanhava, hesitou em seguir conosco e pediu para ir de canoa até lá. Embarquei com ela e tive a alegria de constatar a habilidade de nossa bela anfitriã ao manejar o remo. Assegurei-lhe que desde a época em que estive na Suíça, onde mesmo as moças mais encantadoras tomam o lugar do canoeiro, eu não fora embalado sobre as ondas de maneira tão agradável. Não pude, contudo, deixar de perguntar por que ela não quisera percorrer a trilha que margeava o lago, pois, ao se esquivar desse caminho, ela demonstrou uma espécie de amedrontado embaraço. 'Se não rir de mim', ela replicou gentilmente, 'posso lhe dar algumas razões, embora isso encerre um segredo também para mim. Jamais percorri essa via sem que fosse acometida por um estremecimento bastante singular que não experimento em nenhum outro lugar e que não posso explicar. Procuro evitar essa sensação, sobretudo porque a ela sobrevém uma dor no lado esquerdo da cabeça, que surge também em outras ocasiões.' Desembarcamos, Ottilie conversou com milorde e, nesse ínterim, examinei o ponto que ela, de longe, havia indicado com bastante precisão. Qual não foi minha surpresa ao observar sinais muito evidentes da presença de hulha. Isso me convenceu de que, escavando-se um pouco mais, é possível que no fundo se descubra uma jazida muito rica.

"Desculpe, milorde, noto seu sorriso, mas sei que, como homem sábio e amigo, releva esse meu interesse apaixonado por essas coisas, às quais não dá crédito. Para mim é impossível sair daqui sem submeter a bela menina ao exame da oscilação do pêndulo."

Sempre que o assunto vinha à baila, o lorde não se abstinha de expor suas objeções, que o acompanhante ouvia modesta e pacientemente, sem, contudo, mudar seu ponto de vista nem suas intenções. Este dizia reiteradamente que não se devia desistir do experimento por ele falhar em alguns casos; que justamente por isso impunha-se uma investigação ainda mais séria e acurada, pois certamente seriam reveladas relações e afinidades que ainda desconhecemos dos elementos inorgânicos entre si, dos inorgânicos com os orgânicos e também destes entre si.

Ele já havia exposto seu aparato de anéis de ouro, marcassita e outras substâncias metálicas, que sempre trazia consigo num belo estojo. Para testá-lo, ergueu pedaços de metal presos à ponta de um fio, fazendo-os balançar sobre outros dispostos horizontalmente. "Milorde", ele disse de passagem, "admito sua íntima satisfação diante de meu presumido fracasso; leio em seus olhos que nada irá se mover diante de mim nem para mim; mas esta minha operação é tão somente um pretexto. Quando as damas retornarem, ficarão decerto curiosas em relação ao estranho experimento que aqui iniciamos."

As mulheres voltaram. Charlotte logo percebeu o que se passava. "Já ouvi falar dessas coisas", disse, "mas nunca presenciei seu resultado. E já que arrumou tudo tão bem, permita-me verificar se o pêndulo se move a minha frente."

Ela apanhou o fio e, como encarava o procedimento com seriedade, segurou-o com firmeza, sem demonstrar nenhum abalo. Não se observou a mínima oscilação. Chegou a vez de Ottilie; de maneira ainda mais calma, desembaraçada e inconsciente, ela susteve o pêndulo sobre os metais jacentes. No mesmo instante, o instrumento foi tragado por forte remoinho, e girava à medida que se trocavam os metais logo abaixo. Virava para um lado e para outro formando círculos e elipses ou então se movia em linha reta, tal como o acompanhante havia esperado; o feito superava, na verdade, todas as suas expectativas.

O próprio lorde ficou surpreso; mas o outro não se contentava de tanto prazer e curiosidade, e demandava a

AS AFINIDADES ELETIVAS

repetição do experimento, de todas as formas possíveis. Ottilie consentiu em suas solicitações até que, por fim, pediu-lhe gentilmente o obséquio de dispensá-la, pois a dor de cabeça voltara. Surpreso com o sinal, na verdade encantado com sua manifestação, ele lhe assegurou cheio de entusiasmo que poderia, de uma vez por todas, curá--la desse mal; para tanto, bastava que ela confiasse no tratamento. Hesitou-se por um instante; Charlotte, po-rém, percebendo rapidamente as implicações daquilo que se enunciava, recusou a bem-intencionada proposta, pois não pretendia admitir em sua casa algo que sempre lhe causara grande apreensão.

Os hóspedes se foram, mas, a despeito da comoção que haviam estranhamente provocado, restou o desejo de que fossem reencontrados em alguma parte. Charlotte apro-veitou então aqueles belos dias para acabar de retribuir as visitas dos vizinhos, tarefa difícil de cumprir, pois toda a vizinhança — parte dela realmente interessada, parte apenas desejosa de cumprir a obrigação social — estivera até então empenhada em lhe devotar atenção. Em casa, animava-a a visão do menino; certamente ele era digno de todo amor e cuidado. Nele se vislumbrava uma criança formidável; realmente uma criança-prodígio. Encantava observá-lo: seu tamanho, o corpo bem-proporcionado, o vigor e a saúde; e aquilo que mais surpreendia era aquela dupla semelhança, que se acentuava a cada dia. O dese-nho do rosto e sua inteira compleição assemelhavam-no mais ao capitão; os olhos confundiam-se cada vez mais com os de Ottilie.

Conduzida por essa curiosa afinidade e talvez ainda mais pelo nobre sentimento feminino que envolve com ter-na afeição o filho do homem que se ama — e que é ama-do também por outra mulher —, Ottilie se tornava uma mãe para a criatura que se desenvolvia ou, quem sabe, de maneira mais acentuada, tornava-se outra espécie de mãe. Quando Charlotte não estava presente, Otillie ficava sozinha com a criança, acompanhada apenas pela ama. Enciumada do bebê, a quem sua ama e senhora passara a dedicar toda a atenção, Nanny se afastara obstinadamente e se recolhera à casa dos pais. Ottilie continuava a trazer a criança ao ar livre e adquirira o hábito de fazer passeios cada vez mais longos. Portava a mamadeira, caso fosse necessário alimentar a criança. Era raro que não trouxesse um livro e, assim, com o pequeno nos braços, lendo e caminhando, assumia a figura de uma encantadora *penserosa*.*

---

* O *penseroso* é figura recorrente na pintura antiga. Aqui talvez Goethe faça alusão ao poema "Il penseroso", de Milton. (N.T.)

XII

Alcançara-se o objetivo principal da campanha, e Eduard, coberto de condecorações, fora dispensado com honra. Voltara imediatamente àquela pequena herdade, onde recebia notícias precisas sobre os seus, que mandara observar atentamente sem que eles notassem e tomassem consciência dessa vigilância. Sua casa o acolhia de maneira extremamente generosa, pois, seguindo suas ordens, fora alvo de melhorias e incrementos. A carência de amplidão que se verificava nos edifícios e nos arredores era compensada pelo espaço interno, dotado de todo conforto.

Eduard, cuja vida célere o ensinara a dar passos resolutos, pretendia agora implementar o plano sobre o qual tivera tempo suficiente para refletir. Sua primeira providência fora chamar o major.* Foi enorme a alegria do reencontro. As amizades de juventude, assim como as de afinidade consanguínea, possuem a grande vantagem de não serem abaladas definitivamente por nenhum tipo de equívoco ou mal-entendido. E quando isso ocorre, logo se restabelecem os vínculos anteriores.

Acolhendo-o calorosamente, Eduard perguntou pela situação do amigo e dele ouviu que a sorte contemplara todos os seus desejos. E, fazendo um pouco de troça, o

---

* O capitão, cumprida a promessa do conde, fora promovido ao posto de major. (N. T.)

anfitrião quis saber ainda se não se encontrava em marcha um belo relacionamento. O amigo negou-o com seriedade.

"Não posso e não devo dissimular", prosseguiu Eduard. "Preciso contar-lhe imediatamente meus sentimentos e propósitos. Você sabe de minha paixão por Ottilie e deve ter notado há bastante tempo que foi ela quem me lançou naquela campanha. Não nego ter desejado livrar-me de uma vida que, sem ela, nada mais valia. Porém, ao mesmo tempo, devo confessar que não me foi possível desesperar por completo. A felicidade a seu lado era tão grata, tão desejável que não fui capaz de abdicar inteiramente dela. Algumas ideias reconfortantes, alguns sinais animadores fortaleceram a crença, a ilusão de que ela poderia ser minha. Por ocasião do lançamento da pedra fundamental, uma taça com as iniciais de nossos nomes foi jogada para cima e não se estilhaçou; foi apanhada no ar e agora está de novo em minhas mãos. 'Da mesma maneira', eu dizia para mim mesmo, quando, neste mesmo lugar, passei tantas horas amargas, 'em lugar da taça, desejo fazer de mim mesmo um sinal e verificar se nossa ligação é possível ou não. Vou até lá e busco a morte, não como um celerado, mas como aquele que espera viver. Ottilie há de ser o prêmio pelo qual estou lutando; é o objeto que espero conquistar atrás de cada formação inimiga na batalha, de cada entrincheiramento, de cada fortaleza sitiada. Desejando ser poupado, quero fazer um prodígio para ganhar Ottilie, e não para perdê-la.' Esses sentimentos acompanharam-me, sustentaram-me diante de todos os perigos; mas agora sinto-me na posição de alguém que atingiu o alvo, que superou todos os obstáculos, que nada mais depara em seu caminho. Ottilie é minha e encaro aquilo que se interpõe entre o pensamento e sua execução como algo absolutamente insignificante."

"Com uma ligeira pincelada", replicou o major, "você elimina tudo aquilo que alguém poderia e deveria objetar-

-lhe. No entanto, é preciso repetir a advertência. Retomar em sua plenitude o relacionamento com sua mulher é decisão que deixo a seu encargo; mas você deve a ela e a si mesmo a obrigação de não perder a lucidez. Como posso encarar o fato de que vocês ganharam um filho sem, ao mesmo tempo, dizer que pertencem um ao outro para sempre, que, diante dessa criatura, têm a responsabilidade de viver juntos a fim de juntos poderem cuidar de sua educação e futuro bem-estar?"

"Trata-se de mera presunção dos pais", replicou Eduard, "imaginar que sua existência seja tão necessária para a criança. Tudo aquilo que vive encontra alimento e apoio, e quando, depois da morte do pai, o filho não tem uma juventude tão auspiciosa e confortável, é possível que, justamente por isso, forme-se mais rapidamente para o mundo, reconhecendo no devido tempo a necessidade de se dedicar a assuntos que todos nós, mais cedo ou mais tarde, teremos de enfrentar. E neste caso não se trata disso: somos ricos o bastante para prover uma porção de filhos, e de modo algum constitui dever ou boa ação amontoar tamanho patrimônio sobre uma única cabeça."

Quando ocorreu ao major fazer uma breve alusão às virtudes de Charlotte e ao longo e provado relacionamento de Eduard com ela, este o interrompeu bruscamente: "Fizemos uma tolice que agora percebo com toda clareza. Aquele que, em certa altura da vida, deseja realizar os sonhos e as esperanças da juventude, sempre se equivoca, pois cada decênio da vida de um homem traz consigo sua própria felicidade, suas próprias esperanças e expectativas. Ai daquele que, pelas circunstâncias ou por suas ilusões, se vê impelido rumo ao passado ou ao futuro! Cometemos uma tolice; deve ela durar pelo resto de nossos dias? Devemos então, em virtude de algum escrúpulo, recusar aquilo que os costumes de hoje não nos negam? Em quantas coisas abdicamos de nossos propósitos e ações! Isso não deve acontecer justamente neste ponto, em que não se trata desta ou daquela condição de vida, mas de toda a sua complexidade!".

De maneira tão hábil quanto enfática, o major não deixou de expor a Eduard os diversos vínculos que o amigo tinha com a mulher, a família, a sociedade e suas propriedades. Contudo, não logrou despertar seu interesse.

"Meu caro", replicou Eduard, "tudo isso passou diante de meus olhos quando, em meio ao fragor da batalha, a terra estremecia sob o contínuo troar dos canhões, os projéteis zuniam e assoviavam, os companheiros tombavam à minha direita e à minha esquerda, meu cavalo era alvejado e meu chapéu se achava cravado de balas; tudo isso pairou diante de mim, à beira da fogueira noturna, sob a abóboda do céu constelado. Nesses momentos, todos os meus relacionamentos se apresentavam perante minh'alma; meditei sobre eles e os senti por inteiro; procurei entender quem eu era e chegar a um acordo comigo mesmo; submeti-me reiteradas vezes a essa reflexão até chegar a uma conclusão definitiva.

Nesses instantes — como eu poderia ocultar-lhe isso? —, você também se fez presente; afinal, você também pertence a meu círculo; acaso não nos pertencemos há longo tempo? Se lhe devo alguma coisa, é chegada a hora de lhe pagar com dividendos; se você me deve, está agora em condições de quitar sua dívida. Sei que ama Charlotte e ela é merecedora desse sentimento; sei que ela não lhe é indiferente; ela certamente haveria de reconhecer seu valor! Tome-a de minhas mãos, entregue-me Ottilie! Seremos assim os homens mais felizes de toda a Terra."

"Exatamente por querer me subornar com uma oferta tão alta", replicou o major, "devo ser ainda mais cauteloso e mais severo. Em vez de facilitar as coisas, essa proposta, que tanto prezo, acaba por dificultá-las ainda mais. Ela traz implicações para nós dois; trata-se não apenas do destino, mas também do bom nome que temos, da honra até aqui intacta de dois homens que, por meio des-

AS AFINIDADES ELETIVAS

ta curiosa negociação — se não a quisermos denominar de outra forma —, correm o risco de se apresentarem à sociedade sob uma luz muitíssimo estranha."

"Exatamente por sermos irreprováveis", replicou Eduard, "temos agora o direito de nos expor à censura. Aquele que ao longo de toda a vida se mostrou honrado torna honrada uma ação que, nos outros, pareceria duvidosa. Quanto a mim, depois das últimas provas a que me obriguei, das ações difíceis e mui arriscadas que realizei em favor de outros, sinto-me autorizado a fazer algo em meu próprio benefício. Quanto a você e Charlotte, cabe ao futuro dizer o que será; em relação a mim, porém, nem você nem ninguém irá obstar meu intento. Se me estenderem a mão, estarei novamente a postos para ajudar; se me abandonarem à própria sorte ou se vierem a se indispor comigo, será duríssima a peleja, não importando o seu resultado."

Na medida de suas forças, o major sentia-se obrigado a opor resistência às pretensões de Eduard; valeu-se então de um artifício engenhoso para refrear o ímpeto do amigo. Aparentando ceder a seus argumentos, passou a tratar da negociação apenas em tese, discorrendo sobre o modo de se chegar à separação e à união. Enquanto falava, repontavam questões desagradáveis, embaraçosas e inconvenientes, de sorte que Eduard se viu profundamente aborrecido.

"Vejo claramente", este exclamou por fim, "que nossos desejos têm de ser atacados não apenas pelos adversários, mas pelos próprios amigos. Aquilo que almejo, aquilo que me é imprescindível, não me sai da mira; ei de agarrá-lo e o farei de maneira rápida e certeira. Bem sei que relações como essa não acabam nem se formam sem que venha a cair algo que está de pé, sem que venha a se mover aquilo que se tem aferrado a uma posição estática. A mera reflexão não basta para pôr fim a uma situação como essa; diante da razão, todos os direitos são iguais e, numa balança, se necessário, pode-se colocar mais peso no prato que se eleva. Portanto, meu amigo, decida-se a agir, por mim e por você, a fim de desembaraçar nossa situação, de desatar um nó e atar um outro! Não se deixe intimidar por nenhum escrúpulo; seja como for, o mundo já falou de nós uma vez; é inevitável que volte a falar, e depois, como acontece com tudo aquilo que deixa de ser novidade, esquecerá de nós e consentirá que façamos aquilo que está a nosso alcance, sem voltar a se preocupar conosco."

O major não via alternativa e finalmente teve de ceder, pois Eduard, de uma vez por todas, tratava a questão como algo pronto e acabado; apenas detalhava o modo como tudo deveria ocorrer e encarava as adversidades futuras de maneira muito alegre, chegando mesmo a gracejar.

Depois prosseguiu, grave e pensativo: "Se nos resignarmos à mera esperança, à expectativa de que as coisas se resolverão por si mesmas, de que o acaso nos guiará e beneficiará, estaremos incorrendo em culposa ilusão. Desse modo não há como nos salvarmos, não há como restabelecer a tranquilidade geral. Qual é o meu consolo se, mesmo sendo inocente, torno-me o culpado de tudo? Com muita insistência, persuadi Charlotte a recebê-lo em casa, e Ottilie veio morar conosco apenas em virtude dessa nova situação. Já não temos domínio sobre as consequências desse ato, mas somos senhores bastantes para neutralizá-las e conduzir esta situação à felicidade. Você pode ignorar as boas e amáveis perspectivas que abro para nós; pode sujeitar a mim e a todos nós a uma triste renúncia tanto quanto possa imaginá-la possível, tanto quanto ela seja realmente possível; contudo, se voltássemos a nossa velha condição, não teríamos então de suportar certos inconvenientes, desconfortos e aborrecimentos, sem que disso resulte algo de bom e que nos traga serenidade? Iria então a afortunada condição em que você se encontra torná-lo realmente feliz se fosse impedido de me visitar, de conviver comigo? Depois de tudo o que passou,

AS AFINIDADES ELETIVAS   265

nossa situação se tornaria cada vez mais penosa. Charlotte e eu, com toda a nossa fortuna, nos acharíamos numa triste condição. E se você e outros cidadãos do mundo pensam que os anos e a distância abafam tais sentimentos e apagam traços tão profundamente gravados, é justamente desses anos que estamos falando, os quais não desejamos passar em meio ao sofrimento e à privação, mas premiados por satisfação e alegria. E agora falo da questão mais importante: nós, em virtude de nossa condição interna e externa, talvez fôssemos capazes de aguardar por essa solução; mas que seria de Ottilie, obrigada a deixar nossa casa, privar-se de nossos cuidados e vagar miseravelmente por um mundo abjeto e frio? Esboce para mim uma condição em que Ottilie possa ser feliz sem estar comigo e com todos nós. Se o fizer, terá enunciado um argumento mais forte que todos os demais, sobre o qual, mesmo incapaz de consenti-lo ou de me sujeitar a ele, de bom grado tratarei de ponderar e refletir."

Essa não era uma questão fácil de resolver; ao amigo não ocorreu de imediato uma resposta satisfatória, não lhe restando alternativa senão a de mais uma vez advertir sobre o quão importante, delicada e, de certa maneira, arriscada a questão se tornava, e sobre a necessidade de ao menos se pensar seriamente num modo de enfrentá-la. Eduard aquiesceu, sob a condição, porém, de que o amigo não partisse sem que ambos houvessem chegado a um acordo e dado os primeiros passos.

XIII

Depois de conviverem por algum tempo, duas pessoas estranhas e indiferentes entre si passam a se abrir e expor reciprocamente sua intimidade; surge daí uma relação de certa confiança. Era de esperar, portanto, que a partir do momento em que voltavam a viver sob o mesmo teto, compartilhando os dias e as horas, nossos amigos nada escondessem um do outro. Recordaram sua situação anterior, e o major não deixou de contar que, na época em que Eduard retornara de suas viagens, Charlotte havia pensado em Ottilie e conjecturado a possibilidade de ele desposar a bela menina. Eduard, sumamente encantado com essa descoberta, falou sem reservas da mútua afeição que unia Charlotte e o major, sentimento que ele pintava com cores vibrantes porque o quadro lhe era conveniente e favorável.

O major não podia negar nem confirmar inteiramente esse juízo, mas Eduard nele se afiançava e a ele se aferrava cada vez mais. Não pensava mais em termos de uma possibilidade; em tudo, via o fato consumado. As partes envolvidas tinham apenas de consentir naquilo que desejavam; seguramente o divórcio seria obtido, em seguida viria o casamento, e Eduard pretendia viajar com Ottilie.

Quando conjecturamos uma situação agradável, nada é mais excitante para nossa imaginação do que visualizar a situação em que um jovem casal enamorado goza de um

AS AFINIDADES ELETIVAS

mundo novo e resplandecente, esperando, diante de suas inúmeras e variadas circunstâncias, provar e confirmar um vínculo duradouro. Enquanto isso, o major e Charlotte haveriam de ter plenos poderes para ordenar com justiça e equidade tudo aquilo que se relacionasse às terras, ao patrimônio e aos necessários arranjos práticos, de modo que todos ficassem satisfeitos. Não obstante, o ponto que Eduard parecia assinalar com mais ênfase e que se lhe afigurava o mais vantajoso era o seguinte: a criança deveria ficar com a mãe; seria então o major que a educaria e criaria, de acordo com seus pontos de vista, para que ela desenvolvesse suas aptidões. Não fora por acaso que se batizara o pequeno com o nome de Otto, herdado de ambos os amigos.

Aos olhos de Eduard, tudo estava tão bem definido que ele não queria aguardar um único dia mais para executar seu plano. A caminho do castelo, chegaram a uma pequena cidade em que Eduard possuía uma casa; aí ele desejava ficar, aguardando pelo retorno do major. Entretanto, não foi capaz de parar imediatamente e continuou a acompanhar o amigo enquanto atravessavam o lugar. Ambos vinham a cavalo e seguiram estrada afora absorvidos numa grave conversa.

Subitamente, no alto de uma colina, os cavaleiros divisaram a nova casa, cujas telhas vermelhas reluziam pela primeira vez diante de seus olhos. Eduard é dominado por uma irresistível nostalgia; tudo deve se resolver nessa mesma noite. Pretende recolher-se incógnito num vilarejo bem próximo; o major deve apresentar os planos a Charlotte com toda urgência, surpreendendo-a antes que ela possa esboçar uma objeção e instando-a a exprimir abertamente sua opinião. Eduard, que transferia suas próprias convicções à mulher, não acreditava em outra reação que não a de uma decidida concordância, e aguardava um consentimento assim tão rápido porque ele mesmo não podia desejar algo diferente.

Antevia alvoroçado um desfecho feliz e, para que não se retardasse o anúncio da decisão àquele que se achava à espreita, tiros de canhão soariam ou foguetes seriam lançados, caso a noite já houvesse caído.

O major cavalgou rumo ao castelo. Não encontrou Charlotte, tendo sido informado de que ela vivia na nova casa, logo acima, mas que no momento fazia uma visita na vizinhança e não deveria retornar tão cedo. Ele voltou à hospedaria, onde havia deixado o cavalo.

Nesse ínterim, movido por incontida ansiedade, Eduard deixou seu esconderijo e se dirigiu para o parque trilhando caminhos solitários, conhecidos apenas por caçadores e pescadores; ao entardecer, achava-se no bosque vizinho ao lago, cuja superfície, pura e perfeita, contemplava pela primeira vez.

Nessa mesma tarde, Ottilie fazia um passeio à beira do lago. Trazia consigo o bebê e lia enquanto caminhava, como de costume. Chegou então ao carvalhal junto ao embarcadouro. O menino adormecera; ela se sentou, deitou o pequeno a seu lado e continuou a leitura. O livro era dessas obras que ensejam uma terna disposição, que tão cedo não se dissipa. Esqueceu-se do tempo e das horas, e não pensava no longo caminho que ainda tinha de percorrer de volta até a nova casa; sentou-se, portanto, e mergulhou no livro e em si mesma, e o fez de um modo tão bonito de ver que as árvores e os arbustos a sua volta deveriam se animar e ganhar olhos para poder admirá-la e se encantar com sua presença. Nesse instante, um rubro raio do sol poente tingiu sua figura, dourando-lhe a face e os ombros.

Eduard, que lograra até então prosseguir em seu caminho solitário, ousou seguir mais e mais adiante ao ver o parque vazio e notar a solidão dos arredores. Finalmente atravessa o bosque e chega aos carvalhos; vê Ottilie, ela o vê. Ele corre em sua direção e se lança a seus pés. Após longa e calada pausa, em que ambos procuram se recompor, ele explica em poucas palavras como e por que viera. Havia enviado o major até Charlotte; o destino de todos selava-se talvez naquele mesmo instante. Jamais duvidara do amor da jovem, e ela decerto não duvidava do seu. Pede-lhe o consentimento. Ela hesitou, ele suplicou; queria fazer valer seus antigos direitos e tomá-la em seus braços; ela aponta para o bebê.

Eduard contempla-o e se surpreende. "Meu Deus!", exclama. "Se eu tivesse motivos para duvidar de minha mulher e de meu amigo, essa criatura testemunharia terrivelmente contra eles. Não é o retrato do major? Nunca vi tamanha semelhança."

"De modo nenhum!", replicou Ottilie; "todos dizem que se parece comigo." "Seria possível?", perguntou Eduard, e nesse instante o menino abriu os olhos — dois grandes olhos negros e penetrantes, profundos e gentis. O menino via o mundo com discernimento, parecia conhecer os dois a sua frente. Eduard abaixou-se para perto dele, ajoelhando-se pela segunda vez diante de Ottilie. "É você!", exclamou. "São seus olhos. Ah! Mas deixe-me contemplar tão somente os seus. Deixe-me lançar um véu sobre aquela maldita hora que concedeu existência a esse ser. Devo então, Ottilie, aterrorizar sua alma pura com a infeliz ideia de que marido e mulher, estando alheios um ao outro, podem entregar-se à volúpia, e assim, com outros ardentes desejos, profanar uma legítima aliança? Talvez sim. Já fomos muito longe; minha relação com Charlotte deve ser desfeita e você há de ser minha — por que então eu não deveria dizer tudo isso? Por que não proferir a dura palavra: esta criança foi concebida a partir de um duplo adultério! Ela me separa de minha mulher e minha mulher de mim, da mesma maneira que deveria nos unir. Que testemunhe contra mim; que esses magníficos olhos digam aos seus que eu, nos braços de outra, pertencia a você. Saiba, Ottilie, que apenas em seus braços poderei espiar essa falta, esse crime!

"Ouça", exclamou, enquanto se erguia de um salto, julgando ter ouvido um tiro, o sinal que havia de ser dado pelo major. Tratava-se de um caçador que atirara nas montanhas vizinhas. Mas não se ouviu outro ruído e Eduard tornou-se impaciente.

Só agora Ottilie notava que o sol já se pusera atrás da serra. As janelas do edifício no alto refletiam seus últimos raios. "Afaste-se, Eduard!", ela exclamou. "Há muito que temos experimentado privações e suportado o sofrimento. Pense em nossas obrigações para com Charlotte. Ela deve decidir nosso destino; não nos precipitemos. Serei sua se ela o consentir; se não, terei de renunciar a você. Você acredita que a decisão está próxima; aguardemos, então. Volte para a vila, onde o major supõe que você esteja. Quanta coisa pode ter acontecido sem o sabermos! Seria mesmo provável que um rude tiro de canhão anunciasse o resultado das conversações? Talvez o major esteja a sua procura neste exato instante. Ele não encontrou Charlotte, sei disso. Pode ter saído a sua procura, pois no castelo se sabe aonde ela foi. São tantos os acasos possíveis! Deixe-me! Ela deve estar chegando; espera encontrar a mim e ao bebê lá em cima."

Ottilie falava apressadamente. Conjurava todas as possibilidades. Estava feliz junto a Eduard, mas percebia que chegara o momento de se afastar. "Peço-lhe, suplico-lhe, amado meu!", bradou. "Volte e espere pelo major!" "Obedeço a suas ordens", respondeu-lhe Eduard, mirando-a apaixonadamente e tomando-a em seus braços. Ela o enlaçou com os seus e o estreitou ao peito, com toda ternura. A esperança passou sobre suas cabeças feito uma estrela cadente. Imaginavam, acreditavam pertencer um ao outro; pela primeira vez, trocaram beijos ardentes e ousados, e se separaram brusca e dolorosamente.

O sol se pusera; escurecia e o lago rescendia a umidade. Ottilie estava confusa e comovida; olhou para a casa sobre a colina e imaginou ter visto no balcão o branco vestido de Charlotte. Era longo o caminho que circundava o lago; ela sabia da impaciência com que a mãe costumava aguardar a chegada da criança. Avista os plátanos a sua frente; apenas um pequeno trecho d'água separa-a da trilha que conduz diretamente à casa. Com o pensamento e também com os olhos, ela já se encontra na outra margem. Diante de sua aflição, desaparecem os escrúpulos de embarcar com a criança. Corre para a canoa; mal sente que o coração palpita, que os pés vacilam, que está prestes a perder os sentidos.

Salta para a canoa, apanha o remo e golpeia a água. Precisa usar força, repete o gesto, a canoa balança e desliza lago adentro. No braço e na mão esquerda, a criança e o livro; na direita, o remo. E então também ela balança e cai na canoa. O remo escapa-lhe e cai de um lado; procurando reequilibrar-se, caem-lhe a criança e o livro n'água. Ainda tem o bebê seguro pela roupa, mas a incômoda posição impede-a de se erguer. A mão direita, embora livre, não é suficiente para que ela se vire e se aprume; por fim, consegue tirar a criança d'água, mas os olhos do pequeno estão cerrados, já não respira.

Nesse instante volta-lhe toda a consciência, e a aflição se torna ainda maior. A canoa desloca-se rapidamente para o meio do lago, o remo boia distante, ela não vê ninguém às margens; mas de que lhe valeria ver alguém? Completamente só, flutua sobre o elemento esquivo e traiçoeiro.

Busca amparar-se em si mesma. Muitas vezes ouvira falar do salvamento de afogados. Acabara de presenciar um deles no dia de seu aniversário. Despe a criança e enxuga-a com seu vestido de musselina; desnuda o próprio peito expondo-o pela primeira vez a céu aberto; pela primeira vez, aperta um ser vivente contra o seio imaculado e nu. Ah! Um ser que cessou de viver. Os membros frios da infeliz criatura enregelam-lhe o peito até o fundo d'alma. Lágrimas infinitas brotam de seus olhos e concedem ao ser imóvel uma aparência de calor e vida. Não desiste de seus esforços, cobre o bebê com seu xale e, com gestos de carícia e abraços, sopros, beijos e lágrimas, imagina substituir os instrumentos de socorro que lhe faltam nessa hora de solidão.

Debalde! A criança jaz inerte em seus braços; inerte permanece a canoa na superfície do lago. Porém, mesmo nessas circunstâncias, o bom ânimo não a abandona. Olha para o alto, ajoelha-se e, com ambos os braços, traz a criança entorpecida a seu peito inocente, o qual, pela alvura e desgraçadamente também pelo friúme, semelha o mármore. Os olhos marejados dirigem-se aos céus e clamam por socorro; seria lá em cima decerto que uma alma gentil poderia buscar auxílio, lá onde ele se faz abundante no momento em que falta por toda parte.

E não é em vão que ela se volta também às estrelas, que uma a uma vão despontando reluzentes. Um vento suave sopra impelindo a canoa até os plátanos.

XIV

Ela corre para a casa nova, chama o cirurgião, entrega-lhe a criança. O homem, experiente e calmo, manipula o frágil cadáver, examinando-o passo a passo, como de hábito. Ottilie em tudo o assiste; trabalha, busca o necessário, vela; age como se vagasse por outro mundo, pois o maior desastre, assim como a maior ventura, modifica o aspecto de todas as coisas. Ela só abandona o quarto de Charlotte, onde tudo se passara, quando, depois de realizados todos os esforços, o valoroso homem meneia a cabeça e responde a suas esperançosas perguntas, primeiramente calado e depois com um suave "não", e, mal tendo chegado à sala de estar, antes mesmo de alcançar o sofá, ela cai exausta, de bruços, sobre o tapete.

Ouve-se então chegar o coche de Charlotte. O cirurgião pede encarecidamente aos presentes que permaneçam onde estão; pretende ir a seu encontro e prepará-la, mas ela já entra em seus aposentos. Depara Ottilie estendida no chão, e uma empregada da casa precipita-se sobre ela gritando e chorando. Entra o cirurgião e num átimo ela compreende tudo. Porém como poderia abandonar sem mais toda a esperança? O homem experiente, habilidoso e sábio pede-lhe apenas que não veja a criança; para iludi-la, afasta-se tomando novas providências. Ela se senta no sofá; Ottilie permanece caída, mas apoiada em seus joelhos, sobre os quais repousa a linda cabeça. O amigo médico anda de um lado para outro; parece ocupar-se da criança; ocupa-se das mulheres. Chega a meia-noite, o silêncio fatídico aprofunda-se ainda mais. Charlotte percebe que a criança jamais voltará à vida; pede para vê-la. O bebê, que fora graciosamente envolto por cálidas mantas de lã e colocado num cesto, é trazido para a sala e posto no sofá a seu lado; apenas o rosto está descoberto; ele jaz belo e tranquilo.

O vilarejo logo se alvoroçara por conta do acidente, e a notícia ecoou imediatamente na hospedaria. O major subiu então ao castelo percorrendo as vias habituais; contornou a casa e, no caminho, deteve um lacaio que fora buscar alguma coisa no edifício anexo; obteve então mais detalhes do ocorrido e mandou chamar o cirurgião. Este veio, surpreso pela presença de seu velho benfeitor; informou-o da situação e incumbiu-se de preparar Charlotte para a chegada do amigo. Entrou de volta, iniciou uma conversa evasiva, e sua imaginação transitou de um assunto a outro até que finalmente mencionou o recém-chegado, falando de sua indubitável compaixão, de sua proximidade de espírito e caráter, a qual em seguida tratou de materializar. Não é preciso dizer mais: ela soube que o amigo estava à porta, inteirado de tudo, e que desejava ser admitido na casa.

O major entrou; Charlotte saudou-o com um sorriso doloroso. Ele ficou de pé diante dela. Ela ergueu o véu de seda verde que cobria o cadáver; à luz sombria de uma vela, e não sem uma íntima sensação de horror, ele contemplou sua própria figura petrificada. Charlotte indicou-lhe uma cadeira e assim, calados, sentaram-se os dois, frente a frente, durante toda a noite. Ottilie permanecia imóvel, deitada sobre os joelhos de Charlotte; respirava suavemente; dormia, ou parecia dormir.

Amanheceu, a lâmpada se apagara; os dois pareciam acordar de um sonho sufocante. Charlotte fitou o major e perguntou com serenidade: "Explique-me, meu amigo, que acaso o trouxe até aqui para compartilhar esta cena de luto?".

"Este não é o lugar", respondeu o major com a mesma voz baixa com que ela lhe fizera a pergunta — como se ambos não quisessem despertar Ottilie —, "este não é o lugar nem é este o momento de calar, fazer rodeios e suavizar aquilo que tenho a dizer. A situação em que a encontro é tão terrível que se esvazia completamente a importância do assunto que me trouxe até aqui."

Com toda calma e simplicidade, ele falou do objetivo de Eduard, que o enviara como emissário de sua proposta, e de seu próprio desejo naquilo que concernia a sua livre vontade e seus próprios interesses. Foi delicado ao tratar de ambas as coisas, mas foi igualmente franco; Charlotte ouviu-o com serenidade e parecia não se surpreender nem se aborrecer.

Quando terminou, Charlotte respondeu-lhe com a voz tão baixa que ele teve de puxar a cadeira para se aproximar: "Nunca antes", ela disse, "me encontrei numa situação como esta, mas, em ocasiões semelhantes, sempre me perguntei: 'Como será o dia de amanhã?'. Vejo claramente que a sorte de muitos se encontra em minhas mãos; não tenho dúvidas do que fazer e o digo de uma vez. Consinto no divórcio. Devia tê-lo consentido antes. Com minha hesitação e resistência, matei a criança. Há coisas a que o destino se opõe com grande tenacidade. É em vão que a razão e a virtude, as obrigações e tudo aquilo que é sagrado atravessam seu caminho: há de acontecer o que é justo para ele e que para nós parece injusto; ao fim e ao cabo, ele intervém decididamente, não importando a maneira como venhamos a nos portar.

"Que estou a dizer? O destino quer simplesmente reconduzir a seu devido lugar meu próprio desejo, minha própria intenção, contra os quais agi de modo irrefletido. Não havia eu mesma pensado em Ottilie e Eduard como o mais acertado dos casais? Não tentei eu mesma aproximá-los? Não foi você, meu amigo, confidente nesse plano? Por que não pude distinguir entre o verdadeiro amor e a obstinação de um homem? Por que tomei sua mão se, como amiga, podia tê-lo feito feliz com outra mulher? Observe a infeliz que está a dormir! Estremeço ao pensar no momento em que despertará dessa semiletargia e recobrará a consciência. Como poderá viver, como irá se consolar se não tiver a esperança de, por meio de seu amor, restituir a Eduard o que lhe furtou como instrumento nas mãos do destino mais assombroso? Ela pode devolver-lhe tudo pela afeição, pela paixão com que o ama. Se o amor pode tudo tolerar, pode ainda mais tudo restituir. Não devemos pensar em mim neste momento.

"Saia em silêncio, caro major. Diga a Eduard que lhe concedo o divórcio, que entrego a ele, a você e a Mittler todos os trâmites da separação, que não me preocupo com minha situação futura, que tudo pode se resolver da maneira que quiserem. Assinarei todo papel que me trouxerem; apenas não me peçam para colaborar, pensar ou aconselhar."

O major ergueu-se. Ela lhe estendeu a mão por sobre Ottilie. Ele beijou a mão querida. "E eu, que posso esperar?", perguntou baixinho.

"Permita-me ficar devendo a resposta", replicou ela. "Não somos culpados por nos tornarmos infelizes, mas também não merecemos ser felizes juntos."

O major saiu, deplorando profundamente a situação de Charlotte, sem poder, contudo, lamentar a sorte da pobre criança morta. Tal sacrifício parecia-lhe necessário para a felicidade dos demais. Imaginou Ottilie carregando o próprio filho nos braços como perfeita reparação para o que furtara a Eduard; pensou em si mesmo com um filho no colo, o qual, com muito mais direito que o falecido, traria no rosto o retrato estampado do pai.

AS AFINIDADES ELETIVAS 277

Assim, apresentavam-se-lhe à alma esperanças e imagens lisonjeiras no momento em que, de volta à hospedaria, encontrou Eduard, que, do lado de fora, aguardara a noite toda pelo major, uma vez que nenhum sinal de fogo, nenhum estrondo havia anunciado um desfecho favorável. Sabia já do acidente, mas também ele, em lugar de lamentar a sorte do infeliz, e sem querer admiti-lo totalmente, via esse acaso como uma coincidência que, de uma vez por todas, removia todos os obstáculos a sua felicidade. O major, que rapidamente lhe anunciara a decisão de Charlotte, não teve dificuldades em levá-lo de volta àquela vila e dali até a pequena cidade onde iriam decidir os próximos passos e tomar as devidas providências.

Depois que o major a deixara, Charlotte permaneceu sentada e imersa em seus pensamentos, mas apenas por uns poucos minutos, pois logo em seguida Ottilie se aprumou e contemplou a amiga, com olhos arregalados. Desprendeu-se primeiramente de seus joelhos, depois ergueu-se do chão e se pôs de pé diante dela.

"Pela segunda vez", começou dizendo a formidável menina, com insuperável e encantadora seriedade, "pela segunda vez me vejo nesta situação. Você me disse um dia que muitas vezes as pessoas deparam um mesmo acontecimento e o fazem da mesma maneira, e me disse que isso ocorre sempre em momentos decisivos. Noto agora que a observação é verdadeira e me vejo obrigada a lhe fazer uma confissão. Certa vez, pouco depois da morte de minha mãe, quando eu era ainda bem pequena, empurrei meu banquinho para perto de você. Como agora, você estava sentada no sofá e eu reclinei minha cabeça sobre seus joelhos; eu não dormia nem permanecia em vigília, apenas dormitava. Percebia com muita clareza tudo aquilo que se passava a meu redor, especialmente as falas, e, no entanto, não era capaz de me mover nem de me manifestar, e, mesmo se quisesse, não podia demonstrar que tinha consciência de mim mesma. Você falava com uma amiga a meu respeito; lamentava o destino que me coubera, a condição de pobre órfã neste mundo; você descreveu minha situação dependente e o quão precária minha existência se tornaria caso uma boa estrela não velasse por mim. Compreendi perfeitamente — talvez com demasiada seriedade — tudo o que deseja-va para mim, tudo o que parecia cobrar de mim. A partir de meus limitados pontos de vista, estabeleci leis para mim mesma; segui-as por longo tempo; orientei, naquela época, meus passos de acordo com elas, pois você me amava, provia minhas necessidades, acolhia-me em sua casa, e isso durou certo tempo.

"Desviei-me, porém, de meu caminho; quebrei minhas leis, perdi até mesmo o sentimento que por elas tinha, e agora, após um acontecimento terrível, você me esclare-ce novamente minha situação, mais deplorável agora do que na primeira vez. Repousando semientorpecida em seu colo, ouvi novamente sua voz suave soar em meus ouvi-dos, como se viesse de outro mundo; ouvi palavras acerca de minhas perspectivas; estremeci diante de mim mesma; porém, exatamente como naquela vez, em minha semile-targia, tracei um novo rumo para mim.

"Estou decidida, assim como estivera naquela ocasião, e lhe comunico agora mesmo o teor dessa decisão. Jamais pertencerei a Eduard! Foi terrível a maneira com que Deus abriu meus olhos para o crime em que me enredei. Quero expiá-lo; ninguém vai me afastar de meu propósito! Em seguida, minha cara, minha melhor amiga, tome suas pro-vidências. Faça o major retornar. Escreva-lhe dizendo que não dê nenhum passo. Quão angustiante foi para mim a sensação de não me poder mover quando ele saiu. Eu que-ria me interpor, gritar para que você não o despedisse com esperanças tão criminosas."

Charlotte via o estado de Ottilie, sentia-o; entretanto, com o tempo e alguma advertência, esperava demovê-la de

AS AFINIDADES ELETIVAS

sua intenção. Sem embargo, ao proferir algumas palavras quanto ao futuro, quanto à esperança e a um possível alívio para o sofrimento, ouviu um grito exaltado. "Não!", disse Ottilie. "Não queira me comover nem me iludir! No instante em que eu souber que você consentiu no divórcio, expio no mesmo lago o delito, o crime que cometi."

XV

Se, de um lado, parentes, amigos e demais moradores de uma casa, num convívio feliz e pacífico, conversam — mais do que seria necessário e desejável — sobre aquilo que está a acontecer ou que virá a acontecer, e reiteradamente compartilham seus propósitos, empreendimentos e ocupações, e, mesmo sem acolher os mútuos conselhos dados, passam a vida, por assim dizer, a deliberar, de outro lado, em momentos cruciais, quando alguém carece do apoio alheio e, sobretudo, da corroboração alheia, os indivíduos recolhem-se em seu isolamento, cada um age por si mesmo e faz as coisas a seu modo, ocultando-se mutuamente os meios particulares que empregam em seus esforços, e assim apenas o desfecho, os objetivos e os resultados alcançados voltam a integrar o bem comum.

Após tantos sucessos extraordinários e infelizes, as amigas viram-se imersas em muda seriedade, que se manifestava por meio de um amável respeito. Com toda discrição, Charlotte encaminhou o pequeno para a capela. Ele jazia ali como a primeira vítima de um destino ominoso.

Tanto quanto lhe foi possível, Charlotte retomou a vida cotidiana, e a primeira coisa que fez foi cuidar de Ottilie, que carecia de seu amparo. Ocupava-se dela sem fazer notar o seu desvelo. Sabia o quanto a sublime criança amava Eduard; averiguara pouco a pouco a cena em

AS AFINIDADES ELETIVAS 281

que se dera o acidente e descobrira suas circunstâncias ouvindo a própria Ottilie e recebendo informações pelas cartas do major.

Por seu turno, Ottilie facilitava muito a vida de Charlotte. Era franca e até loquaz, mas nunca falava do momento presente ou do passado imediato. Até então havia sempre observado e registrado os acontecimentos, sabia muitas coisas; agora tudo isso vinha à luz. Conversava e distraía Charlotte, que ainda nutria a calada esperança de ver unido um casal tão precioso.

Com Ottilie, entretanto, as coisas se passavam de maneira diversa. Havia descortinado para a amiga o segredo de sua vida; desembaraçara-se de suas antigas limitações, de sua servidão. O arrependimento e a decisão tomada faziam-na sentir-se livre do fardo daquele delito, daquele infortúnio. Não mais carecia de um poder atuando sobre ela; no fundo do coração perdoara-se a si mesma, sob a condição da renúncia total, e essa condição era indispensável para o porvir.

Assim passou-se algum tempo, e Charlotte foi percebendo o quanto a casa e o parque, os lagos e os grupos de rochedos e de árvores traziam-lhes diariamente apenas sentimentos tristes. Era evidente a necessidade de modificar o lugar, mas não era simples decidir como fazê-lo.

Deveriam as duas damas permanecer juntas? O antigo desejo de Eduard parecia exigi-lo; sua declaração e ameaça pareciam cobrá-lo. Mas como ignorar o fato de que ambas, mesmo imbuídas de toda boa vontade, bom senso e muito empenho, ao se verem lado a lado achavam-se numa situação constrangedora. As conversas eram evasivas. Por vezes, compreendiam algo pela metade, mas soía acontecer de uma expressão qualquer ser mal interpretada, se não pela razão, ao menos pelo sentimento. Receavam ofender-se, e justamente esse temor constituía a maior ofensa, e era a primeira coisa que ofendia.

Se o desejo era modificar o lugar e se separarem, ainda

que provisoriamente, surgia de novo a questão sobre o destino de Ottilie. Aquela família proeminente e rica havia realizado tentativas frustradas de arrumar uma amiga que entretivesse e estimulasse sua promissora herdeira. Por ocasião da última visita da baronesa, e também por meio de cartas, Charlotte vinha sendo instada a enviar Ottilie para lá. Agora, mais uma vez, ela trazia o assunto à baila. Ottilie, contudo, recusava-se terminantemente a se mudar para aquela casa, onde encontraria aquilo que costumamos chamar de *grand monde*.

"A fim de que eu não pareça tola e obstinada", disse, "permita-me, cara tia, exprimir aquilo que, em outras circunstâncias, eu teria a obrigação de calar e ocultar. Uma pessoa estranhamente infeliz, ainda que inocente de seu infortúnio, vê-se terrivelmente estigmatizada. Sua presença suscita uma espécie de horror naqueles que a veem. Todos querem nela identificar a monstruosidade que a vitimou; todos se tornam ao mesmo tempo curiosos e amedrontados. Uma casa, uma cidade onde sucedeu um feito monstruoso torna-se aterradora para aquele que a adentra. Ali a luz do dia não ilumina plenamente e as estrelas parecem perder seu brilho.

"Como é grande, mas talvez desculpável, a indiscrição das pessoas em relação a esses desventurados! Como são grandes sua tola impertinência e sua canhestra generosidade! Perdoe-me por falar assim, mas sofri terrivelmente junto àquela pobre moça quando Luciane a tirou daquele quarto escondido e passou a tratá-la com toda gentileza, querendo, com a melhor das intenções, arrastá-la para os jogos e a dança. Quando a pobre menina, cada vez mais inquieta, por fim fugiu e caiu desfalecida, e eu a segurei em meus braços; quando as pessoas em redor, assustadas e nervosas, deitaram seu olhar curioso sobre a infeliz, nesse momento não pude conceber que um idêntico destino me aguardava; mas minha simpatia por ela, tão viva e verdadeira, ainda se mantém. Agora posso dirigir minha

AS AFINIDADES ELETIVAS 283

compaixão a mim mesma e me precaver, de modo a não protagonizar uma cena semelhante."

"Em nenhum lugar, minha cara criança, você poderá se eximir do olhar das pessoas", replicou Charlotte. "Já não dispomos de conventos em que possamos encontrar asilo para tais sentimentos."

"Cara tia", disse Ottilie, "não é a solidão que faz o refúgio. O asilo mais precioso deve ser buscado ali onde podemos ser ativos. Nenhuma penitência, nenhuma renúncia pode nos livrar de um destino funesto e determinado a nos perseguir. O mundo se tornará repugnante e temível para mim se eu me expuser numa situação de ócio. Se, porém, eu for vista a trabalhar alegremente, infatigável no cumprimento de minhas obrigações, poderei encarar o olhar de cada pessoa, pois não temerei o de Deus."

"Ou muito me equivoco", replicou Charlotte, "ou seu desejo é o de voltar ao pensionato."

"Sim", replicou Ottilie, "não o nego; acho que é boa a sina de educar os outros pelo caminho habitual, já que fomos educados pelo mais extraordinário deles. Não conhecemos acaso a história de pessoas que, em virtude de grandes desgraças morais, refugiaram-se no deserto, mas lá, de maneira nenhuma, permaneceram ocultas e em segredo, tal como haviam esperado? Foram chamadas de volta ao mundo para reconduzir os extraviados ao caminho certo; quem poderia cumprir melhor essa tarefa do que aqueles já iniciados nos labirintos da vida! Tais pessoas foram chamadas para assistir os desvalidos; quem poderia assumir essa responsabilidade senão elas, sobre as quais nenhuma desgraça terrena haveria de se abater novamente!"

"Você escolhe um caminho singular", replicou Charlotte. "Não quero me opor, mesmo que, como espero, isso se dê por pouco tempo."

"Sou-lhe muito grata", disse Ottilie, "por me permitir essa tentativa, essa experiência. Terei bom êxito se não me envaidecer em demasia. Nesse lugar, quero lembrar-

-me das provações que sofri e do quão pequenas e destituídas de valor elas eram se comparadas àquelas que tive de enfrentar depois. Com que alegria hei de observar as dificuldades das pequenas, rir de seus sofrimentos pueris e com mão suave desembaraçá-las de todos os seus pequenos equívocos. O venturoso não está apto a conduzir os venturosos; é da natureza do homem cobrar sempre mais de si mesmo e dos outros, quanto mais ele recebe. Apenas o desventurado que se recupera sabe desenvolver para si mesmo e para os outros a consciência de que também as coisas frugais podem ser gozadas com prazer."

"Permita-me", disse Charlotte, após alguma reflexão, "fazer um reparo que julgo ser o mais importante. Não se trata de você; trata-se de um terceiro. Você conhece as ideias do auxiliar, homem pio, valoroso e ponderado. Seguindo esse caminho, você se tornará cada dia mais valiosa e imprescindível para ele. Como já demonstram seus sentimentos, ele não gostaria de viver sem você; desse modo, também no futuro, quando estiver acostumado a sua colaboração, não será capaz de administrar seus negócios se não puder contar com sua presença. Você estará a seu lado no começo para então, mais tarde, vir a magoá-lo."

"A fortuna não tem me tratado com benevolência", replicou Ottilie; "aquele que me ama não pode contar com sorte muito melhor. Sendo bom e compreensivo, espero que o amigo, do mesmo modo, saiba acalentar o sentimento de uma relação pura comigo. Em mim ele contemplará uma pessoa que se consagrou à missão de compensar, para si mesma e para os outros, uma terrível desgraça; lograrei meu intento se me dedicar ao sagrado ser que, cercando-nos incógnito, preserva-nos das terríveis forças que nos assediam."

Charlotte guardou as palavras que a cara criança dissera do fundo do coração para considerá-las depois com calma. Procurou, de diferentes formas, mas sempre com muita ponderação, descobrir se ainda era possível uma

AS AFINIDADES ELETIVAS   285

aproximação entre Ottilie e Eduard, mas a menção mais
sutil, a menor insinuação, um fio de esperança que fosse
bastava para inquietar Ottilie profundamente. Incapaz de
fazer rodeios em torno do assunto, certo dia a jovem exprimiu sua opinião com toda franqueza.

"Se sua resolução de renunciar a Eduard é tão firme
e inabalável", respondeu Charlotte, "guarde-se do perigo
de um reencontro. Longe do objeto amado, quanto mais
viva é nossa afeição, maior se torna a impressão de que
somos senhores de nós mesmos, internalizando o poder da
paixão, que procurava extravasar-se. Com que brevidade,
com que rapidez não nos vemos subtraídos a esse equívoco
quando aquilo que acreditávamos poder dispensar ressur-
ge subitamente como algo imprescindível diante de nossos
olhos! Faça agora aquilo que considera mais razoável nas
condições em que você se encontra. Examine-se; de preferência, modifique sua presente resolução, mas faça-o por si
mesma, de livre e espontânea vontade. Não se deixe levar
à situação anterior por uma casualidade ou um imprevisto
qualquer, pois nesse caso o coração se vê dividido, e essa situação é insuportável. Como disse, antes de dar esse passo,
antes que se separe de mim e inicie uma nova vida — que
a levará sabe Deus onde —, pense ainda uma vez e veja
se realmente é capaz de renunciar a Eduard para todo o
sempre. Sem embargo, se você mantém sua determinação,
façamos uma aliança; firmemos a resolução de que você
não vai ficar com ele e nem mesmo vai consentir numa conversa, caso ele a procure e insista em seu desígnio." Ottilie
não refletiu por um instante sequer; repetiu a Charlotte as
palavras que já dissera a si mesma.

Agora, porém, pairava sobre o espírito de Charlotte
aquela ameaça de Eduard, pela qual abdicava de Ottilie apenas enquanto a jovem não se separasse da tia. É
certo que desde então as circunstâncias haviam mudado
consideravelmente; muitas coisas haviam ocorrido nesse
meio-tempo, de modo que aquela palavra proferida no

calor da hora se via anulada pelos novos fatos. Charlotte, entretanto, não queria de modo nenhum ousar nem empreender algo que pudesse magoá-lo; nesse caso, Mittler deveria sondar os sentimentos de Eduard.

Desde a morte da criança, Mittler visitava Charlotte frequentemente, embora o fizesse com toda brevidade. O acidente, que para ele tornava extremamente improvável a reconciliação do casal, causou-lhe forte impressão. Contudo, sempre esperançoso e esforçado, como era de seu temperamento, alegrou-se intimamente com a decisão de Ottilie. Confiava no efeito moderador da passagem do tempo; pensava ainda em manter o casal unido, e, nesses movimentos da paixão, enxergava tão somente provas do amor e da fidelidade conjugal.

Muito cedo Charlotte informara o major da primeira declaração de Ottilie; pediu-lhe que falasse a Eduard com toda firmeza para que ele não desse mais nenhum passo adiante, que mantivesse a calma e esperasse para ver se voltava a antiga disposição da bela menina. Comunicou também os eventos e os sentimentos que sobrevieram nesse ínterim, e agora, naturalmente, era Mittler que recebia o difícil encargo de preparar Eduard para uma mudança da situação. Mittler, todavia, ciente de que nos conformamos mais com o já acontecido do que com aquilo que há de acontecer, convenceu Charlotte de que melhor seria enviar Ottilie imediatamente ao pensionato.

Desse modo, tão logo ele partiu, iniciaram-se os preparativos para a viagem. Ottilie fez as malas e Charlotte notou que ela não apanhara o belo baú nem tirara nada dali. Não fez comentários a respeito e deixou a calada menina agir a sua maneira. Chegou o momento da partida; no primeiro dia, o coche de Charlotte devia levar Ottilie a uma conhecida hospedaria e, no segundo, ao pensionato. Nanny iria acompanhá-la e ser sua criada. Após a morte da criança, a passional mocinha aproximara-se novamente de Ottilie e, consoante seu temperamento e inclinação, agarrou-se como outrora a sua ama; com sua cordial loquacidade, parecia recuperar aquilo que perdera e dedicar-lhe sua inteira atenção. Não cabia em si de felicidade ao contemplar a sorte de viajar com Ottilie e ver lugares desconhecidos, pois nunca antes deixara seu torrão natal, e correu do castelo para o vilarejo a fim de encontrar os pais e os parentes, anunciar-lhes sua felicidade e se despedir. Desgraçadamente, entrou num quarto de sarampentos e em seguida surgiram os sinais da contaminação. Não se queria adiar a viagem; a própria Ottilie insistia em partir; já percorrera aquele caminho, conhecia os donos da hospedaria onde iria se alojar; o cocheiro do castelo a conduziria; não havia com que se preocupar.

Charlotte não fez objeções; em pensamento, também ela se apressava a deixar aquele lugar. Antes de partir, queria apenas arrumar para Eduard os aposentos que Ottilie ocupara no castelo, deixando-os no estado em que se encontravam antes da chegada do capitão. A esperança de restabelecer uma antiga felicidade volta e meia torna a flamejar no coração humano, e Charlotte tinha direito a cultivar essa expectativa, tinha mesmo necessidade dela.

XVI

Quando Mittler chegou para tratar do assunto com Eduard, encontrou-o sozinho, com a cabeça amparada pela mão direita e o cotovelo apoiado no tampo da mesa. Parecia sofrer sobremaneira. "A dor de cabeça atormenta-o de novo?", perguntou Mittler. "Atormenta-me", replicou aquele; "mas não posso odiá-la, pois me faz lembrar Ottilie. Imagino que também ela sofra neste momento, apoiada sobre o braço esquerdo, e talvez mais do que eu. Por que eu não haveria de suportar essa dor, como ela mesma suporta? Essas dores são saudáveis para mim; eu quase diria que são desejáveis, pois por seu intermédio a imagem da paciência de Ottilie paira diante de minh'alma de modo mais intenso, nítido e vivo, acompanhada ainda de suas outras virtudes; apenas no sofrimento percebemos claramente as grandes qualidades requeridas para suportá-lo."

Ao ver o amigo assim resignado, Mittler não escondeu o propósito de sua vinda; fez uma exposição gradual, relatando passo a passo o modo como a ideia ocorrera às damas até amadurecer e constituir um plano. Eduard mal protestava. Do pouco que dizia podia-se depreender que deixava tudo nas mãos de Mittler; a dor presente parecia torná-lo indiferente a tudo.

Entretanto, mal se viu sozinho, ergueu-se e passou a andar de um lado a outro no quarto. Não sentia mais a dor, estava excitadíssimo em virtude de outras coisas. Já durante a explanação de Mittler, ativara-se vivamente a imaginação do amante. Via Ottilie sozinha, ou praticamente sozinha, a percorrer um caminho deveras conhecido, via-a no recinto de uma conhecida hospedaria, em cujos quartos ele tantas vezes entrara; pensava, refletia, ou, melhor dizendo, não pensava nem refletia; desejava, queria apenas. Tinha de vê-la, de falar com ela. Para quê? Por quê? Que resultaria desse encontro? Isso não importava agora. Não resistia, tinha de ir.

O camareiro foi inteirado do segredo e logo descobriu o dia e a hora em que Ottilie partiria. Alvoreceu o dia assinalado; Eduard logo montou o cavalo e rumou sozinho para o lugar onde Ottilie iria pernoitar. Chegou bem cedo; a estalajadeira, surpresa, recebeu-o com alegria; devia a ele uma grande felicidade familiar. Eduard havia conseguido uma condecoração para o filho, que, como soldado, se portara com grande bravura; o visitante destacara o feito do rapaz, presenciado apenas por ele mesmo, e se empenhara por trazê-lo ao conhecimento do general, vencendo a resistência de alguns malévolos. Ela não sabia o que fazer para agradá-lo. Rapidamente, arrumou o quarto principal, que servia igualmente de guarda--roupa e despensa; ele, contudo, anunciou-lhe a chegada de uma dama, que viria para se alojar, e pediu-lhe para improvisar um quarto nos fundos do corredor. A estalajadeira via aí algum mistério, mas agradava-lhe a ideia de obsequiar seu protetor, que se mostrava assaz interessado e ativo no trato desse pormenor. E ele, com que sentimentos passou o longo, longo tempo até que chegasse a noite! Observava atentamente o quarto em que deveria vê-la; em sua absoluta singularidade doméstica, o recinto parecia-lhe uma morada celestial. Ele fazia toda sorte de conjecturas; perguntava-se se devia surpreender Ottilie ou avisá-la. Por fim prevaleceu a última hipótese; sentou--se e escreveu. A carta deveria recepcioná-la.

Eduard a Ottilie

Enquanto lê esta carta, querida, saiba que estou por perto. Não se assuste, não se sobressalte; quanto a mim, não tenha nenhum receio. Não forçarei meu caminho. Você não me verá até que eu tenha sua permissão.

Pondere primeiramente a sua situação e a minha. Como lhe sou grato por você não intencionar um passo decisivo, embora ele seja deveras importante. Não dê esse passo! Aqui, numa espécie de encruzilhada, reflita mais uma vez: Você pode ser minha? Quer ser minha? Oh, você faria a todos um grande benefício e a mim, um imenso.

Permita-me revê-la, revê-la com alegria. Permita-me fazer a bela pergunta de viva voz, e responda-me pessoalmente com seus belos lábios. Em meu peito, Ottilie! Neste peito onde você já se recostou e ao qual pertencerá para sempre!

Enquanto escrevia, foi tomado pelo sentimento de que a mui desejada se acercava, logo estaria ali presente. Ela entrará por esta porta, lerá esta carta. Aquela cuja presença tantas vezes conjurei estará realmente diante de mim, como antes. Será a mesma? Terão mudado sua figura e seus sentimentos? Ainda empunhava a pena, queria escrever o que pensava; mas o coche entrou no pátio. Com um ligeiro movimento da mão, acrescentou: "Ouço você chegar. Logo nos veremos, até breve!".

Dobrou a carta e sobrescreveu-a; não havia tempo para selá-la. Correu para o quarto, de onde, em seguida, passaria ao corredor. Nesse instante, lembrou-se de que deixara o relógio e o selo sobre a mesa. Ela não deveria vê-los logo que entrasse; voltou rapidamente, a tempo de buscá-los. Ouviu os passos da estalajadeira, que vinha do vestíbulo para o quarto a fim de apresentá-lo à hospede. Correu para a porta do aposento anexo, mas ela se trancara subitamente. Ao entrar apressado, deixara a chave cair ao chão, do outro lado; a fechadura travou, e ele se viu encarcerado. Forçou a porta com violência; ela não cedia. Desejou ardentemente esgueirar-se pelas frestas, como um espírito. Debalde! Escondeu o rosto na ombreira da porta. Ottilie entrou; a estalajadeira, ao vê-lo, retirou-se. Também de Ottilie ele não podia se ocultar por mais de um instante. Voltou-se para ela; e assim, da maneira mais curiosa, os dois enamorados se punham um diante do outro novamente. Ela o contemplou serena e grave, sem avançar nem retroceder, e quando ele esboçou uma aproximação, ela recuou alguns passos até a mesa. Também ele recuou. "Ottilie!", exclamou. "Deixe-me romper esse silêncio terrível! Não passamos de sombras que se deparam? Acima de tudo, ouça! Foi um acaso você ter me encontrado aqui. A seu lado está uma carta que deveria preveni-la. Leia-a, peço-lhe, leia-a! E então decida o que puder."

Ela olhou para baixo e viu a carta; depois de refletir um pouco, tomou-a, abriu-a e começou a lê-la. Leu-a por inteiro, sem mudar a expressão do rosto, e a pôs de lado com um gesto suave; em seguida, juntou as palmas das mãos e ergueu-as até o peito, inclinando-se um pouco para a frente; mirou o obstinado suplicante com um tal olhar que o obrigou a desistir de todas as suas demandas e desejos. O gesto dilacerou o coração de Eduard. Ele não podia suportar o olhar nem a postura de Ottilie. Tinha a nítida impressão de que ela sofreria um colapso caso ele persistisse em seu propósito. Correu à porta desesperado e chamou a estalajadeira para cuidar daquela que restara só.

Andava de um lado a outro no vestíbulo. Anoitecera, fazia silêncio no quarto. Finalmente a estalajadeira saiu e tirou a chave da fechadura. A boa mulher estava comovida, sentia-se embaraçada, não sabia o que fazer. Por último, ao se retirar, ofereceu a chave a Eduard, que a recusou. Ela manteve a luz acesa e se afastou.

Tomado de grande aflição, Eduard deixou-se cair na soleira do quarto de Ottilie, cobrindo-a de lágrimas. Jamais dois enamorados, achando-se tão próximos um do outro, passaram uma noite tão miserável.

Amanheceu; o cocheiro preparava o carro, a estalajadeira abriu a porta e entrou no quarto. Encontrou Ottilie dormindo, ainda vestida; voltou então e acenou para Eduard, sorrindo-lhe com simpatia. Ambos se postaram diante daquela que dormia, mas mesmo essa visão era insuportável para Eduard. A estalajadeira não ousava despertar a criança em repouso; sentou-se a sua frente. Finalmente Ottilie abriu os olhos e se pôs de pé. Recusa o desjejum. Eduard posta-se então diante dela. Pede-lhe insistentemente que diga alguma coisa, que revele sua vontade. Jura que aquiescerá a seu desejo, mas ela se cala. Com amorosa persistência, pergunta novamente se ela quer ser sua. Com que graça ela baixa os olhos e meneia a cabeça para exprimir um suave "não"! Pergunta-lhe se deseja ir para o pensionato. Ela o nega com indiferença. Porém, ao lhe perguntar se pode conduzi-la de volta a Charlotte, ela assente inclinando a cabeça, num gesto resoluto. Ele corre à janela para dar ordens ao cocheiro; às suas costas, feito um raio, ela corre para fora, desce as escadas e entra no carro. O cocheiro retoma o caminho do castelo; Eduard segue atrás mantendo certa distância.

XVII

Qual não foi a surpresa de Charlotte ao ver o coche de Ottilie entrar no pátio do castelo, seguido por Eduard, que chegava a galope! Ela correu à porta. Ottilie desceu e se aproximou, ao lado de Eduard. Com ardor e veemência, a jovem toma as mãos de ambos os cônjuges, junta-as com força e corre para o quarto. Eduard atira-se aos braços de Charlotte e se debulha em lágrimas; não consegue explicar-se; pede que tenha paciência com ele, que apoie e ampare Ottilie. Charlotte acode ao quarto da sobrinha e estremece ao entrar; a habitação já estava completamente vazia, viam-se-lhe apenas as paredes nuas. Parece-lhe tão ampla quanto triste. Tudo fora retirado; restara apenas o baú, aberto e deixado no meio do quarto, pois não se soubera ao certo onde colocá-lo. Ottilie estava estirada no chão, com os braços e a cabeça apoiados sobre ele. Charlotte esforça-se para ajudar; pergunta-lhe o que havia acontecido e não tem resposta.

Deixa a menina na companhia da criada, que chega trazendo um refresco, e corre para Eduard. Encontra-o no salão; ele também não lhe dá explicações; arroja-se a seus pés, banha-lhe as mãos com suas lágrimas, foge para o quarto. Ao segui-lo, ela depara o camareiro, que lhe explica o ocorrido tanto quanto o sabe. O restante da história ela mesma advinha, e imediatamente decide fazer o que a hora exige. O quarto de Ottilie é arrumado rapidamente. Eduard encontrara o seu no mesmíssimo estado em que se achava da última vez em que ali estivera.

Parece que os três estão reconciliados, mas Ottilie permanece calada, e Eduard nada faz senão pedir à esposa que tenha paciência, que parece faltar a ele mesmo. Charlotte envia mensageiros a Mittler e ao major. Aquele não é encontrado, este último vem em seguida. Diante do amigo, Eduard abre o coração; confessa tudo em seus mínimos detalhes, e assim Charlotte toma conhecimento do que se passa, daquilo que muda tão singularmente a situação e acirra os ânimos.

Fala com seu marido da maneira mais gentil. Nada pede senão que a menina, por ora, não seja atormentada. Eduard bem percebe os méritos, o amor e a sensatez da mulher, mas está completamente dominado pela paixão. Charlotte dá-lhe esperanças, promete consentir no divórcio. Ele não acredita; está tão enfermo que a esperança e a confiança o abandonam, uma em seguida da outra; pressiona Charlotte a conceder sua mão ao major. É tomado por uma espécie de cego mau humor. A fim de acalmá-lo e entretê-lo, Charlotte faz o que pede. Concederá sua mão ao major, caso Ottilie resolva unir-se a Eduard; contudo, isso se dará sob a expressa condição de que ambos os homens se ausentem por algum tempo, numa viagem conjunta. O major tem uma missão externa a cumprir em assuntos da corte, e Eduard promete acompanhá-lo. Tomam-se algumas providências; sobrevém certa tranquilidade, uma vez que, ao menos, alguma coisa acontece.

Enquanto isso, nota-se que Ottilie quase não come nem bebe, ao mesmo tempo que se aferra a sua mudez. Falam com ela, ela se angustia; não insistem na demanda. Não é certo que, em geral, cedemos à fraqueza de não perturbar alguém, ainda que seja para seu bem? Charlotte conjecturava todos os meios; finalmente atinou com a ideia de chamar o auxiliar do pensionato, que tinha grande ascendência sobre Ottilie. De modo muito cordial, ele já havia perguntado várias vezes pela razão de Ottilie não ter se apresentado ali, e não obtivera nenhuma resposta.

A fim de não surpreender Ottilie, comenta-se a ideia em sua presença. Ela parece não concordar; reflete. Por fim, deixa a impressão de que uma decisão amadurece em seu íntimo; acode a seu quarto e ainda antes do anoitecer envia aos amigos reunidos o escrito que segue:

Ottilie aos amigos

Por que, meus caros, tenho de dizer expressamente aquilo que se compreende por si mesmo? Perdi meu rumo e não vou reencontrá-lo. Um demônio hostil que se apoderou de mim parece, do lado de fora, impedi-lo, ainda que eu possa me reconciliar comigo mesma.

Foi absolutamente honesto o meu propósito de renunciar a Eduard, de me afastar dele. Esperava jamais revê-lo. As coisas se passaram de outro modo; contra sua própria vontade ele surgiu diante de mim. É possível que eu tenha tomado e interpretado de maneira muito literal a promessa de não falar com ele. O sentimento e a consciência do momento fizeram-me calar; fiquei muda diante do amigo, e agora nada mais tenho a dizer. Casualmente, impelida pelos sentimentos, fiz um rigoroso voto monástico, que deve oprimir até mesmo aquele que o faz de modo refletido. Deixem-me manter o juramento enquanto o coração assim mandar. Não chamem nenhum mediador! Não me forcem a falar, a comer e beber mais do que o estritamente necessário. Ajudem-me, com tolerância e indulgência, a atravessar esta fase. Sou jovem, a juventude logo se recobra. Sejam pacientes quando eu estiver com vocês, alegrem-me com seu amor, instruam-me com sua conversação, mas deixem-me a sós com minha intimidade.

A viagem dos amigos, longamente preparada, não se realizou, pois a missão externa do major fora adiada. Quão oportuno para Eduard! A carta de Ottilie, com suas palavras de consolo e esperança, mais uma vez o encorajava e legitimava sua firme determinação; declarou subitamente que não se afastaria dali. "Que tolice", exclamou, "rejeitarmos, de modo intencional e precipitado, o bem mais necessário e imprescindível que podemos preservar, mesmo sob o risco de perdê-lo! Para quê? Apenas para o homem imaginar que goza da prerrogativa de querer e escolher. Dominado por essa tola cegueira, já me separei de amigos com horas e dias de antecedência tão somente para não encarar aquele derradeiro e inevitável fim de prazo. Desta feita, porém, quero ficar. Por que razão eu deveria me afastar? Ela já não está afastada de mim? Não pretendo tomar sua mão, trazê-la a meu peito; não posso sequer pensar nisso; estremeço diante da ideia. Ela não se afastou de mim; alçou-se acima de mim."

E assim ele ficou, como queria, como tinha de ser. Mas nada se comparava ao prazer que sentia quando estava a seu lado. E ela mantinha o mesmo sentimento; também ela não podia subtrair-se a essa ditosa necessidade. Como sempre, um exercia sobre o outro uma atração indescritível, quase mágica. Viviam sob o mesmo teto, mas, mesmo quando não pensavam um no outro, ocupados com coisas diversas e arrastados para lá e para cá pelos amigos, acabavam por se aproximar. Quando se achavam numa mesma sala, isso não tardava a acontecer e eles se postavam ou se sentavam lado a lado. Tranquilizavam-se apenas com a vizinhança mais estrita e era então que se tranquilizavam completamente, e bastava-lhes essa intimidade; não careciam de nenhum olhar, nenhuma palavra, nenhum gesto, nenhum contato; bastava estarem juntos. E então já não havia duas pessoas ali, havia tão somente uma, imersa em inconsciente e perfeito contentamento, satisfeita consigo mesma e com o mundo. Se por algum motivo um deles era detido no fundo da sala, aos poucos o outro, por si mesmo, se movia até ali, sem premeditar o passo. Para eles, a vida era um enigma cuja solução só poderiam encontrar se estivessem juntos.

Ottilie estava absolutamente serena e tranquila, de modo que todos podiam sossegar. Era raro que se afastasse dos amigos; pedira tão somente para tomar as refeições sozinha. Apenas Nanny a servia.

As coisas que sucedem a uma pessoa repetem-se com mais frequência do que supomos, porque sua natureza assim o determina. O caráter, a individualidade, a inclinação, a orientação, a localidade, o ambiente e os costumes configuram juntos uma totalidade em que cada pessoa transita como que imersa no único elemento, na única atmosfera em que se sente bem e confortável. E assim, para nossa surpresa, reencontramos inalteradas certas pessoas cuja volubilidade tantas vezes ouvimos criticada; passam-se os anos e notamos que elas não mudaram, mesmo depois de expostas a infindáveis excitações internas e externas.

Em quase tudo a vida cotidiana de nossos amigos se movia no mesmo ritmo de antes. Calada, Ottilie ainda revelava sua natureza prestativa mediante uma série de gentilezas, e assim procediam todos, cada um a sua maneira. Desse modo o círculo doméstico exibia uma imagem aparente da vida pregressa, e era perdoável a ilusão de que tudo estava como antes.

Os dias outonais, em sua duração semelhantes aos primaveris, chamavam os amigos para dentro de casa à mesma hora. O ornamento de frutas e flores, que é típico dessa época, criava a ilusão de que o outono era ainda aquela passada primavera; caíra no esquecimento o intervalo entre ambas as estações. Pois agora desabrochavam as flores que haviam sido semeadas naqueles primeiros dias; agora os frutos amadureciam nas árvores vistas a florir naquele tempo.

O major ia e voltava; Mittler aparecia com mais frequência. Os serões ocorriam regularmente. Em geral Eduard lia, e o fazia de modo mais animado, com mais sentimento; lia melhor e, se quisermos, até mesmo com mais jovialidade do que antes. Era como se, por meio da alegria e do sentimento, quisesse tirar Ottilie de sua letargia e mudez. Sentava-se como costumava fazer antes, de modo que ela pudesse ler as páginas do livro; ficava inquieto e distraído quando ela não agia desse modo, quando não estava seguro de que ela seguia suas palavras com os olhos.

Extinguira-se o sentimento desagradável e molesto daquele tempo intermediário. Não restara nenhum rancor entre eles; desaparecera toda espécie de amargura. O major, ao violino, acompanhava o piano de Charlotte, assim como a flauta de Eduard se ajustava à maneira com que Ottilie tocava um instrumento de cordas. Aproximava-se agora o aniversário de Eduard, cuja comemoração não se havia alcançado no ano anterior. Dessa feita, deveria ser celebrado sem solenidade, numa reunião tranquila e cordial. As partes, entendendo-se de modo tácito e também explícito, haviam acordado isso. Contudo, quanto mais se aproximava o natalício, mais se acendia em Ottilie um espírito festivo, que até então fora mais sentido que notado. Parecia inspecionar regularmente as flores no jardim; dava instruções ao jardineiro para que poupasse todo tipo de plantas estivais, em particular as sécias, que nesse ano haviam florescido em grande abundância.

XVIII

O evento mais significativo, porém, observado em atento silêncio pelos amigos, foi Ottilie abrir pela primeira vez o baú; apanhou diversos tecidos e cortou-os em quantidade suficiente para confeccionar um traje completo. Mas, quando, auxiliada por Nanny, quis guardar de volta o material restante, mal pôde completar a tarefa; o recipiente estava repleto, embora uma parte de seu conteúdo já houvesse sido retirada. A jovem e cobiçosa criada não se fartava de contemplar aquilo tudo, especialmente ao notar que o traje estava provido até mesmo de suas menores partes. Restavam sapatos, meias, ligas com divisas, luvas e outros objetos. Pediu a Ottilie que a regalasse com alguma coisa. Esta não lhe satisfez a vontade, mas abriu logo uma gaveta da cômoda e deixou a pequena fazer sua escolha; esta se serviu rapidamente e sem jeito, e saiu correndo com sua presa para anunciar e exibir sua fortuna às outras pessoas da casa.

Por fim, com todo cuidado, Otillie conseguiu recolocar tudo em seu devido lugar; depois, abriu um compartimento oculto, embutido no tampo. Ali ela escondera pequenos bilhetinhos e cartas de Eduard, diversas flores secas, recordações de antigos passeios, além de um cacho de cabelos do amado e outras coisas mais. Acrescentou um objeto a esse recipiente — o retrato do pai — e fechou todo o baú para então recolocar no pescoço a corrente de ouro da qual a delicada chave pendia junto ao peito.

Entrementes surgiram novas esperanças no coração dos amigos. Charlotte estava convencida de que Ottilie voltaria a falar naquele dia, pois a menina vinha mostrando uma dissimulada atividade, uma espécie de sereno autocontentamento, um sorriso como o que paira no rosto daquele que oculta de seus entes queridos algo de bom e gratificante. Ninguém sabia que Ottilie vivia muitas horas de grande debilidade, da qual se recobrava pela força de seu espírito e apenas pelo tempo em que estivesse na presença dos outros.

Nessa época, Mittler passara a visitar o castelo com mais frequência e ficava por mais tempo que de costume. Aquele homem obstinado bem sabia que existe o momento certo para se forjar o ferro. A mudez e o negacear de Ottilie, ele os tomava em seu favor. Não se dera nenhum passo na direção do divórcio do casal; Mittler desejava, de modo alternativo, determinar favoravelmente o destino da boa menina; escutava, condescendia, dava a entender alguma coisa e agia a seu modo, com muita prudência.

Mas não se continha quando surgia ocasião para manifestar suas ideias sobre assuntos que julgava de grande importância. Vivia ensimesmado e, quando estava junto de outras pessoas, agia como se estivesse a negociar com elas. Quando estava com amigos e desatava a falar — como vimos por diversas vezes —, discursava sem reservas, ofendendo ou remediando, ajudando ou prejudicando, conforme as circunstâncias.

Na noite da véspera do aniversário de Eduard, Charlotte e o major estavam sentados juntos, à espera do amigo, que saíra a cavalo; Mittler andava de um lado para o outro; Ottilie ficara em seu quarto, desatando os enfeites para o dia seguinte e dando instruções a sua mocinha, que a compreendia perfeitamente e seguia com destreza as suas mudas ordens.

AS AFINIDADES ELETIVAS

Mittler retomava um de seus temas prediletos. Gostava de afirmar que, tanto na educação das crianças quanto na condução dos povos, nada seria mais inábil e bárbaro do que as proibições, as leis e as disposições coercitivas. "O ser humano é ativo por natureza", disse; "e, quando se sabe dar ordens, ele as segue, entra em ação e executa sua tarefa. De minha parte, prefiro tolerar os erros e falhas em meu círculo até que eu possa determinar a virtude contrária; prefiro isso a livrar-me do erro sem que a correta atitude lhe tome o lugar. Caso esteja em condições de fazê--lo, o homem empreende de bom grado aquilo que é bom e aconselhável; ele o faz para ter algo com que se ocupar, e não reflete sobre isso mais do que o faz em relação às tolas travessuras que pratica por ociosidade e tédio.

"Aborreço-me profundamente ao ouvir as crianças repetindo os dez mandamentos durante a aula. O quarto é belo, razoável e impreterível. 'Honrarás a teu pai e a tua mãe.' Quando as crianças o gravam em sua mente, têm o dia todo para praticá-lo. Mas o quinto, que se pode dizer sobre ele? 'Não matarás.' Como se o homem pudesse ter o mínimo prazer em matar seu semelhante! Odiamos alguém, enfurecemo-nos, precipitamo-nos, e em consequência disso e de outras coisas é possível que matemos uma pessoa. Mas acaso não se trata de uma bárbara instrução proibir as crianças de matar e assassinar? A lei podia ao menos ordenar: 'Protege a vida de teu próximo, afasta-o daquilo que lhe pode causar danos; salva-o, colocando-te a ti mesmo em risco; se vieres a prejudicá--lo, lembra-te de que te prejudicas a ti mesmo'. Esses são os mandamentos que vigoram entre os povos instruídos e sensatos e que, entre nós, são discutidos de maneira muito precária ao se responder à pergunta 'Que significa isso?' das lições de catecismo.

"E o sexto, então? Acho-o absolutamente abominável! O que é isso? Excitar as crianças, prescientes e curiosas, com perigosos mistérios, estimular sua imaginação com imagens e ideias extravagantes que as aproximam justamente daquilo de que se quer afastá-las. Seria muito melhor que tais coisas fossem punidas arbitrariamente por um tribunal secreto do que admitir que se tagarele sobre elas diante da igreja e da comunidade."

Nesse instante entrou Ottilie. "'Não cometerás adultério!'", prosseguiu Mittler. "Quão grosseiro, quão obsceno! Acaso não soaria totalmente diferente se ele ordenasse as coisas do seguinte modo: 'Respeitarás a relação conjugal; onde encontrares cônjuges que se amam, deverás alegrar-te e partilhar de sua felicidade, como a ventura de um dia festivo. Se essa relação de algum modo se turbar, buscarás esclarecê-los, apaziguá-los e amansá-los; salientarás as virtudes de ambos e, com grande altruísmo, promoverás o bem-estar, fazendo-os notar a alegria que emana de toda obrigação e em especial dessa, que indissoluvelmente liga o homem e a mulher'?"

Charlotte tinha a sensação de estar sentada num braseiro, e a situação lhe pareceu ainda mais inquietante ao se convencer de que Mittler não tinha consciência do que dizia nem do lugar onde estava, e, antes que pudesse interrompê-lo, viu Ottilie, cujas feições haviam se transfigurado, sair do recinto.

"Decerto você nos dispensa do sétimo mandamento", disse Charlotte com forçado sorriso. "E de todos os demais", replicou Mittler, "conquanto eu preserve aquele que fundamenta todos os demais."

Nanny precipitou-se na sala com um grito pungente: "Ela está morrendo! A senhorita está morrendo! Acudam! Acudam!".

Quando Ottilie retornara claudicante a seu quarto, as peças do enfeitado traje que usaria no dia seguinte estavam dispostas sobre diversas cadeiras, e a criada, que andava de um lado a outro, observando e admirando tudo aquilo, exclamou com júbilo: "Veja, caríssima ama, este é um atavio nupcial digno da senhora!".

AS AFINIDADES ELETIVAS

Ottilie ouviu essas palavras e desabou no sofá. Nanny vê sua senhora empalidecer e entorpecer; corre para Charlotte; as pessoas acodem. O médico da família vem a toda pressa; pensa que se trata de uma simples exaustão. Pede um caldo revigorante; Ottilie recusa-o com aversão, quase convulsiona quando lhe trazem a xícara à boca. Em virtude das circunstâncias, ele pergunta séria e rapidamente sobre aquilo que Ottilie havia provado durante o dia. A criada hesita; ele repete a pergunta; ela confessa que Ottilie nada havia comido.

Nanny parece-lhe mais amedrontada que sincera. Ele a arrasta para um quarto vizinho; Charlotte os segue. A jovem cai de joelhos, confessa que havia muito Ottilie praticamente nada comia. Instada por Ottilie, ela mesma vinha ingerindo suas refeições; calara sobre isso por causa dos gestos súplices e ameaçadores de sua ama e também — acrescentou inocentemente — porque a comida muito lhe apetecia.

Chegaram o major e Mittler; encontraram Charlotte atarefada, ao lado do médico. A pálida e sublime criança estava sentada no canto do sofá, aparentando consciência da situação. Pedem-lhe para que se deite, ela se nega a fazê-lo; acena, porém, pedindo para que lhe tragam o baú. Põe os pés sobre ele e se acha numa posição quase horizontal e confortável. Parece querer despedir-se; seus gestos exprimem aos presentes a mais doce devoção, amor, gratidão, expiação e o mais cordial adeus.

Eduard, que apeia do cavalo, toma conhecimento da situação; precipita-se no quarto, arroja-se a seu lado, apanha-lhe a mão, cobre-a de mudas lágrimas. Permanece assim por longo tempo. Finalmente, exclama: "Não ouvirei sua voz nunca mais? Não voltará à vida, com uma palavra para mim? Está bem! Eu a seguirei; conversaremos então por meio de outras línguas!".

Ela lhe aperta a mão com força, mira-o cheia de vida e amor e, depois de um suspiro profundo, de um sublime e calado movimento dos lábios, exclama com gracioso e terno esforço: "Prometa-me viver!". E então desfalece. "Prometo!", ele grita para ela, ou melhor, ao encalço dela, pois já se fora.

Após uma noite cheia de lágrimas, coube a Charlotte o encargo de enterrar aqueles queridos restos mortais. O major e Mittler assistiram-na. O estado de Eduard era deplorável. Depois de superar o desespero e raciocinar um pouco, insistiu para que Ottilie não fosse levada do castelo; devia ser mantida, cuidada e tratada como uma pessoa viva, pois dizia que não estava morta, que não poderia estar. Cumpriram sua vontade, pelo menos no que se referia àquilo que havia proibido. Ele não pediu para vê-la.

Sobreveio então outro susto; os amigos foram colhidos por nova aflição. Nanny, repreendida com veemência pelo médico, coagida à confissão por meio de ameaças e, depois de confessar, cumulada de censuras, havia fugido. Foi achada depois de longa busca; parecia fora de si. Os pais acolheram-na. Os melhores tratamentos pareciam não surtir efeito; foi preciso encarcerá-la, pois ameaçava escapar novamente.

Aos poucos Eduard foi se livrando do terrível desespero, mas apenas para sua desgraça, pois tornava-se patente, tornava-se claro que havia perdido sua felicidade para todo o sempre. Ousaram dizer-lhe que, sepultada na capela, Ottilie permaneceria entre os vivos e não deixaria de ter uma morada aprazível e serena. Foi difícil obter-lhe o consentimento, e apenas cedeu, parecendo resignar-se a tudo o mais, sob a condição de que ela seria transportada num caixão aberto, de que a cripta seria coberta apenas por um tampo de vidro e de que se instituiria ali uma lâmpada de luz perpétua.

Vestiram o gracioso corpo da finada com aquele traje que ela mesma havia confeccionado; sobre a cabeça puseram-lhe uma coroa de sécias, que, feito estrelas infeli-

AS AFINIDADES ELETIVAS   305

zes, resplandeciam cheias de agouro. Para ornar o féretro,
a igreja e a capela, ceifaram-se as primícias de todos os
jardins. Ficaram desertos, como se o inverno houvesse ex-
tirpado toda a alegria de seus tabuleiros. De manhã bem
cedo, ela saiu carregada num caixão aberto, e o sol nascente mais uma vez corou aquele rosto sublime. Os que acompanhavam o cortejo comprimiam-se junto àqueles que carregavam o ataúde; ninguém queria ir adiante nem seguir
atrás; todos desejavam se acercar e gozar pela última vez
de sua presença. Rapazes, homens e mulheres, todos estavam comovidos. Inconsoláveis mostravam-se as moças,
que sentiam de modo mais direto a sua perda.

Faltava Nanny. Retiveram-na ou, melhor dizendo,
ocultaram-lhe o dia e a hora do enterro. Permanecia vi-
giada na casa dos pais, num cômodo que dava para o
jardim. Mas, ao ouvir o repicar dos sinos, imediatamente percebeu o que ocorria; e, como sua guardiã, curiosa
para ver o cortejo, a deixara sozinha, saltou pela janela
alcançando um corredor, de onde passou ao sótão, pois
todas as portas estavam trancadas.

Nesse instante, o séquito passava claudicante pelo caminho asseado e coberto de folhas que cruzava o vilarejo. Nanny viu claramente sua ama passar ali embaixo,
mais clara, perfeita e formosa que todas as mulheres do
cortejo. Supraterrena, como se carreada sobre nuvens ou
ondas, parecia acenar à criada, e esta, confusa, hesitante
e cambaleante, despencou.

A multidão dispersou-se com um grito terrível, correndo para todos os lados. Diante do alvoroço e dos empur-
rões, os carregadores foram obrigados a pôr o esquife no
chão. A menina jazia ali bem próxima; dava a impressão
de ter os membros destroçados. Ergueram-na; casualmente ou por uma singular coincidência, recostaram-na junto
ao cadáver; com o alento que lhe restara, parecia querer
alcançar ainda sua querida ama. Porém, mal seus trêmu-
los membros tocaram a roupa de Ottilie e seus débeis de-

dos roçaram-lhe as mãos enlaçadas, levantou-se de um salto e elevou os braços e os olhos para os céus; em seguida caiu de joelhos diante do caixão e mirou sua senhora, com reverência e admiração.

Por fim, como que arrebatada, ergueu-se subitamente e bradou com solene regozijo: "Sim, ela me perdoou! Aquilo que ninguém, nem eu mesma pude perdoar, perdoa-me Deus por meio de seu olhar, seus gestos e sua boca. Agora, novamente ela repousa terna e tranquila; mas vocês viram o modo como ela se ergueu e me abençoou com as mãos estendidas, o modo como carinhosamente olhou para mim! Todos ouviram e são testemunhas de que ela me disse: 'Está perdoada!'. Não sou mais uma homicida entre vocês; ela me perdoou, Deus me perdoou, e ninguém mais pode me fazer mal".

A multidão comprimia-se a sua volta; todos estavam perplexos, escutavam e olhavam de um lado para o outro, e ninguém sabia o que fazer. "Levem-na agora para seu descanso!", disse a menina. "Ela cumpriu seu papel e sofreu, e não pode mais ficar entre nós." O féretro seguiu adiante; Nanny seguiu-o à frente dos demais, e o cortejo chegou à igreja e à capela.

E assim quedou o caixão de Ottilie: à cabeceira, o ataúde do bebê, a seus pés, o baú, encerrado numa resistente caixa de carvalho. Providenciara-se uma guardiã que nos primeiros tempos velaria o corpo, que jazia tão belo sob o tampo de vidro. Nanny, contudo, não abriu mão dessa função; queria ficar sozinha, sem companheira nenhuma, e zelar pela lâmpada que se acendia pela primeira vez. Exigiu esse direito com tamanho ímpeto e obstinação que cederam a sua vontade, evitando assim uma perturbação ainda maior de seu estado.

Mas não ficou sozinha por muito tempo, pois ao cair a noite, quando a chama oscilante, fazendo valer seus direitos, emitia uma luz mais intensa, abriu-se a porta e o arquiteto entrou na capela, cujas paredes piamente deco-

AS AFINIDADES ELETIVAS

radas se lhe afiguravam, sob tão suave lume, mais antigas
e misteriosas do que jamais pudera crer.

Nanny estava sentada ao lado do caixão. Reconheceu
o visitante imediatamente, mas foi calada que lhe indicou
a finada senhora. E assim ele se postou do outro lado,
no vigor de sua beleza e juventude, entregue a seus pensamentos, imóvel e introspectivo, com os braços caídos,
as mãos piedosamente entrelaçadas, a cabeça e o olhar
voltados para a falecida.

Já se postara uma vez assim, diante de Belisário. Involuntariamente, assumia a mesma posição; e como ela era
natural agora! Também aqui alguma coisa inestimavel-
mente digna havia caído de uma grande altura; se ali, no
destino de um homem, lamentavam-se como irrevogavel-
mente perdidas a coragem, a sabedoria, o poder, a posição
e a fortuna; se, nos momentos decisivos, qualidades indispensáveis à nação e ao soberano deixavam de ser apreciadas e eram, na verdade, desprezadas e excluídas, havia aqui
outras tácitas virtudes que a natureza extraíra de suas ricas
entranhas para extingui-las logo depois com mão indiferente: raras, belas e amáveis virtudes, cujo efeito tranquilizador o mundo carente, em todas as épocas, abraça com
inefável satisfação e anela com saudosa tristeza.

O jovem permaneceu calado por algum tempo, assim
como a menina; mas quando ela viu as lágrimas que ele
derramava sem parar, parecendo sucumbir ao sofrimento,
dirigiu-lhe a palavra com tamanha sinceridade e energia,
com tamanha afeição e confiança, que ele, surpreendido pela fluência dessa fala, pôde recompor-se, e sua bela
amiga apareceu, viva e ativa, pairando numa região elevada. Secaram-se-lhe as lágrimas, suas dores arrefeceram;
de joelhos, deu adeus a Ottilie e com um caloroso aperto
de mão despediu-se de Nanny, partindo naquela mesma
noite sem ter visto mais ninguém.

Sem que a menina notasse, o cirurgião passara a noite na igreja, e pela manhã encontrou-a serena e de bom

ânimo. Esperava ouvir uma série de disparates; imaginara que ela falaria de conversas noturnas com Ottilie e de outras visões, mas a pequena se portava com naturalidade; estava calma e cônscia de si. Recordava-se inteiramente de tudo o que se passara até então, tinha precisa lembrança de toda a situação, e nada em sua fala escapava à ordem do verdadeiro e do real, exceção feita ao incidente no enterro, que ela repetia com alegria: o modo como Ottilie se erguera, abençoando-a e perdoando-a, tranquilizando-a assim para sempre.

O estado de Ottilie, persistentemente belo, mais parecido ao sono que à morte, atraía muita gente. Os moradores do vilarejo e das vizinhanças queriam vê-la ainda, e todos desejavam ouvir da boca de Nanny o incrível acontecimento; alguns para zombá-lo, a maioria para duvidá-lo e uns poucos para lhe dar crédito.

Toda necessidade que não é concretamente satisfeita induz à crença. À vista de toda a gente, a destroçada Nanny fora curada ao tocar o santo corpo; por que não deveriam outros contar com semelhante sorte? De início, ternas mães traziam secretamente os filhos vitimados por algum mal e acreditavam observar uma súbita melhora. A fé cresceu e por fim não restara ninguém, ainda que velho ou fraco, que não houvesse buscado ali seu alívio e refrigério. A afluência aumentava; foi preciso fechar a capela e até mesmo a igreja fora dos horários de serviço religioso.

Eduard não ousava aproximar-se da falecida. Vivia fechado em si mesmo, parecia não ter mais lágrimas nem forças para suportar o sofrimento. A cada dia que passa, participa menos das conversas e perde o prazer em comer e beber. Parece encontrar algum alívio naquela taça que, evidentemente, não fora um verdadeiro profeta para ele. Continua a mirar com prazer as entrelaçadas iniciais dos nomes e, diante desse monograma, seu olhar sereno e grave mostra que ainda aguarda por uma união. Porém, assim como o afortunado parece beneficiar-se de

AS AFINIDADES ELETIVAS

cada pormenor e se elevar por meio de todo acaso, do mesmo modo os menores acidentes unem-se para ofender e arruinar o desventurado. Assim, certo dia, ao trazer a taça aos lábios, Eduard afastou-a horrorizado; era e não era a mesma; ele notara a ausência de um pequeno sinal. O camareiro é pressionado e acaba por confessar que a taça genuína se quebrara recentemente e fora substituída por uma idêntica, também dos tempos da juventude de seu amo. Eduard não pode se zangar, a ocorrência sela seu destino; por que se deixaria abalar pelo símbolo? Sem embargo, ele o oprime duramente. Desde então repugna--lhe beber; parece abster-se intencionalmente das refeições e da conversa.

Inquieta-se de quando em quando. Pede novamente algo de comer, recomeça a falar. "Ah!", disse certa vez ao major, que quase não saía de seu lado, "sou tão infeliz que todo meu afã se reduz a uma imitação, a um esforço ilusório! O que foi felicidade para ela é tormento para mim; e, contudo, por causa dessa felicidade tenho de aceitar este tormento. Tenho de segui-la, segui-la por este caminho; retêm-me, contudo, minha natureza e minha promessa. É terrível o dever de imitar o inimitável. Bem percebo, caríssimo amigo, que para tudo precisamos de engenho, para o martírio inclusive."

Diante dessa situação desesperadora, que dizer dos esforços conjugais, fraternos e médicos que, por algum tempo, agitaram as pessoas próximas de Eduard? Finalmente, acharam-no morto. Mittler fez a triste descoberta. Chamou o cirurgião, que, com a serenidade de sempre, reparou nas circunstâncias em que o corpo fora encontrado. Charlotte correu para lá; suspeitou de um suicídio; quis acusar a si mesma e aos demais de um inescusável descuido. Mas o médico, apoiando-se nas causas naturais, e Mittler, nas morais, logo a convenceram do contrário. Era evidente que Eduard fora surpreendido pela morte. Num momento de tranquilidade, esvaziara uma caixinha e uma carteira onde até então conservara zelosamente e às ocultas as coisas que lhe restavam de Ottilie, espalhando-as a sua frente: uma mecha de cabelos, flores colhidas em horas felizes, todos os bilhetes que ela lhe escrevera, inclusive o primeiro, aquele que sua mulher lhe entregara de modo tão casual e pressagioso. Não seria de bom grado que ele deixaria tudo isso à mostra. E assim esse coração, que havia pouco ainda palpitava numa agitação sem fim, jazia agora num repouso imperturbável; e por ter adormecido com o pensamento voltado para a santa, podia-se chamá-lo um homem feliz. Charlotte sepultou-o ao lado de Ottilie e ordenou que ninguém mais viesse a ocupar esse jazigo. Sob essa condição, fez uma série de donativos à igreja e à escola, ao pastor e ao mestre.

Assim descansam os dois enamorados, um ao lado do outro. A paz repousa sobre sua campa; serenas e afínicas imagens de anjos contemplam-nos desde a abóbada. Que hora esplêndida haverá de ser aquela quando um dia, juntos, despertarem.

Cronologia

1749   28 DE AGOSTO Johann Wolfgang von Goethe nasce em Frankfurt-am-Main, filho mais velho de Johann Caspar Goethe e Katharina Elisabeth Goethe.

1750   7 DE DEZEMBRO Nascimento de Cornelia, irmã de Goethe.

1753   Goethe e a irmã ganham de presente de Natal um teatro de fantoches da avó. Goethe fica sabendo da história de Fausto por meio do espetáculo de fantoches.

1755   Frequenta a escola primária.
1º DE NOVEMBRO O terremoto de Lisboa, que mata mais de 30 mil pessoas, é uma notícia perturbadora para o jovem Goethe.
Começa a ler avidamente.

1756   Início da Guerra dos Sete Anos.

1756-61   Tem aulas de latim, grego antigo, francês, italiano, matemática, história, geografia, iídiche, desenho e dança.

1757   Escreve um poema de ano-novo para os avós maternos.

1758   É acometido de varíola.

1759   Tropas francesas ocupam Frankfurt. Goethe visita com frequência o teatro francês no Junghof.

1762   Tem aulas de inglês, teologia e hebraico.
28 DE AGOSTO Oferece um primeiro volume de seus poemas ao pai como presente de aniversário.

1763   As tropas francesas deixam Frankfurt. Aulas de piano. Goethe começa a se sentir atraído por várias meninas, as quais chamará de "Gretchen" em sua autobiografia, *Dichtung und Wahrheit* (*Poesia e verdade*).

1764 Primeiros desenhos de paisagem da região de Frankfurt. Estuda as obras de Platão, Aristóteles, Plotino e dos estoicos.

1765 Aulas de esgrima e equitação.

3 DE OUTUBRO Começa a estudar direito na Universidade de Leipzig. Aulas de desenho com Adam Friedrich Oeser.

1766 Primeiras leituras de Shakespeare. Apaixona-se por Käthchen Schönkopf. Mais tarde, dedica-lhe uma coleção de poemas intitulada *Annette*.

1767 Adquire habilidades em água-forte, gravura em cobre e xilogravura. Trabalha em *Die Laune des Verliebten* (*Os caprichos do amante*).

1768 FEVEREIRO Viagem a Dresden. Visita as coleções de arte da cidade.

FINAL DE JULHO Hemorragia grave. Parte para Frankfurt em busca de tratamento médico. Susanna Katharina von Klettenberg familiariza Goethe com as ideias pietistas.

1769 Durante sua recuperação, estuda química e alquimia.

OUTUBRO Visita a coleção de arte clássica em Mannheim, em particular o grupo Lacoonte. Publica pela primeira vez uma coleção de poemas pela casa Breitkopf, de Leipzig, na forma de canções, intitulada *Neue Lieder, in Melodien gesetzt von Bernhard Theodor Breitkopf* (Leipziger Liederbuch). Escreve *Die Mitschuldigen* (*Parceiros na culpa*).

1770 FEVEREIRO Parte para Estrasburgo, onde deve terminar seus estudos de direito. Conhece Johann Gottfried Herder, de quem se torna amigo.

FINAL DE SETEMBRO Passa em seu primeiro exame de direito. Relacionamento com Friederike von Brion. *Sesenheimer Lieder* (*Canções de Sesenheim*).

1771 ABRIL Conhece o escritor Jacob Michael Reinhold Lenz.

6 DE AGOSTO Diploma de licenciatura em direito.

CRONOLOGIA 313

7 DE AGOSTO Despede-se de Friederike von Brion, sem lhe dizer que é para sempre.

SETEMBRO Começa a exercer a advocacia em Frankfurt.

"Heidenröslein" ("Pequena rosa silvestre"), "Maifest" ("Festa de maio"), "Willkommen und Abschied" ("Saudação e despedida"), "Zum Schäkespears Tag" ("No aniversário de Shakespeare"), primeira versão do drama *Götz von Berlichingen*, chamada *Geschichte Gottfriedens von Berlichingen mit der eisernen Hand. Dramatisirt* (História de Gottfried von Berlichingen, o Mão de Ferro. Dramatizada).

1772   14 DE JANEIRO Susanna Margaretha Brandt é executada em Frankfurt pelo assassinato do filho. Mais tarde, Goethe baseia-se nela ao criar "Gretchen" no *Fausto*.

MAIO Trabalha em Wetzlar, no Reichskammergericht (Supremo Tribunal Imperial). Conhece e se apaixona por Charlotte Buff, noiva de Johann Christian Kestner, que mais tarde aparecerá como "Lotte" em *Die Leiden des jungen Werthers* (*Os sofrimentos do jovem Werther*).

10-11 DE SETEMBRO Escreve uma carta de despedida ao casal e vai embora de Wetzlar.

Prosa: "Von deutscher Baukunst" ("Sobre a arquitetura alemã").

Poemas: "Der Wanderer" ("O andarilho"), "Wanderers Sturmlied" ("Canção do andarilho na tempestade"), "Künstlers Morgenlied" ("Canção matinal do artista"), "Mahomets Gesang" ("O canto de Maomé").

1773   JANEIRO Trabalha ainda em *Götz*, em Frankfurt, publicado anonimamente como *Götz von Berlichingen mit der eisernen Hand* (*Götz von Berlichingen, o Mão de Ferro*). Dedica-se ao estudo de Spinoza.

1773-5   Convive com Lenz, Wagner, Klinger e outros representantes do período Sturm und Drang.

1774   Poemas: "Der König von Thule" ("O rei de Thule"), "An Schwager Kronos" ("Ao cunhado Cronos"), "Ganymed".

314 AS AFINIDADES ELETIVAS

Publicações: *Os sofrimentos do jovem Werther*, *Clavigo*.

1775 Noivado com Lili Schönemann, rompido no mesmo ano.
OUTUBRO-NOVEMBRO Viagem a Weimar.
NOVEMBRO Conhece Charlotte von Stein.
Escreve *Stella*.

1776 Adquire a cidadania de Weimar e entra no serviço público.
Poema: "Wanderers Nachtlied" ("Noturno do viajante").

1777 Morte da irmã Cornelia.

1779 Estreia da versão em prosa de *Iphigenie auf Tauris* (*Ifigênia em Tauris*), com Goethe no papel de Oreste. Nomeação para o cargo de *Geheimrat* (conselheiro privado).
Poema: "Gesang der Geister über den Wassern" ("Canto dos espíritos sobre as águas").

1780 Começa a escrever *Torquato Tasso*.

1782 25 DE MAIO Morte do pai. Goethe ganha título de nobreza.
Poema: "Erlkönig".

1784 Descobre o osso intermaxilar humano.

1786 3 DE SETEMBRO Partida clandestina para a Itália.
29 DE OUTUBRO Chega a Roma. Trabalha na versão em versos de *Ifigênia*. Diário de viagem em cartas a Charlotte von Stein.

1787 Viagem a Nápoles e Sicília. De volta a Roma, termina *Egmont*. *Ifigênia* é publicado por Göschen em Leipzig.

1788 18 DE JUNHO Chegada em Weimar.
11 DE JULHO Conhece Christiane Vulpius. Passam a morar juntos. Apoia a designação de Friedrich Schiller para professor de história em Iena.
Termina *Torquato Tasso* e começa a trabalhar nas *Römische Elegien* (*Elegias romanas*).

1789 25 DE DEZEMBRO Christiane dá à luz Julius August Walther; quatro outros filhos nascem mortos ou morrem logo após o nascimento.

CRONOLOGIA

1790 Faz uma segunda viagem à Itália. Escreve *Venezianische Epigramme* (*Epigramas venezianos*).

1791 7 DE MAIO Inauguração do teatro da corte de Weimar. Goethe publica *Beiträge zur Optik* (*Contribuições para a óptica*).

1794 JUNHO Convidado por Schiller a contribuir para a revista *Die Horen*. Início da amizade entre eles. Visitas mútuas frequentes em Iena e Weimar.
NOVEMBRO Friedrich Hölderlin visita Goethe em Weimar.
Termina *Wilhelm Meister*, livros 1 a 3. Publica *Reineke Fuchs in zwölf Gesängen* (*Reineke, a raposa, em doze canções*).

1795 Publica *Unterhaltungen deutscher Ausgewanderten* (*Conversas de emigrantes alemãs*) e *Elegias Romanas* em *Die Horen*.

1796 Termina *Wilhelm Meisters Lehrjahre* (*Os anos de aprendizado de Wilhelm Meister*). Publica *Die Xenien*, em coautoria com Schiller, no *Musenalmanach für das Jahr 1797*.

1797 Cinco baladas, entre elas *Der Zauberlehrling* (*O aprendiz de feiticeiro*), são publicadas no *Musenalmanach* de Schiller para 1798.

1798 Apoia a nomeação de Friedrich Wilhelm Joseph Schelling para professor de filosofia em Iena. Trabalha em *Zur Farbenlehre* (*Sobre a teoria da cor*). Trabalho contínuo em *Fausto*.
OUTUBRO Primeira edição do *Propyläen*, uma revista das artes.

1799 Schiller muda de Iena para Weimar.

1801 Fica gravemente doente com erisipela facial.

1803 2 DE ABRIL Estreia de *Die natürliche Tochter* (*A filha natural*), em Weimar.
OUTONO Goethe funda o *Jenaische Allgemeine Literatur-Zeitung*, um jornal literário.
SETEMBRO Contrata Friedrich Wilhelm Riemer para ser seu secretário e professor particular do filho August.
NATAL Madame de Staël e Benjamin Constant visitam Goethe.

1804	JANEIRO-FEVEREIRO Encontros frequentes com Madame de Staël.
	13 DE SETEMBRO Goethe é elevado ao cargo de *Wirklicher Geheimer Rat*, que lhe dá direito a ser chamado de "Sua Excelência".
	22 DE SETEMBRO Encenação de uma versão retrabalhada de *Götz von Berlichingen*.
1805	1º DE MAIO Último encontro com Schiller, que morre no dia 9 de maio.
	10 DE AGOSTO Cerimônia em homenagem a Schiller em Bad Lauchstädt.
1806	JULHO-AGOSTO Visita o spa de Karlsbad, viagem que fará com frequência nos anos seguintes.
	14 DE OUTUBRO As tropas de Napoleão vencem os prussianos nas batalhas de Iena e Auerstedt. O exército francês vitorioso saqueia a cidade de Weimar. Christiane Vulpius consegue proteger a casa de Goethe de soldados bêbados saqueadores.
	19 DE OUTUBRO Christiane e Goethe se casam. Conclui a primeira parte de *Fausto*.
1807	16 DE FEVEREIRO Estreia de *Torquato Tasso*, em Weimar.
	23 DE ABRIL Bettina von Armin visita Goethe, a quem ela admira ardentemente.
	17 DE MAIO Escreve o primeiro capítulo de *Wilhelm Meisters Wanderjahre* (*As viagens de Wilhelm Meister*).
	FIM DO ANO Apaixona-se por Minchen Herzlieb, filha adotiva da família de editores Frommann de Iena. Ela e outros interesses amorosos o inspiram a escrever vários sonetos, entre eles "Das Mädchen spricht" ("A moça fala"), "Freundliches Begegnen" ("Encontro amigável"), "Mächtiges Überraschen" ("Enorme surpresa").
1808	13 DE SETEMBRO Morte da mãe.
	2 DE OUTUBRO Primeiro encontro e conversa com Napoleão, em Erfurt.
	6 DE OUTUBRO Goethe e Wieland conversam com Napoleão durante um baile na corte de Weimar.

CRONOLOGIA   317

1809   OUTUBRO Primeiros esboços para a autobiografia
          Poesia e verdade.
          Publicação de *Die Wahlverwandtschaften* (*As afini-
          dades eletivas*).
1810   Publicação de *Sobre a teoria da cor*.
1811   SETEMBRO Estadia de Bettina von Arnim e seu ma-
          rido, Achim em Weimar. Goethe rompe temporaria-
          mente todo o contato com Bettina depois que ela tem
          uma discussão feroz com sua esposa, Christiane.
          OUTUBRO Publica a primeira parte de *Poesia e ver-
          dade*.
1812   1º DE FEVEREIRO Estreia da adaptação que fez de
          Romeu e Julieta de Shakespeare.
          Publicação da segunda parte de *Pais e verdade*.
1813   20 DE JANEIRO Morte de Wieland. Em sua homena-
          gem, Goethe faz o discurso "Zu brüderlichem An-
          denken Wielands" ("Em memória fraternal de Wie-
          land"), em 25 de janeiro.
          Escreve o poema "Gefunden" ("Encontrado por aca-
          so") e o oferece a Christiane para marcar o 25º ano de
          seu relacionamento. Trabalha em *Poesia e verdade* e co-
          meça a escrever *Italienische Reise* (*A viagem italiana*).
1814   31 DE MARÇO Napoleão é derrubado.
          JUNHO Lê *Divan* do poeta persa Hafis, na tradu-
          ção de Joseph von Hammer e começa a escrever seu
          West-östlicher Divan (*Divã oriental-ocidental*). Os
          poemas são inspirados por seu relacionamento com
          Marianne von Willemer, que conheceu durante uma
          viagem à região de Rhein-Main. Alguns dos poemas
          foram atribuídos a ela.
1815   12 DE DEZEMBRO Nomeado *Staatsminister* (minis-
          tro de Estado) e, com Christian Gottlob von Voigt,
          supervisiona as instituições do Estado para as ciên-
          cias e as artes.
          Trabalha em *Divan*. Cotta publica *Werke* (*Obras de
          Goethe*), em vinte volumes.
1816   MAIO Conversas com o filósofo Arthur Schopenhauer.
          6 DE JUNHO Christiane von Goethe morre após um
          período de doença grave.

318 AS AFINIDADES ELETIVAS

25 DE SETEMBRO Reunião com Charlotte Kestner, em Weimar. (Thomas Mann baseou-se nesse encontro para seu romance *Lotte em Weimar,* de 1939.)

OUTUBRO Publica a primeira parte de *Viagem à Itália.*

1817 Lê *Kritik der Urteilskraft* (*Crítica do juízo*), de Immanuel Kant.

17 DE JUNHO O filho August casa-se com Ottilie von Pogwisch.

Publicação da segunda parte de *A viagem italiana.*

1819 19 DE AGOSTO Arthur Schopenhauer visita Goethe, que no mesmo ano lê a principal obra do filósofo: *Die Welt als Wille und Vorstellung* (*O mundo como vontade e representação*).

Publica *Divã oriental-ocidental.*

1820 Retoma o trabalho de *As viagens de Wilhelm Meisters.*

1823 FEVEREIRO Sofre de uma grave inflamação do pericárdio.

10 DE JUNHO Primeira visita de Johann Peter Eckermann em Weimar.

Eckermann começa a registrar suas conversas.

Enquanto faz uma temporada de cura em Karlsbad e Marienbad, Goethe se apaixona por Ulrike von Levetzow, de dezenove anos. Propõe casamento a ela por intermédio do grão-duque Carl August de Sachsen-Weimar-Eisenach. Ulrike não aceita. No caminho de volta para Weimar, Goethe escreve *Marienbader Elegie* (*Elegia de Marienbad*).

1824 2 DE OUTUBRO Encontra-se com Heinrich Heine.

1826 29 DE SETEMBRO-3 DE OUTUBRO Grillparzer visita Goethe em Weimar. Trabalha em *Fausto II.*

1827 6 DE JANEIRO Morte de Charlotte von Stein. Segue trabalhando em *Fausto.* Lê poesia chinesa e trabalha em *Chinesisch-deutsche Jahres- und Tageszeiten* (*Estações e horas sino-alemãs*).

1828 JULHO-SETEMBRO Leva uma vida tranquila em Dornburg. Trabalha em *Fausto.* Publicação de *A viagem italiana* (todas as três partes).

CRONOLOGIA

1829 Primeiras encenações de *Faust, Der Tragödie erster Teil* (*Fausto, primeira parte da tragédia*) em Braunschweig, Hannover, Dresden, Leipzig e Weimar, produzido por August Klingemann. Goethe termina a segunda versão de *As viagens de Wilhelm Meisters*. *Estações e horas sino-alemães* é publicado no *Berliner Musenalmanarch für das Jahr 1830*.

1830 26 DE OUTUBRO O filho August morre em Roma.

NOVEMBRO Mais trabalho em *Poesia e verdade*.

25 DE NOVEMBRO Sofre uma hemorragia.

1831 22 DE JANEIRO Designa Eckermann e Riemer para editar suas obras inéditas.

27 AGOSTO Enquanto caminha com os netos, redescobre seu poema "Ein Gleiches" ("O mesmo"), que havia riscado nas paredes de madeira de um pavilhão de caça em 1780.

OUTUBRO Termina a quarta parte de *Poesia e verdade*.

1832 22 MARÇO Morre de insuficiência cardíaca.

Leituras complementares

BENJAMIN, Walter. *Ensaios reunidos: Escritos sobre Goethe*. São Paulo: Editora 34, 2009.

CARPEAUX, Otto Maria. *Ensaios reunidos*. v. 1. Rio de Janeiro: Topbooks, 1999.

CASTRO, Claudia. *A alquimia da crítica: Benjamin e as Afinidades eletivas de Goethe*. Rio de Janeiro: Paz e Terra, 2011.

CITATI, Pietro. *Goethe*. São Paulo: Companhia das Letras, 1996.

MERQUIOR, José Guilherme. *Crítica (1964-1989)*. Rio de Janeiro: Nova Fronteira, 1990.

ROSENFELD, Anatol. *História da literatura e do teatro alemães*. São Paulo: Perspectiva, 1993.

LEIA MAIS PENGUIN-COMPANHIA
CLÁSSICOS

Jane Austen

Orgulho e preconceito

Tradução de
ALEXANDRE BARBOSA DE SOUZA
Prefácio e notas de
VIVIEN JONES
Introdução de
TONY TANNER

Na Inglaterra do final do século XVIII, as possibilidades de ascensão social eram limitadas para uma mulher sem dote. Elizabeth Bennet, no entanto, é um novo tipo de heroína, que não precisará de estereótipos femininos para conquistar o nobre Fitzwilliam Darcy e defender suas posições com a perfeita lucidez de uma filósofa liberal da província. Lizzy é uma espécie de Cinderela esclarecida, iluminista, protofeminista.

Neste clássico da literatura mundial que já deu origem a todo tipo de adaptação no cinema, na TV e na própria literatura, Jane Austen faz uma crítica à futilidade das mulheres na voz dessa admirável heroína — recompensada, ao final, com uma felicidade que não lhe parecia possível na classe em que nasceu. Em meio a isso, a autora constrói alguns dos mais perfeitos diálogos sobre a moral e os valores sociais da pseudoaristocracia inglesa.

Esta edição traz uma introdução de Tony Tanner, professor de literatura inglesa e norte-americana na Universidade de Cambridge, além de um prefácio de Vivien Jones, professora titular de inglês da Universidade de Leeds.

WWW.PENGUINCOMPANHIA.COM.BR

LEIA MAIS PENGUIN-COMPANHIA
CLÁSSICOS

Choderlos de Laclos

As relações perigosas

Tradução de
DOROTHEÉ DE BRUCHARD

Durante alguns meses, um grupo peculiar da nobreza francesa troca cartas secretamente. No centro da intriga está o libertino visconde de Valmont, que tenta conquistar a presidenta de Tourvel, e a dissimulada marquesa de Merteuil, suposta confidente da jovem Cécile, a quem ela tenta convencer a se entregar a outro homem antes de se casar.

Lançado com grande sucesso na época, *As relações perigosas* teve vinte edições esgotadas apenas no primeiro ano de sua publicação. O livro ficou ainda mais popular depois de várias adaptações para o cinema, protagonizadas por estrelas hollywoodianas como Jeanne Moreau, Glenn Close e John Malkovich. E, também, boa parte do sucesso do romance deve-se ao fato de a história explorar com muita inteligência os caminhos obscuros do desejo. Esta edição, com tradução de Dorotheé de Bruchard, traz uma introdução da editora inglesa Helen Constantine.

WWW.PENGUINCOMPANHIA.COM.BR

LEIA MAIS PENGUIN-COMPANHIA
CLÁSSICOS

Joris-Karl Huysmans

Às avessas

Tradução de
JOSÉ PAULO PAES

"Publicado pela primeira vez em 1884, *Às avessas* se consagrou de imediato como uma espécie de bíblia do decadentismo. E seu protagonista, Des Esseintes, passou a figurar desde então — ao lado de D. Quixote, de Madame Bovary, de Tristram Shandy — na galeria dos grandes personagens de ficção. Herói visceralmente baudelairiano pelo refinamento dos seus gostos, pelo seu ódio à mediania burguesa, pelo solitário afastamento em que dela timbrava em viver, pelo esteticismo e pela hiperestesia de que fazia praça, encarnava ele, melhor ainda que o Axel de L'Isle-Adam ou o Igitur de Mallarmé, os ideais de vida e de arte da geração simbolista, geração na qual a modernidade teve os seus mestres reconhecidos.

Aliás, *Às avessas* é um romance pioneiramente moderno. Reconheceu-o de modo implícito a crítica "oficial" de fins do século passado quando, vendo-o como um romance kamikaze que vinha lançar uma pá de cal sobre os postulados do naturalismo na prosa de ficção, contra ele investiu. Ao reclamar o novo a qualquer preço, ao propor uma filosofia do avessismo e ao abrir a forma romanesca às experimentações da prosa *art-nouveau*, a obra-prima de J.-K. Huysmans antecipou em muitos anos, quando mais não fosse, a óptica objetual do *nouveau roman*."

JOSÉ PAULO PAES

WWW.PENGUINCOMPANHIA.COM.BR

LEIA MAIS PENGUIN-COMPANHIA
CLÁSSICOS

Nathaniel Hawthorne

A letra escarlate

Tradução de
CHRISTIAN SCHWARTZ
Posfácio de
NINA BAYM
Notas de
THOMAS E. CONNOLLY

Na rígida comunidade puritana de Boston no século XVII, a jovem Hester Prynne tem uma relação extraconjugal que termina com o nascimento de uma criança ilegítima, Pearl. Desonrada e renegada publicamente, ela é obrigada a levar sempre a letra "A" de adúltera bordada em seu peito. Hester, primeira autêntica heroína da literatura norte-americana, se vale de sua força interior e convicção de espírito para criar sozinha sua filha, lidar com a volta do marido e proteger o segredo acerca da identidade de seu amante.

Aclamado desde seu lançamento como um clássico, *A letra escarlate* é um retrato dramático e comovente da submissão e da resistência às normas sociais, da paixão e da fragilidade humanas. Com uma heroína de grande ressonância e alcance, que luta por toda a vida contra uma comunidade que a condena e ignora, o primeiro romance de Nathaniel Hawthorne consagrou-se como seu texto mais popular e uma das obras-primas da literatura mundial.

Esta edição traz posfácio de Nina Baym, professora da Universidade de Illinois, notas de Thomas E. Connolly e sugestões de leitura.

WWW.PENGUINCOMPANHIA.COM.BR

LEIA MAIS PENGUIN-COMPANHIA
CLÁSSICOS

Liev Tolstói

Os últimos dias de Tolstói

Tradução de
ANASTASSIA BYTSENKO, BELKISS J. RABELLO,
DENISE REGINA DE SALLES,
NATALIA QUINTERO E GRAZIELA SCHNEIDER
Coordenação editorial de
ELENA VÁSSINA
Seleção e introdução de
JAY PARINI

Em sua juventude, Liev Tolstói (1828-1910) levava uma vida notavelmente desregrada. Dado a frequentar bordéis, fã do jogo e da bebida, o aristocrático herdeiro de vastas propriedades no Volga não chegou a concluir os cursos de direito e letras orientais da Universidade de Kazan. Autor de romances como *Anna Kariênina* (1878) e *Guerra e paz* (1869), Tolstói já era comparado a gigantes como Goethe e Shakespeare quando se inicia a crise espiritual que culminaria a publicação de *Uma confissão* (1882), livro-chave de sua conversão mística.

Escritos a partir dessa data decisiva, os textos reunidos em *Os últimos dias de Tolstói* incluem cartas, contos, fábulas morais, trechos de diários e textos filosóficos, bem como ensaios críticos e políticos. Traduzidos pela primeira vez diretamente do russo para o português, e com introdução de um dos maiores estudiosos da obra de Tolstói, esta coletânea ilumina a fascinante personalidade criadora de um dos maiores gênios da literatura universal.

WWW.PENGUINCOMPANHIA.COM.BR

LEIA MAIS PENGUIN-COMPANHIA
CLÁSSICOS

Machado de Assis

Quincas Borba

Introdução de
JOHN GLEDSON
Notas de
MARIA CRISTINA CARLETTI

Publicado pela primeira vez em livro em 1891, portanto depois de *Memórias póstumas de Brás Cubas* (1880) e antes de *Dom Casmurro* (1899), *Quincas Borba* é uma das obras mais marcantes da fase realista de Machado de Assis. O romance remete ao Machado contista que começava a abordar temas historicamente mais próximos de sua época e a explorar os conflitos psicológicos de seus personagens.

    O romance, narrado com o ceticismo e a ironia implacável tão presentes na obra machadiana, conta a história do provinciano Rubião — herdeiro do filósofo Quincas Borba — e dos tipos urbanos que o levam à ruína.

    Esta edição de *Quincas Borba*, além de mais de uma centena de notas explicativas, traz uma extensa e abrangente introdução do britânico John Gledson, estudioso do autor e tradutor de *Dom Casmurro* para o inglês.

WWW.PENGUINCOMPANHIA.COM.BR

LEIA MAIS PENGUIN-COMPANHIA
CLÁSSICOS

Essencial Franz Kafka

Seleção, tradução e introdução de
MODESTO CARONE

Aprisionado à sufocante existência burguesa que as convenções familiares e sociais o obrigavam, Franz Kafka chegou certa vez a afirmar que "tudo o que não é literatura me aborrece". Muitas narrativas que compõem o cerne de sua obra são produto de uma atividade criativa febril e semiclandestina, constrangida pela autoridade implacável do pai, e se originaram da forte sensação de deslocamento e desajuste que acompanhou o escritor durante toda a sua curta vida. Apesar de seu estado fragmentário, o espólio literário de Kafka — publicado na maior parte em edições póstumas — é considerado um dos monumentos artísticos mais importantes do século xx.

Esta edição de *Essencial Franz Kafka* reúne em um único volume diferentes momentos da produção do autor de *O processo*, 109 aforismos nunca publicados em livro no Brasil, e uma introdução assinada por Modesto Carone, também responsável pelos comentários que antecedem os textos. As traduções consagradas de Carone, realizadas a partir dos originais em alemão, permitem que clássicos como *A metamorfose*, *Na colônia penal* e *Um artista da fome* sejam lidos (ou relidos) com fidelidade ao estilo labiríntico da prosa kafkiana.

WWW.PENGUINCOMPANHIA.COM.BR

1ª EDIÇÃO [2014] 5 reimpressões

Esta obra foi composta em Sabon por warrakloureiro
e impressa em ofsete pela Geográfica sobre papel Pólen Natural
da Suzano S.A. para a Editora Schwarcz em janeiro de 2024

A marca FSC® é a garantia de que a madeira utilizada na fabricação do papel deste livro provém de florestas que foram gerenciadas de maneira ambientalmente correta, socialmente justa e economicamente viável, além de outras fontes de origem controlada.